《广州大典》普及书系
主编　陈建华

# 清代诗书画三绝的诗人

## 黎简作品选读

万　静◎编著

广州新华出版发行集团
广州出版社

**图书在版编目（CIP）数据**

清代诗书画三绝的诗人：黎简作品选读 / 万静编著. — 广州：广州出版社，2022.12

（《广州大典》普及书系 / 陈建华主编）

ISBN 978-7-5462-3582-0

Ⅰ. ①清…　Ⅱ. ①万…　Ⅲ. ①中国文学—古典文学—作品综合集—清代　Ⅳ. ①I214.92

中国版本图书馆CIP数据核字（2022）第258039号

2020年广东省普通高校创新团队项目“清代文学与大湾区文化底蕴发掘及研究”（项目编号2020WCXTD005）

**书　　名**　清代诗书画三绝的诗人：黎简作品选读
Qingdai Shi Shu Hua Sanjue De Shiren：Li Jian Zuopin Xuandu
**出版发行**　广州出版社
（地址：广州市天河区天润路87号9、10楼　邮政编码：510635
网址：www.gzcbs.com.cn）
**出 品 人**　柳宗慧
**责任编辑**　霍婉兰
**责任校对**　张　申
**装帧设计**　肖晓文
**印刷单位**　佛山市迎高彩印有限公司
（地址：佛山市顺德区陈村镇广隆工业区兴业七路9号
邮政编码：528313）
**规　　格**　787 mm × 1092 mm　1/16
**印　　张**　24.5
**字　　数**　320千
**版　　次**　2022年12月第1版
**印　　次**　2022年12月第1次
**书　　号**　ISBN 978-7-5462-3582-0
**定　　价**　72.00元

# 《广州大典》普及书系编辑委员会

# 关于“广府名人读本”系列
# 编选出版的几点说明

一、本书属于《广州大典》普及书系“广府名人读本”系列。

二、“广府名人读本”系列作为《广州大典》普及书系的开篇，将分为若干辑出版，成熟一辑，出版一辑。

三、因书系以《广州大典》所收文献为编选基础，故个人著述不存世或存世稀少者不纳入“广府名人读本”系列。

四、考虑到《广州大典》（民国篇）正在编纂和不少近代广府名人著述活动时段跨越清末民初的实际情况，“广府名人读本”系列会适当拓宽选录范围。

# 《广州大典》普及书系
# 编辑出版缘起

广州自古以来就是岭南地区的政治、经济、文化中心，是首批国家历史文化名城。自秦始皇三十三年（前214）广州建城，至今已有2200余年，大量珍贵的地方文献翔实地反映了广州文化不断发展、不断繁荣的悠久历程。

《广州大典》（一期）是由中共广州市委宣传部、广东省文化厅策划并组织研究编纂，旨在系统搜集整理和抢救保护广州文献典籍、传播广州历史文化的大型地方文献丛书，是千年羊城的“根”和“魂”。《广州大典》（一期）收录文献的时间范围截至1911年（个别门类延至民国），地域范围包括清代中期广州府所辖各县，内容范围包括广州人士（含寓贤）著述、有关广州历史文化的著述及广州版丛书，依经、史、子、集、丛五部分类，共计收录文献4064种，编成520册，于2015年影印出版。

2015年4月，广州大典研究中心成立，继续推进《广州大典》（一期）的推广与研究，并启动《广州大典》（二期）民国篇的编纂出版。2019年11月，《广州大典》（一期）集部曲类文献专辑以《广州大典·曲类》之名单行出版，共计收录文献1589种，编成43册。此外，近年来中心陆续推出《广州大典总目》、《广州大典概要》、《广州大典研究》集刊（1～8辑）、《广州大典·民国广东公报丛编》（初编）100册等。

习近平总书记指出，要讲清楚中华优秀传统文化的历史渊源、发展脉络、基本走向，讲清楚中华文化的独特创造、价值理念、鲜明特色，增强文化自信和价值观自信。要做到这两个“讲清楚”，既要在学术上做到深入，也要在普及上做到浅出。《广州大典》（一期）所收录的文献不仅卷帙浩繁，而且都是繁体字、文言文，没有经过点校整理，这在客观上造成当今读者与之有隔阂，阻碍了广州这一历史文化宝库在更广大的层面上发挥社会影响力。为此，广州大典研究中心、广州出版社决定联合编纂出版《广州大典》普及书系，努力将书系打造成集学术性、知识性和可读性于一体的优秀出版物。

书系以《广州大典》为文献基础（可根据实际情况，适当拓宽选录范围），组织一批专家学者从《广州大典》中精选最具代表性、最具可读性的文献，进行普及性的内容整理、发掘，形成《广州大典》普及书系。书系计划分为广府名人读本系列、地方风物读本系列、地方游记读本系列、西学东渐读本系列、小说读本系列、戏曲曲艺读本系列等。书系每种读本均包括导读、代表性作品选编（含注释、翻译、评析或解题、延伸阅读等）和相关资料附录，作者均为学有专长、研究有素的专家学者。每种读本均将尽量吸收、反映学界最新研究成果，并力求做到图文并茂、雅俗共赏。因此，《广州大典》普及书系可视作《广州大典》的延伸，且与已有的《岭南文库》的延伸《岭南文化知识书系》《广东历史文化名人丛书》等普及性读物既桴鼓相应，又各具匠心，可谓和而不同、美美与共。

知所从来，方明所往。《广州大典》普及书系既是一项重要的文化惠民工程，也是推动城市文化综合实力出新出彩，特别是“读懂广州”的切实举措。

志合者，不以山海为远。我们诚挚邀请更多的相关专家学者积极支持和参与书系各辑相关工作，推动书系各辑逐年面世。

食髓知味，小书不小。我们相信，书系的陆续出版，将充分展示广州历史文化底蕴，擦亮广州历史文化品牌，并有助于中华优秀文化的传承和发展。

《广州大典》普及书系编辑委员会

# 目录

# 导读

清朝中期的岭南，有一位诗书画三绝的诗人——黎简。

黎简（1747—1799），字简民，又字未裁，号二樵，又号石鼎道人、百花村夫子，广东顺德县弼教村人。黎简生于广西南宁，年轻时常往来于广东、广西间，因喜爱广东东樵（罗浮）、西樵二山之胜，故自号“二樵”。他还取东樵四百三十二峰、西樵七十二峰之意，把自己的居室命名为“五百四峰堂”。黎简性情耿介，不慕名利，世人目之为狂，他遂自号“狂简”。

黎简像

# 一

黎简被誉为诗书画三绝。

黎简与同邑张锦芳、黄丹书，番禺吕坚皆有诗名，并称“岭南四家”。他的诗歌足以代表当时广东诗歌的最高成就。其诗现存两千多首，数量多、内容广、风格多样。黎简被当今诗学界部分学者推选为清代十大诗人之一。洪亮吉评价他的诗“拔戟自成一家”，“足以睥睨一世”（《北江诗话》）。宋湘评价他“为吾同时第一诗人，书画皆臻能品”（《跋黎二樵书赠诗册页》）。孙璞评价他“不仅独步岭南，实足雄视海内”（《岭南画人黎二樵》）。

黎简的书法，意追晋人，有魏晋人风致。他中年兼学李邕，晚年多写苏、黄体，精通书法各体，行、草、篆、隶、八分都很擅长。其行书，风韵闲雅，流秀拔俗，绵里藏针；隶书追《礼器碑》《熹平石经》，秀劲舒放，纵横跌宕，传世书法作品甚丰。

黎简的画也饮誉岭外，其与稍晚一点的南海谢兰生（澧浦）齐名，世称黎谢。他的画作，有倪瓒的萧疏淡远，又有董源、吴镇的淋漓苍润，体现出其性情上的狂放和风格上的雅逸之美，是传统文人画的经典。他以诗人之气质，融汇了董源、吴镇、倪瓒、石涛等大师的艺术精髓，成就了其个人的绘画艺术特色，把岭南的文人画推到了一个新境界。

黎简的诗一写成就被人收藏；他的春联贴在门外，半夜被人偷走；他的书画赝品被人在市场售卖。他“每至郡城，以金币求书画者坌集。然君顾自矜重，意不合，或挥斥不顾，以是人稍目为狂。然得君片纸者，无不珍为奇宝”（黄丹书《明经二樵黎君行状》）。他常被人比作唐代诗书画三绝的郑虔。伍观澜《论画绝句三十首》之一夸奖他：“郑虔三绝二樵翁，妙笔几将董巨同。”陈昙《题黎明经简书画》评论他：“郑虔三绝今几人？首屈一指黎简民。”一直到约二百年后的今天，仍有人称赞他：“胸中才气胜黄张，岭表四家首颂扬。名高三绝诗书画，举世谁如小子狂！”（周冠登《访百花村黎简故居》）

除了诗书画三绝以外，黎简还擅长刻印、园林设计，是一位艺术全才。他的篆刻得汉人神髓，参以己意，作品淳厚苍雄，意格甚高，自成面目。其刀法俊傥，自刻图章曰“小子狂简”。又能冶铜印，日常用印，皆由己制，曾一月冶铸仿古铜印三十颗，数量惊人。

黎简精通园林设计艺术，据《顺德县志》记载：“（黎简）贫未知名。偶为会城（指省会广州）富商购园林，使叠石作假山，见者知其能画。”据他的诗歌《商榷为小山》可以看出，他设计的园林讲究自然与工巧的结合，秀丽与朴野的兼容，把诗人和画家独特的审美情趣熔铸其中，既独具匠心，又杜绝过分的纤巧；既具有雅致的文人气，又充分利用自然之物的天然美，体现出典型岭南园林所具有的轻盈、通透、朴实的特点。

## 二

关于黎简的诗歌，梁启超在《清代学术概论》中曾这样评价："前清一代学风……其文学，以言夫诗，真可谓衰落已极。吴伟业之靡曼，王士祯之脆薄，号为开国宗匠。乾隆全盛时，所谓袁（枚）、蒋（士铨）、赵（翼）三大家者，臭腐殆不可向迩。诸经师及诸古文家，集中多亦有诗，则极拙劣之砌韵文耳。嘉道间，龚自珍、王昙、舒位，号称新体，则粗犷浅薄。咸同后，竞宗宋诗，只益生硬，更无余味。其稍可观者，反在生长僻壤之黎简、郑珍辈，而中原更无闻焉。"由此可见黎简诗歌成就之大，诗坛地位之高。黎简一生布衣，靠卖画、卖文及当塾师为生。他二十七岁自广西回到粤东后，足不出岭，然而他的名气却不胫而走。山东益都（今山东青州）人李文藻曾任潮阳县知县，见黎简诗，曰："必传之作也。"李调元视学广东时，以古学试士，得黎简《拟昌黎石鼎联句》诗，称为奇绝，取其为第一名，补为县学生员。人号之曰黎石鼎。很多未曾与黎简谋面的人对他非常倾慕，与其神交的名家、诗人有翁方纲、周兴岱、黄景仁等。那么，黎简的诗到底好在哪里？到底是什么成就了他出众的才华？

黎简的诗，思想纯正。他继承了中国古代由《诗经》到汉乐府，再到杜甫所相承的现实主义诗歌创作传统。他的思想核心是以民为本，对很多事情的判断及情感态度始终以是否符合百姓利益为标准。比如《志喜》，就是一首清廷平定台湾林爽文作乱的凯歌：

十万楼船碧海边，海风旗影奏歌旋。王师一熟崆峒麦，旅谷三穰畏垒年。今日濒陬要龚遂，敢窥溟渤笑苻坚。圣人天上垂衣坐，宇宙清平九点烟。

对于这首诗，有人评价其敌视农民起义，是诗中糟粕。这个评价是不恰当的。诗歌借哥舒翰赶跑吐蕃侵略者、保护了崆峒小麦的典故，歌颂平定林爽文作乱保护了人民赖以生存的庄稼和粮食，又借西汉名臣龚遂治理渤海盗贼的典故，表达了对贤能爱民的良吏的呼唤以及应以安民、抚民的方式来治理民变的政治主张。这首诗体现了黎简热爱和平、反对战争、仁厚爱民、呼唤贤能、维护国家大一统的进步思想。

黎简诗歌的批判精神很强。在文字狱异常严酷的时代，他的诗并没有脱离现实，逃避政治。黎简的一生基本处于乾隆皇帝在位的时间内，乾隆年间发生的大事在他诗中几乎都有体现。比如《藤县》“或云昔南征，亦有从役民。至今山上田，穞种无人芸”，反映的是乾隆三十二年（1767）至三十四年（1769）清廷对缅甸的战争。这场战争历时久、耗费大，士兵所过之处，给人民的生产、生活造成很大危害。《村饮》“谷丝久倍寻常价，父老休谈少壮年”，反映的是乾隆中后期物价飞涨，农民生活越来越艰难的事实。《田中歌》反映的是孤儿寡母被人欺凌，无以为生的人间惨剧。《四月二日》揭露的是饥荒中官商勾结，抬高粮价，导致百姓被迫抢粮，遭官府残酷镇压的现实，表达了对吏治腐败的愤怒和谴责。《夜将半，南望，书所见》通过一场火灾，联想到三年来广大岭南地区所遭受的各种灾害，当中的“五岭三年千里内，多时十室九家空”一句以史家之笔揭露了乾隆盛世掩盖下的人民苦难和社会疮痍。这些诗都非常勇敢、真实，具有“诗史”的性质。在黎简身上，人们可以看到中国古代优秀知识分子兼济天下的情怀。他虽然只是一介寒士，但仍然希望能够帮助比自己更加贫穷的人。黎简的《近有赝予书画鬻于肆者，作诗自嘲》“安得以我手，遍赠穷独士。尽令彼因我，而使其似尔。我则自卧病，亦所大欢喜”，和杜甫的《茅屋为秋风所破歌》“安得广厦千万间，大庇天下寒士俱欢颜！风雨不动安如山。呜呼！何时眼前突兀见此屋，吾庐独破受冻死亦足”一样，富有博爱精神。

黎简的诗，诗中有画，画中有诗。他擅长描写岭南地区色彩绚烂、玲珑剔透、烟雨氤氲、如梦似幻的江乡美景和生活趣味。比如《微雨》：

三日江云抱暖雷，茫茫水气覆村来。少增腻粉匀修竹，深借春阴渲绿苔。帘外薄光浑晓暮，柳梢平望失楼台。暗桃明李何人辨，南浦烟帆迟我回。

这首诗描写了黎简家乡春天的微雨，微到并不能称其为雨，只是云气、水气、雾气。它飘忽迷离、若有若无，美得不可方物。黎简观察细致、刻画入微，描绘出一幅温暖、湿润、迷蒙、秀丽的岭南水乡春景图。还有《溪月》中的“吸藻鱼穿松影戏，覆檐花闪水光看”，《春江吟·其二》中的“船头花影垂垂簇，亲见饥鱼嚼紫烟”，都极其美妙、活泼，充满了生活情趣和勃勃生机。

黎简继承了自王维以来中国山水诗和文人画的优良传统，融禅、道精神入诗、画。他的题画诗、咏画诗更是诗画一体，如《题〈江天秋意图〉·其一》：

何处溪山有静缘，卧□倪老意翛然。秋山淡到如秋水，不觉樵夫画是禅。

《题古木秋亭图》：

古木秋亭竹数科，林丘虽少野情多。芦花淡淡江天静，欲劝幽人试绿蓑。

这些诗都给人以一种轻烟淡霭、散淡悠然的空灵美感和禅境体验，体现了中国画崇尚水墨简淡，讲究“外师造化”“天人合一”的精神境界，追求返璞归真，执简驭繁，以虚空之境为至美的美学标准。

黎简的山水诗还擅长表现自己在千变万化的大自然中领悟到的人生哲理。比如《暑雨后有述，寄梁石痴，时梁君方作画五山间，斐然之作，兴托画理》：

断霓玄黄云陆离，青螺返照紫琉璃。观空种种晴阴状，正色苍苍造化师。楼阁玲珑金碧画，乾坤清淑鹭鸥知。帘波篁玉肌冰雪，莫扰成亏看奕碁。

诗歌首先描写夏日雨后斑驳陆离、气象万千的自然风光，然后融禅学的“色空”观念与老庄“道法自然”的思想于画理，进而联想到做人也应该无是非之心、无偏爱之心，以“万物齐一”的道心看待世间的纷争，才能保持内心的宁静与平和，达到至高的人生境界。诗歌把自然美景、画理、人生哲理完美融合，蕴藏着丰富深刻的东方智慧，具有典型的中国传统文人诗的品格。

黎简的诗歌还有大量的题画诗、咏画诗。他以画家的眼光去评论、鉴赏绘画，其独到的理解往往令人印象深刻；他的诗作具有力透纸背、入木三分的功力，如《林以善画鹰》《题梅花道人墨竹》《画山水歌寄何勤良》《补题云隐所藏予江乡春色图》等都非常精彩。这对于读者理解其诗画一体的风格特色很有帮助。

黎简的诗写得情深意重。文学作品要以真情才能打动人心。黎简乃重感情之人，他的感情世界非常丰富。不论是对待亲人、朋友，还是对家乡、山水，甚至对花鸟、竹石等自然物，他都充满感情。而他与妻子梁雪之间的爱情最能打动人心。梁雪，字飞素，与黎简同岁，广东顺德人，处士梁若谷长女。黎简二十岁时娶其为妻，二人情投意合，感情很深。然而梁雪不幸患病，三十八岁就离开人世。这让黎简悲痛欲绝。从黎简的诗集中，可以看出他对妻子矢志不渝的深情以及妻子在他心目中的地位。他自编的《五百四峰堂诗钞》中第一卷第一首《入羚羊峡寄闺人》就是写给妻子的；他的诗集中最长的一首诗《述哀一百韵》，长达一千个字，是悼念妻子的；他写妻子的诗数量超过百篇，其中悼亡诗就有六十多篇。每年妻子的生日、祭日或者各种节日，他都会写诗纪念妻子。直到晚年，他仍眷眷深情，在《七夕寄闺人》中写道“清狂慧业我生偏”，意思是此生我偏偏与痴情结下了业缘，对妻子难以忘怀。

黎简与朋友之间的感情也同样真挚。黎简交游广泛，上至朝中高官、文坛盟主，下至田间老农、市井小民，他都真心相待，不以名利相交。比如他与苏膺瑞（字其詹）的交往。黎简在二十七岁应县试时认识膺瑞，这一往来就是一辈子。膺瑞知道黎简家贫多病，经济困难，故经常给予资助。《顺德县志·黎简传》中记载：“膺瑞司铎归，窘况颇相近，然犹时有资给。每冬残，简亦屏人事，预作数帧致之，俾卖以度岁。”对于同样贫困的好友的帮助，黎简无以回报，只有每年画上几幅好画相送，让其卖掉度日。一次，在黎简生病的时候，其詹寄笔给他，黎简写下《其詹寄笔》一诗：

应想草堂夜，灯深花影深。波澜云落爪，幽怨月当心。静者妙清供，秋江遥苦吟。兴来懒不得，弦我无弦琴。

该诗中黎简不直接写自己思念对方，而是想象对方在思念自己。可见他与其詹彼此信任和心灵相通，感情上无任何猜忌和嫌隙。而关于黎简与原新宁县县令万应馨之间的交往，黄丹书在《明经二樵黎君行状》中记载了两人患难见真情的故事：“（简）气病时作，苦于应酬，药钱恒不给。

原新宁令万公应馨，病留羊城，亦贫甚。偶得金一锭，即以赠君，君却之不可，相对而泣。”这个故事告诉我们：真正打动人心的不是锦上添花，而是雪中送炭。

黎简与那些名不见经传的乡民交往也同样真心相待。《田家》记录了他到同村一户农民家中做客受到热情款待的经历。《诗成》记录了他的诗被村中诗友收藏夸赞，他内心羞愧难当的心情。这些诗都如同陶诗一样，有一种“豪华落尽见真淳”“质而实绮，癯而实腴”的美。面对这些质朴、善良的乡民，黎简没有一丝一毫的狂傲，反而非常谦虚、低调，一言一行都会考虑他们的感受，尊重、热爱他们，享受与他们在一起的欢乐时光。

黎简对家乡的山山水水、花鸟竹石也同样饱含深情。在妻子生前，为了谋生，黎简经常要离开家乡赴广州坐馆。《晓出村，舟中作》一诗就记录了一次他大清早乘舟离家的过程：

> 悬山覆水不到水，水云似海不似云。一身自作海上客，此山离立云中君。江云渐高山渐小，初日平铺万波晓。须臾山在金碧中，全见山腰失山杪。八风忽展东南溟，天水光白山光青。张帆看山势争转，瘦约一束空亭亭。烟螺似我病妇态，相送远近同含情。我于山水矜画手，如此深隋画未成。山阿片云酿水气，欲出未出迟不轻。只应今夜客独宿，始肯入城为雨声。

整首诗句句写景，又句句含情。诗人独自一人，漂于水上，陪伴他的只有那山、那水、那云、那雨。可是在黎简看来，这山、这水、这云、这雨都是妻子的化身，在他离家的路途中深情相送。诗歌的气氛惆怅寂寥、缱绻缠绵，皆因诗人有一颗浪漫而多情的心。

黎简的家乡弼教村乃花村，一年四季各种鲜花不断，黎简有大量咏花之作。他眼中的那些花都是有生命、有感情的。比如《夜合花》：

夜合风情故异常，更无浩态有狂香。鸭头力破重胎绿，鱼子深团一撮黄。睡亦近人翻与坐，暗如触处不宜光。关心碧玉瓜期及，冰簟银床夜未央。

黎简笔下的夜合花香气浓烈、摇曳生姿，令人爱不忍释。更因为它花期很短，黎简“只恐夜深花睡去”（苏轼《海棠》），故而辗转反侧，长夜难眠。黎简巧妙地使用“睡亦近人翻与坐”一句，以打乱正常语序的方式，让人产生了这翻来覆去的不是他而是夜合花的感觉，从而移情于物，让夜合花也带上了浓浓的感情。

还有《己酉龙眼诗》一诗，黎简写自己由于寓居佛山，时隔六年才吃到家乡的龙眼：

年年园果误归人，龙眼初黄颗颗匀。此别扳枝出手远，六年时荐饤盘新。辞乡荔紫梅黄后，去岁秋分白露旬。是日归舟挈鸡犬，过时嘉树感风尘。

黎简把家乡的龙眼看作自己的老朋友，以三个拟人化的动词“误”“荐”“感”描写龙眼想要奉献佳果给自己的热情，把龙眼写得有情有义，大有“我见青山多妩媚，料青山见我应如是”（辛弃疾《贺新郎·甚矣吾衰矣》）的天真与多情。之所以如此，皆因黎简永远保留着如婴孩般天真、多情的心。故而，万物在其眼中皆有感情。这样的人才能成为诗人！

黎简的诗极富创新精神。他的诗无论是在诗歌的风格、意象的选择、意境的营造上，还是在章法、句法、字法，以及设色、修辞等各个方面都非常独特。他继承了杜甫“语不惊人死不休”、韩愈“惟陈言之务去”，以及孟郊、贾岛、李贺等人的苦吟精神，雕琢镵刻，縋幽凿险，迥不犹人，一定要创新。黎简在《答同学问仆诗》中说：“简也于为诗，刻意轧新响。”这体现了他明确的创新要求。比如《飞龙滩》描写他前往南宁时在西江水路上所见的飞龙滩，滩多石乱，水流湍急，行船艰难。“森狞滩心石，日色炙顽铁。失手过迟速，拄架不得脱。或昂首握吭，或翘尾若歠。或中砥若担，负重舟两折。或为马脱缰，或为蚌缠鹬。”他把滩心石比喻成阳光炙烤下的顽铁，描述行舟时被困乱石中的各种惨状：船夫往石上点篙，时间上稍有差池，船便会碰上礁石，不能脱身。有的船首朝天，像被扼着咽喉；有的尾巴翘起，像在俯身喝水；有的船底正中平搁在石头上，像被扁担挑着，沉重的船身，快要被拦腰折断。黎简把行舟下滩的疾速比喻成野马脱缰，把上滩的艰难比喻成鹬蚌相缠。手法奇特，语言峭拔，戛戛独造。还有《苦热行》形容广州城的炎热：“万物不动日影直，直如火弩射透石。东南三日雨云积，镵天拔海移不得。嗟尔风声死无力，大壑水枯龙呀口，长林叶病鸟踢翼。白帝扶桑挟弓矢，九乌猖獗不能射。云旗昼卷未肯开，万里无阴阁秋色。热河已恐浪沸火，阴山何时雪如席。客居所居江潦平，赤流不流无水声。”诗歌把“万物不动”“日射透石”“云积不移”“风死无力”“水枯龙渴”“叶病鸟疾”“九日不射”“云旗不开”“万里无阴”“赤流不流”等众多怪异的意象叠加在一起，营造出恐怖的气氛，把广州城的炎热描写得刿目怵心、无以复加，其戛戛独造之功令人惊叹。

黎简的诗歌风格多样，除了这种峭拔奇崛、镵刻幽深的，还有自然清丽、直白质朴、凄婉感伤、浓艳富丽等多种风格。但不管是什么风格，他都能做到极致创新，绝不流于平庸。

黎简的诗歌非常讲究章法，比如他的长篇古诗常常借鉴戏剧表演艺术，通过想象、联想、梦境等方式把不同的场景和画面以蒙太奇的方式剪切组合，形成一种穿梭跳跃、腾挪跌宕、荡气回肠的艺术效果。他的早期诗歌《入羚羊峡寄闺人》已具有这种特征，中年以后创作的《竹诗》《石诗》则更加成熟。比如《竹诗》：

樵夫初栽竹三竿，逾月夸示张花田。明年已迸阶下石，夕日不到堂东垣。美人倚病觯翠袖，人影竹影瘦可怜。指痕遍捻落箨粉，药气重湿啼枝烟。几年别日均有梦，梦在雨黑灯青间。万花围村竹覆屋，竹隙佛火天女禅。斋心着我故有病，怨绪托物难为言。秋风萧萧零露泫，慈乌夜啼桐树颠。落月珮声归弱魄，偻指去汝今四年。占地烂漫千龙孙，邻人入来窥锁门。不悭抉笋与汝饱，菜色可更充清寒。我今曷不归故园，故园故物犹平安。石鼎夜呼蚯蚓窍，檀像净供琉璃泉。凉风吹衣日车短，落叶过墙邻女叹。勿云故鬼只旧迹，新泪暗冰青琅玕。

整首诗三十句进行了七次镜头的切换。诗歌在回忆、梦境、想象、现实之间，在佛山、弼教之间，在阴阳两界之间来回穿梭，跨越时空，荡气回肠。

黎简诗歌的句法给人一种非常奇特的美感。他非常喜欢使用句内对与复辞重言的句法，比如“小园宜小立，新月似新霜”（《小园》）、“碧桃欲轻绯桃重，荷叶稍圆蕉叶方”（《中园晴玩有作》）都属于这样的句式。这种句式使音韵在句内往复回环，潜气内转，产生一种清丽细腻、含蓄婉曲、舒缓迂徐的美感。此外，为了创造新鲜感，黎简还常常把正常的语序打乱，把词语全部拆散，然后重新组合，如《浥江舟中，同吕石帆、黄虚舟及其侄秀才晓征（玉霞）》中“渚禽露飞白，草螀湿鸣醒”一句，让人初读以为是禽鸟飞、螀蝉湿，反复咀嚼才知是露飞、草湿、螀鸣。诗句的正确语序应为“禽渚白露飞，湿草醒螀鸣”，意思是：清晨，在禽鸟栖息的渚洲上有白露在飞，露水打湿了草地，使螀蝉苏醒发出鸣叫。但是为了避免软甜平庸，黎简打乱了诗句的正常语序，使江乡常见的景物产生了陌生化的效果。所以他的诗耐人咀嚼、耐人回味。

黎简诗歌的用字非常生动，有时一个字就把整首诗带活了。比如《戏札我闼》“扶病帖门春胜书，有人夜半窃而趋”中的“趋”字、《我家》“鲥鱼长尺半，媚我老瓦瓶”中的“媚”字、《微雨》“三日江云抱暖雷”中的“抱”字、《书十六韵与欧退庵欧上舍书图》“衔云赤酒杯”中的“衔”字，都非常富于创意，令人耳目一新。比黎简小二十一岁的许宗彦曾评价他：“简民为诗苦用心，虚空欲著斧凿痕。眼前常景入句里，百思不到一字新。”（《题黎二樵〈五百四峰草堂诗〉却寄》）诗人屠倬也评价他：“海天花月入穷愁，万象微茫一字搜。并世几人容阔步，平生此老合低头。”（《题黎简民集》）其讲的都是黎简炼字的功夫。

黎简还有大量的岭南风物诗，描写岭南的风景名胜、民间风俗、地方特产、独特的天气现象等，均具有很高的地域文化的价值，读来令人充满兴趣。

黎简二十七岁回到广东后，经常来往于顺德弼教村、大良镇和广州府城间，还在佛山住了四年，又先后到过番禺、肇庆、香山、新会等地，探访南海神庙、罗浮山、西樵山、七星岩、鼎湖山等景点，留下大量的名山胜景诗。比如描写南海神庙旁浴日亭胜景的《浴日亭观雨》《浴日亭》，描写罗浮胜景的《华首台后至洗衲石》《白鹤观登五龙潭上玉女峰》《冲虚观至朱明洞》《水帘洞》《延祥寺至宝积寺》，描写鼎湖胜景的《忆鼎湖示升父》《题鼎湖龙湫》，描写七星岩胜景的《客居行寄怀杨明府袁升父及诸君》。西樵山与黎简家甚近，它的阴影都能笼罩其家，黎简出入行舟，它的影子就倒映在水中，因而黎简描写它的作品就更多了。如《寄石帆》《我家》《草堂》《骤雨篇》都是描写西樵山的倒影，《热》描写西樵山的白云洞，《画山水歌寄何勤良》描写西樵山的大科峰。

黎简描写岭南地方风俗的诗也很多，如《村饮》写春社日村民们凑钱饮酒的风俗；《戏为绝句八首（其三）》写顺德农村正月里玩花灯的风俗；《鱼塘海棹歌词》写疍家人的婚嫁习俗；《追和梁公普金花庙迎神歌二首》和《金花庙仿李长吉》写广州人祭祀金花娘娘祈子的风俗；《放鸽引》写广东地区飞鸽比赛的习俗；《买舟出村口与诸君看竞渡》写顺德水乡端午赛龙舟的习俗。

黎简描写岭南特产的诗亦不少。如《溪上摘荔子作一绝》《玉荷包歌》《荔枝曲》都是写荔枝的；《己酉龙眼诗》写家乡的龙眼；《江南岸蕉园歌》写顺德的芭蕉园；《采珠词》写合浦的珍珠。

黎简描写岭南独特的天气现象的诗数量也很可观。《南海神庙观龙取师子洋》写海上的龙卷风；《白雨》《初夏野瞩与谢莶臣》写南方夏天常见的白撞雨。

他还有大量的诗写西潦、巨雨、飓风、酷热等等。他的地方风土诗如《广州歌》，描写了广州城南水重于城西水的现象，令人感到非常新鲜。其中出现的凤凰岗、鸡鸭滘、白鹅潭等地名让很多老广州人感到亲切。

## 三

黎简一生布衣，生长于僻壤，何以能写出这么好的诗呢？这是一个非常值得探讨的话题。

黎简诗写得好，首先源于家学渊源。黎简的曾祖和祖父皆国子监生，父亲乃处士，改行从商，客居南宁，贩米为业。由于世代书香的传统，他的父亲在经商之余，喜欢读书吟诗，组织了一个“五花洲吟社”，与朋友吟诗联对。黎简从小参与其中，受到熏陶，对文学艺术产生了浓厚的兴趣。对于他来讲，作诗是家族的传统。他在《七月日得家君子示》中说“杜陵诗是吾家事”，其源于杜甫的《宗武生日》：“诗是吾家事，人传世上情。”杜甫的祖父杜审言，以诗知名于世，故杜甫认为诗是自己的家学。黎简也同样认为诗是自己的家学，把诗写好是本分之事。

其次因为黎简博览群书。黎简的父亲客居南宁时娶当地大族雷氏女为妻，生下黎简。黎简十六岁时与妹妹在母舅雷德威的达磙山庄读书，那里有两万卷藏书。他每日沉浸于这些书籍当中，对未来充满了信心。这是他一生当中最快乐、最无忧无虑的时光，在以后的日子里经常被他忆及。只可惜，这两万卷藏书后来遭遇火灾，全部被焚毁。

然后还由于黎简见多识广。黎简从小生活在南宁，他的父亲往来两广之间做生意，总是携黎简随行，故其从小就遍览山水。行舟中，父亲常命黎简即场作诗，两人以此为乐。后来为了谋生，黎简有过滇黔之游和湖湘之游，经历过艰苦的旅途，饱览过奇丽的风光，并分别作《西征草》和《南浮草》。早年行万里路的经历令黎简有别于那些自小被禁锢在书塾中学习制艺的孩子。这段经历不仅使他见多识广，而且使他对生命的体验更加深刻，从而加速其诗歌创作的成熟。《寄黄药樵》一诗描写了冬夜村居的一场急风骤雨，令黎简回忆起当年艰苦万状的云南之行：“冰天苦月寒峥嵘。两奴争被静一哄，独马恋人悲自鸣。身劳归惜妻孥苦，裘敝倏惊年岁更。煌煌肥马从朋友，跕跕飞鸢阅死生。生还喜尔情过绝，以病示人无病骨。”当时天寒地冻，艰苦异常，黎简贫穷困顿、阅尽死生。他侥幸活着回来之后对感情的理解已与常人不同，更加懂得珍惜生命、怜惜妻儿。

还有非常重要的一点是，黎简广泛深入地向前人学习。他自觉地学习和模仿《诗经》、《楚辞》、汉乐府、魏晋古诗、南朝民歌、李白、杜甫、李贺、李商隐、孟郊、贾岛、苏轼、黄庭坚等众多优秀诗篇和诗人，然后形成自己的风格，从学习中走完大家的成长之路。张维屏《国朝诗人征略》称：“其诗由山谷（黄庭坚）入杜，而取炼于大谢（灵运），取劲于昌黎（韩愈），取幽于长吉（李贺），取艳于玉溪（李商隐），取瘦于东野（孟郊），取僻于阆仙（贾岛）。锤焉凿焉，雕焉琢焉，于是成为其二樵之诗。”确实如此，比如他对李贺的学习。李贺有“鬼才”之称，他的诗想象奇特，意境幽冷，设色浓艳，语言瑰美，多用“泣”“啼”“冷”“血”“死”之类的字眼，形成一种新奇独创、诡谲怪诞、冷艳凄迷的风格，被称为“长吉体”。黎简喜爱李贺，曾手批《李长吉集》，自述“余幼好长吉，非长吉诗不读，且学为之，甚肖也”（黎二樵批点《李长吉集》）。他创作与李贺同题的乐府诗，在诗题的选择以及诗句的化用上有明显模仿李贺的痕迹；在修辞手法上，他学习李贺惯用的代语、通感和倒装；在用字上，他选择李贺爱用的“鬼”“死”“魂”“啼”“泣”“血”“碧”“绿”等字；在对李贺意境风格的学习上，他不仅能营造鬼境，亦能营造仙境，甚至可以把二者融于一诗之中。但黎简绝不是简单机械地模仿李贺，而是有所创造和生新。在诗歌技巧的学习上，黎简不遗余力，而且在营造感觉和表达上还更进一层，力求做到青出于蓝而胜于蓝，创造出戛戛独造、新异奇崛的陌生化效果。

对于李商隐的学习，黎简也同样如此。他的《赠玉溪生绝句》热情地赞美了李商隐：

晚天花上碧云明，云碧天深春水平。有此人间二三月，才情双绝玉溪生。

该诗以一年四季当中最灿烂美妙的二、三月比喻李商隐的才情。据说黎简也曾“手评义山集”（《顺德县志·黎简传》）。虽然苏文擢先生“疑所云手评义山集实为手评昌谷集之误传”（《黎简先生年谱》），但其实细读过黎简诗歌的人，都会相信他应该是评点过《义山集》的。因为他对李商隐的学习并不亚于对李贺的学习。黎简不仅“取艳于玉溪”，而且由于他的婚姻爱情经历与李商隐相似，在人生的特定时期所作的诗带有了与李商隐相似的感伤情调。除此之外，他还学习李商隐的创意与构思、章法与句法、意象和词汇，并由此创作出了不少艺术价值很高的作品。比如《述哀一百韵》在章法、结构、写作手法上明显学习李商隐的《行次西郊作一百韵》；《柳蘼芜桂桃榆桐兰蕙相思成篇》学习李商隐的《蝇蝶鸡麝鸾凤等成篇》，都是先成诗后再从每句中挑选一个字凑成诗的题目。

自古以来，要想成为大诗人，都必须广泛地向前代优秀诗人学习。杜甫曾经主张“不薄今人爱古人”“转益多师是汝师”（《戏为六绝句》）；李白曾经赞美“蓬莱文章建安骨，中间小谢又清发”（《宣州谢朓楼饯别校书叔云》）；韩愈曾经称颂“李杜文章在，光焰万丈长”（《调张籍》）。黎简之所以能够成为大诗人，也是因为善于向前人学习，即“融汇古今，自成一家”。

黎简学习对象广泛，又能自树立。黎简所生活的乾隆时朝，诗学已有自成一家的观念，而这成为诗家常用的确定好诗人的标准。黎简对自己的要求同样如此。他在《寄周肃斋明府》中说“壮夫挽天河，当自引别派”，在《与升父论诗》中说“士生古人后，宁有不践迹。始则傍门户，终自竖棨戟”，在《答友书来所问》中说“卿言亦佳甚，我自用我法”。这都体现了他要自成一家的明确追求。故他作诗能博采众长而避其不足，学习李贺的幽峭而避其章法的凌乱，学习韩愈的雄壮而避其丑怪，学习李商隐的浓艳而避其晦涩，学习郊岛的寒瘦而避其孤苦……

黎简拥有极高的艺术天赋，这让他在创作上事半功倍。在诗歌方面，《顺德县志·黎简传》中记载他“少慧悟，十岁能为诗”，“所为诗境幽意峭，句搜字琢，见者疑出自经营惨淡。简顾援笔立就，出手便能缒幽凿险，亦往往有屡改尤妙者。尝自谓作元、白诗，不愁作不及，只愁写不及，惟久与唱和，始信其言非夸大也”。他简直是下笔如有神。在画、印方面，他“工缪篆摹印。每取肆具范铜，父禁之不予，则独游蛮洞，得其起伏势，便能泼墨作山水烟云”（《顺德县志·黎简传》）。表面看起来，黎简似乎是无师自通，但其实是他善于以自然为师，以造化为师。在书法方面，谢兰生在《常惺惺斋书画题跋》中评论黎简：“性敏颖，或过友人斋头，见古人名迹或名帖，辄凝神注视，移时不语，归而作书，便与神肖。初时不写分隶，有客强之书，取汉《曹全碑》，玩味久之，一落笔便工妙，他人虽曾学十年不逮也。故其书与画并传。”这些都说明黎简在诗、书、画各个方面都有极高的艺术天赋，有发现美的眼睛，有创造美的能力。

# 四

黎简平生写诗颇多，曾有《西征草》《南浮草》之编，但均未保存下来。他在乾隆四十七年（1782）所写的《省视旧诗多已失去诗不足惜也戏为谐语一首》中明确解释说有时情急之中，或生病时，或挨饿时，或与人说笑时作的那些诗来不及细抄，散失很多。孙尔准在《题黎二樵诗集》诗序中也说：“昔见二樵以古锦袱裹所作诗，涂乙不啻再四，终不惬意，辄削去不录。捡其初稿，实佳作也。”可见黎简在自编诗集时亦删去不少佳作。但其现存诗总共有两千余首，数量仍然可观。他在嘉庆元年（1796）自编《五百四峰堂诗钞》，并自序云：“简自龆龀，先君子即教之为诗。既得其意而喜为之。其间存而惭，惭而焚者屡矣。既又复存，存又复惭，于二十余年中，若有未可尽焚者。自乾隆辛卯至于乙卯，所得诗分廿五卷，梓之。”《五百四峰堂诗钞》按年编纂，共录诗一千八百六十二首，刻成于嘉庆二年（1797）。该集有众香亭刊本，书前附有黎简门人何深所绘的黎简小画像以及孙尔准、孙应瑞、黄其勤、谢兰生、黄丹书、张曰瑶所作画像赞。此《五百四峰堂诗钞》曾数次刊刻，同治十三年（1874）有广州儒雅堂南海陈氏刊本，光绪六年（1880）有顺德教忠堂刊本。黎简后来在嘉庆元年（1796）至二年（1797）所作之诗，收入《五百四峰堂续集》。《五百四峰堂续集》录诗八十一首，编为二卷，由番禺汪兆镛于民国十五年（1926）刊于微尚斋。汪兆镛于卷首题："谨按：黎二樵先生《五百四峰堂诗钞》，编刻至乾隆六十年止。先生卒于嘉庆五年（按：应为四年）。曩在友人许见其手稿，嘉庆元年、二年诗凡二卷，篇首有'二樵山人手存'六字。移录一过，置箧衍中，恐日久散佚，兹付剞劂，以续前编。"2000年中山大学出版社出版了梁守中的点校本《五百四峰堂诗钞》，把原《五百四峰堂诗钞》与《五百四峰堂续集》收录到一起，另辑补集外诗三卷。2016年浙江人民美术出版社出版了闫兴潘、叶子卿整理的《黎简集》，除原《五百四峰堂诗钞》与《五百四峰堂续集》外，还增补了集外诗文辑佚两卷：上卷为诗，当中与梁守中本多有重合；下卷为词与文，其中词四首，文十六篇。

本书《五百四峰堂诗钞》部分使用《广州大典》总第448册影印的光绪教忠堂本为底本，参校其他两个版本，发现异文极少，故对异文未一一注出，而是择其善者而用之。此版本有些异体字或刻工刻书时使用的不规范字，比如《田家》中的"导"字，就直接改成简化字"导"。其他繁体字直接改为简体，但有些特殊的字尽量保留，比如"椀"字，并未改成现在通用的"碗"，因为原字特指木质的碗；"碁"字并未改成现在通用的"棋"字，因为原字一般特指围棋，如果改动，就无法保留古代的原汁原味，但会在注释中一一注明。另外如"邨""黏"等字都尊重诗人的用字习惯，尽量不去改动。

目前已出版的黎简作品选本有1983年广东人民出版社出版的周锡䪖选注的《黎简诗选》。该选本选出黎简古今体诗一百八十四首，并对选诗的题目进行解题，对难解的字词进行解释，对部分难懂的语句或整句进行翻译或概述大意，且置于每条注目的开头。本书与此选本的不同在于除了选出黎简的古今体诗一百二十三首外，还从梁守中的点校本《五百四峰堂诗钞》辑佚的四首黎简词中选出词一首，从闫兴潘、叶子卿整理的《黎简集》辑佚的十六篇文中选出文一篇，以让读者了解黎简多方面的文学造诣。但由于黎简词集与文集未有刻印，均已亡佚，目前辑佚的量非常之少，故本书所选亦少。在编撰体例上，本书按照《广州大典》普及书系之“广府名人读本”系列的基本体例，即题旨、注释、今译、赏析的顺序依次撰写。编选原则首先是选择思想和艺术水准都很高的作品，尽量不遗漏前辈学者们公认的黎简代表作；其次是按照黎简自编诗集中以时间先后为序的方法来编选作品，以展示诗人的人生经历及诗歌艺术的嬗变过程；再次是选择能反映黎简书、画、印、园林设计等多方面艺术才能的作品，以及其与名人交游的诗作，以反映黎简在各种艺术上达到的高度以及其文坛地位和社会影响力。本书最大的特色是在撰写赏析时融入了作者这些年来对黎简诗歌研究的心得和成果，尽量分析出其艺术上的传承与创新之处，以凸显黎简作为大诗人的艺术创造力以及他之所以成长为大诗人的内在动因，带领读者一起品鉴和感受黎简诗歌高超的艺术水准和独特的魅力价值，希望读者能为清代广东出现了这样一位全能的艺术家而感到骄傲和自豪。

另外，书末还附有黎简编年事略、《清史列传·文苑传·黎简》、《顺德县志·黎简传》、黄丹书撰写的《明经二樵黎君行状》、吕坚撰写的《黎二樵妇梁氏墓志铭》以及延伸阅读推荐书目，以供读者阅读和参考。

# 诗选

# 入羚羊峡[1]寄闺人[2]

## 题旨

此诗作于乾隆三十六年（1771），时年作者二十五岁，自广东沿西江前往广西南宁，途中作此诗描写羚羊峡的风光并表达对妻子的想念。

清江连白沙，秋昼如月色。苍然暮帆影，凉风转秋碧。舟行入青山，山青立天石[3]。峡雨去却来，山飙顺还逆。哀狖[4]递[5]云屏[6]，清切不可极。违[7]峡已十里，隐耳凄不息。端州[8]万家梦，上有孤月白。是时水村[9]夜，知复当窗织。星露[10]江上草，草根虫唧唧。唧唧复唧唧，吾闻汝叹息。[11]叹息不能梦，有身无羽翼[12]。

## 注释

［1］羚羊峡：西江的一个峡名，在今广东肇庆市高要区，长五公里多。（崇祯）《肇庆府志》卷八："相传山有羊化石，因名。又名灵羊，一名高要峡。"　［2］闺人：妻子。作者的妻子姓梁名雪。　［3］"山青"句：形容羚羊峡两岸青山之高。羚羊峡由高峡山与烂柯山对峙而成。（崇祯）《肇庆府志》卷八："（高峡山）高百余仞，周三十里，与烂柯山对峙。""（烂柯山）高数百仞，周百

里，西麓与高峡山相对。” [4] 狖：长尾猿。 [5] 递：传。 [6] 云屏：指高耸入云，像屏风般陡峭直立的山峰。 [7] 违：离开。 [8] 端州：即肇庆府，古名端州，以境内端溪得名，治所在高要（今肇庆市）。 [9] 水村：指作者家乡广东顺德县弼教村。弼教村地处珠江三角洲，河汉纵横，故称水村。 [10] 露：显露，这里指照亮。 [11] "唧唧"二句：用《木兰诗》"唧唧复唧唧，木兰当户织。不闻机杼声，唯闻女叹息"的句意，表达叹息之意。 [12] 无羽翼：用李商隐《无题》"身无彩凤双飞翼，心有灵犀一点通"的句意，表达怀想之切、相思之苦。

## 今译

清澈的江水、洁白的沙滩，秋天的白昼如笼罩了一层月色。苍茫的暮色中，帆影绰绰，凉风习习，秋色苍翠。船驶入羚羊峡，两岸青山如天石壁立。峡中冷雨忽去忽来，山中狂风时顺时逆。长尾猿的哀啼在高耸入云的山间传递，清切得让人不忍听闻。哪怕离峡已十里之遥，凄厉声仍不绝于耳。端州千家万户已入梦乡，天上那一轮孤月，惨淡苍白。此时水村之夜，我知你一定当窗机织。夜星照亮江边的野草，蟋蟀在草丛中唧唧鸣叫。唧唧复唧唧，我似乎听到你在叹息。你叹息我们不能在梦中相见，又遗憾身无羽翼，无法飞到我身边。

## 简析

黎简的妻子梁雪，字飞素，与黎简同岁，广东顺德人，处士梁若谷长女。黎简于乾隆三十一年（1766）二十岁时娶其为妻。夫妻二人感情甚笃。乾隆三十六年（1771），黎简二十五岁时离开家乡顺德赴广西谋生，在旅途中思念妻子，写下此诗。后来他在五十岁自定《五百四峰堂诗钞》的时候，以此诗作为第一卷的第一首，可见妻子在他心目中的地位。诗人黎简又是画家，对色彩非常敏感。诗中“清”“白”“苍”“碧”“青”等色彩词的使用，使他笔下的羚羊峡有如一幅清丽淡雅的水墨山水画。而“峡雨”“山飙”“哀狖”“孤月”和唧唧虫鸣的出现，又使诗歌渗透着挥之不去的悲哀情绪。此诗善用联想、幻想等意识流手法；善用从对方设想的方式生发自己的感情；善用比喻、顶真等修辞手法；善于巧妙化用前人诗句，浑然天成；善于通过押仄声韵以表达诗人凄苦婉切之情。诗虽不长，但在艺术上的可圈可点之处却不少。黎简作为大诗人的艺术天分由此崭露。

# 飞龙滩[1]

## 题旨

此诗是乾隆三十六年（1771），作者沿西江行至飞龙滩时所作。从肇庆至南宁的西江水路，滩多石乱，水流湍急，十分惊险。此诗描写行船时艰难的情状。

舟下青山根，乱石忽横截。发橹飞渡江，急若物下跌。耳闻人吆号，目送山倏忽[2]。森狞滩心石，日色炙顽铁。失手过迟速，拄架不得脱。[3]或昂首握吭，或翘尾若斀。或中砥若担，负重舟两折。[4]或为马脱缰，或为蚌缠鹬。彼落时数厄，予上日屡歇。[5]两舷声绝天，百指手濯血。北风吹枯山，忽觉冬景热。日落出丛石，始见茅屋列。结构依崩崖，山市静不聒。摞杙[6]去岸远，庶与虎豹绝。惊魂命蛮酒，襟色照露月[7]。

## 注释

[1] 飞龙滩：在广西横县（今广西横州市）、南宁间的水道上。[2] 倏忽：很快地。《吕氏春秋·决胜》：“倏忽往来，而莫知其方。” [3] “失手”二句：船夫往石上点篙，时间上稍有差池，船便会碰上礁石，不能脱身。 [4] “或昂”四句：写船只触礁遇难的各种惨状——有的船首朝天，像被扼着咽喉；有的尾巴翘起，像在俯

身喝水；有的船底正中平搁在石头上，像被挑着，沉重的船身，快要被拦腰折断。吭（háng），喉咙。歠（chuò），吸饮。砥（dǐ），支撑。　［5］“或为”四句：写船只上下滩的情景——下水时船就如奔马脱缰，疾驰而去；上水时船就像鹬蚌相持，寸步难行。那顺流而下的船只，每时每刻都碰到许多危险；船逆流而上，一天内屡次停下。蚌缠鹬：蚌鹬相持，比喻船只困于急流，无法前进。《战国策·燕策二》：“蚌方出曝，而鹬啄其肉，蚌合而箝其喙。鹬曰：‘今日不雨，明日不雨，即有死蚌！’蚌亦谓鹬曰：‘今日不出，明日不出，即有死鹬！’两者不肯相舍，渔者得而并禽之。”　［6］擈（bó）杙（yì）：钉下拴船的木桩。擈，敲击。杙，小木桩。　［7］露月：犹霜月、素月。露，言其白。李贺《黄头郎》：“水弄湘娥佩，竹啼山露月。”

## 今译

舟从青山根处，顺势而下，忽然有乱石横截眼前。摇橹飞速渡江，有如急物下坠。耳中听到的是船工的吆喝声，眼中看到的是座座山峦急速而过。滩中的石头看起来阴森狰狞，像顽铁一样被阳光炙烤着。船夫往石上点篙，时间上稍有差池，船便会碰上礁石，不能脱身：有的船首朝天，像被扼着咽喉；有的尾巴翘起，像在俯身喝水；有的船底正中平搁在石头上，像被挑着，沉重的船身，快要被拦腰折断。下水时船如奔马脱缰，疾驰而去。上水时船如鹬蚌相持，寸步难行。我的船顺流而下时，数次遇到危险；逆流而上时，又被迫屡次停歇。船舷两边船工的喊声高振于天，他们的手指上沾满鲜血。北风吹着干枯的山丘，我忽然觉得这样的冬景也热气腾腾。太阳落山的时候，船终于驶出乱石，我看见有茅屋排列，那是依着崩塌的山崖而出现的山市蜃景，安安静静，听不到任何嘈杂声。钉下拴船的木桩，我离岸远去，但愿这里没有虎豹的侵害。我惊魂未定，饮酒压惊，只见冷冷的明月照着衣襟。

## 赏析

乾隆三十六年（1771），黎简沿西江前往南宁。一路上，急流险滩，山势峥嵘。黎简一共写了九首五言古诗，每首都极尽奇峭琢削，把自然地理的险要峻拔描绘得淋漓尽致。飞龙滩在今广西横州市的西江水路上，滩上乱石堆积。诗歌起句突兀，以“乱石忽横截”句抓住了飞龙滩的主要特征，然后对“滩心石”展开具体描述：先把它比喻成阳光炙烤下的顽铁，再写行舟被困乱石中的各种惨状；把行舟下滩的疾速比喻成奔马脱缰，把上滩的艰难比喻成鹬蚌相缠，譬喻奇特；又写船工“声绝天”“手濯血”的情景以及作者“冬景热”的错觉，渲染出滩石的狰狞和路途的险难。全诗语言峭拔、力避平熟，体现了黎诗戛戛独造、刻意生新的精神。

# 望仙坡[1]最高楼

## 题旨

这首诗写于乾隆三十六年（1771），描述作者在秋日黄昏，登上南宁望仙坡的最高楼远眺的情景。

在眼山川故国[2]情，昆仑[3]寒翠古邕城[4]。短长道路供离别，少壮交游半死生。云色黄茅秋瘴[5]尽，沙光碧玉暮江清。平安郡邑南征[6]后，偶问途人不说兵。

## 注释

[1]望仙坡：在南宁城北。（嘉庆）《广西通志》“南宁府宣化县”条：“望仙坡，县东北一里，与青、罗二山相对，高耸甲于诸山。” [2]故国：故乡。黎简于乾隆十二年（1747）生于南宁，并在那里度过少年时代，所以他把南宁视为第二故乡。 [3]昆仑：指昆仑山，在南宁东北，上有昆仑关，形势险要。（嘉庆）《广西通志》：“昆仑山，（宣化）县东北一百二十里。巉岩峻拔，高出群山。有道极险隘，古设关于此。” [4]邕城：南宁，简称邕，古称邕州，广西的首府。 [5]黄茅秋瘴：黄茅瘴，瘴气的一种，是热带、亚热带山林中的湿热空气，古人认为它是瘴疠（恶性疟疾等）

的病源。《南宁府志》卷三记载："深山密箐之间，虫蛇草木之毒，郁结熏蒸，遂成瘴疠。又岩洞溪壑间，其气如丝如缕，如雾如云，闻之或香或酸，或如糯米饭之气，或有焦臭之味者，皆瘴也。二三月曰青草瘴；四五月曰黄梅瘴；六七月曰新禾瘴；八九月曰黄茅瘴，又曰桂花瘴、菊花瘴。土著之人习而不觉，至仕宦商旅，骤至其地，一中其毒，即成疾病，药石无所施。" [6]南征：指乾隆三十二年（1767）至三十四年（1769）清廷征伐缅甸的战争。这场战争劳民伤财，给老百姓的生产和生活造成很大伤害。

## 今译

登上望仙坡的最高楼，苍翠的昆仑山和古老的邕州城尽收眼底，我对这里的山山水水都充满了故乡般的感情。这短短长长的道路上发生了多少离别的故事呀，我少壮时交游的那些朋友啊已半数凋亡。秋天的天空飘着浮云，黄茅瘴已消散殆尽；暮色照耀下的沙滩闪着金光，碧玉般的江水清澈透明。这平安的郡邑刚经历了战争，我偶遇路人，但再没人愿意提起战争。

## 赏析

经过惊险的西江之行，黎简终于抵达南宁。南宁是作者出生和少年时代生活的地方。诗人对南宁充满感情，将其视为第二故乡。秋日的黄昏，作者来到南宁城北的著名景点望仙坡。《南宁府志》卷四记载："（望仙坡）与青、罗二山相对，上有六公祠。明崇祯初同知刘光宇于祠后建玉皇阁、文昌魁星楼，高矗甲于诸山。"作者登高望远，满眼苍翠辽阔，又值清廷征伐缅甸的战争后不久，想到此次战争对百姓造成的伤害，制造了不少人世间的生离死别，不禁发出“短长道路供离别，少壮交游半死生”的感慨。此句警策，为一诗之眼，被清人黄培芳评论为“一句数层，极顿挫之致”（《香石诗话》卷二）。此诗境界开阔，感情深挚，气韵沉雄，极具艺术感染力。

# 歌节[1]（其一）

## 题旨

这首诗作于乾隆三十七年（1772）春天，描写广西少数民族歌节期间瑶族妇女赛歌的情景。

春衣白袷[2]骑青骢[3]，浅浅平芜[4]淡淡风。蜡髻蛮姬[5]斗歌[6]处，四山纯碧木棉红。

## 注释

［1］歌节：也称歌圩，是广西壮族自治区少数民族举行的一种传统集体歌唱活动，主要活动是以未婚青年男女为主体的对歌。（嘉庆）《广西通志》卷二百七十八：“瑶人风俗最尚踏歌，浓妆绮服，越阡度陌，男女杂沓深林丛竹间，一唱百和，云为之不流，名曰会阆。” ［2］白袷：白色夹衣。袷，夹衣，双层无絮的衣物。李商隐《春雨》：“怅卧新春白袷衣，白门寥落意多违。” ［3］青骢：毛色青白相间的骏马。《孔雀东南飞》：“踯躅青骢马，流苏金镂鞍。” ［4］平芜：草木丛生的平旷原野。江淹《去故乡赋》：“穷阴匝海，平芜带天。” ［5］蜡髻蛮姬：指以蜂蜡涂发，卷发叠髻的瑶族女子。陆祚蕃《粤西偶记》：“有板瑶者，妇人黄蜡泥发，木板为髻，形似今之扇面，平置顶上，覆以绣帕，缀以琉璃珠，累累若璎珞然。有箭瑶者，妇人横箭于顶，黄蜡泥发分作数绺，左右盘结箭上，亦以绣帕覆之。” ［6］斗歌：即赛歌。

## 今译

春天我穿着白色夹衣骑着青骢骏马，在草木丛生的平旷原野享受轻柔的风。那些头上涂着蜂蜡、卷发叠髻的瑶族女子们斗歌的地方，四围都是碧绿青山，有木棉正开着红色花朵。

## 赏析

黎简《为菊湖写山水册之碧嶂红棉》

广西少数民族地区富有歌舞传统，每年歌节期间都要斗歌，形式应与“刘三姐”对歌类似。黎简在广西寓居时，有幸看到这种风俗，充满兴味地对之记录描绘。然而诗歌并没有对赛歌本身做直接的刻画，而是把笔墨放在背景的烘托和气氛的渲染上。特别是后两句，“蜡髻蛮姬斗歌处”以“处”引出下句，而下句并不讲斗歌，却宕开一笔去写周围的景色“四山纯碧木棉红”，意境开阔纯美，余韵无穷。另外，此诗色彩艳丽，“白袷”与“青骢”，山色“纯碧”与木棉“红”的颜色鲜亮夺目，画面感极强。

# 高峰隘[1]

## 题旨

这首诗是作者于乾隆三十七年（1772）春天行经高峰隘时所写，极写隘道的奇险与行旅的艰辛。

高峰双壁路，一线袅悬空。马竭嘶云表，人来出石中。田青四月[2]雨，天黑八蛮[3]风。莫自悲行役，春天揽断蓬[4]。

## 注释

[1] 高峰隘：广西自治区南宁市北有高峰岭，是清朝时武缘通南宁的要道，“高二百余丈，周围十五里，山峰险峻”（温德溥修《武鸣县志》卷二），其上为高峰隘。宋庆和《高峰隘记》：“武缘（今属广西自治区南宁市武鸣区）十有九隘，皆崎岖不可行，其蜿蜒重复且四五十里，惟高峰最险。” [2] 四月：作者自注曰“武缘四月始种，与他处异”。 [3] 八蛮：古谓南方的八蛮国。这里泛指南方少数民族聚居之处。《周礼·夏官·职方氏》：“辨其邦国、都鄙、四夷、八蛮、七闽、九貉、五戎、六狄之人民。” [4] 断蓬：犹飞蓬，比喻漂泊无定。王之涣《九日送别》：“今日暂同芳菊酒，明朝应作断蓬飞。”

## 今译

高峰隘上两面石壁夹出的小路，如一条细长曲折的丝线悬挂空中。马儿似乎是在云层之上嘶鸣，行人仿佛是从石头中钻出。四月的雨浇着田里的青苗，天黑后吹来八蛮的风。莫要悲叹自己在外行役，有如春天的飞蓬般漂泊无依。

## 赏析

黎简寓居广西期间，为了谋生，曾有过湖湘之游，此诗可能就是其湖湘之游途经武缘县的高峰隘时所作。高峰隘高峻奇险，难以通行。宋庆和《高峰隘记》记载："斯隘以咽喉地，峰峦之峻绝，崖谷之拗折，巉石丛树之阻塞，行人苦之。……见夫往来其间，负者昂首，戴者屈臂袖手，徒步者伛偻呻吟，终日弗已。因概然谓，颠蹶之状，甚于饥饿也。"这正印证了此诗中诗人所描述的途经高峰隘的情景。诗歌头四句写景，极力描绘地理环境之险峻；五、六两句描写南方风雨交加的天气状况；最后两句以飞蓬自况，抒发内心漂泊不定的愁苦心境。

# 画鹰

## 题旨

这首诗作于乾隆三十八年（1773），是诗人离开南宁东归途中留别一位好客的东道主人而作。诗人借画鹰寓意，表现自己的高情远志和不凡抱负。

**老树秋落日，古墙风满原。苍然[1]眉睫动，谁以羽毛论。有想终能去，无群[2]亦忘尊。他时燕雀[3]上，酸目[4]见飞翻。**

## 注释

[1]苍然：严肃深沉的样子。 [2]群：指恶鸟之群。杜甫《王兵马使二角鹰》："恶鸟飞飞啄金屋，安得尔辈开其群，驱出六合枭鸾分。" [3]燕雀：比喻无远大志向的凡庸之辈。《史记·陈涉世家》："燕雀安知鸿鹄之志哉！" [4]酸目：看到眼睛都发酸了，形容鹰飞得极高。

## 今译

秋天的落日照在苍劲的老树上；古旧的城墙外，风吹原野。这画中的鹰目光深沉，眉睫似在闪动。谁能说它只是一般的有羽毛之物呢？只要它有远大的志向，终当腾空而起。由于身旁没有恶鸟，它也暂时忘却了自己的尊贵。等到有一天它飞到燕雀之上，人们要费尽目力才能见其翻飞呢。

## 赏析

乾隆三十八年（1773）春，黎简奉母命返粤东，途中遇一热情的主人，临别时作此诗。诗题自注曰：“别东道主人，主人请题诗示客。”这是一首题画诗。作者既是诗人又是画家，自然对画中之意能深刻理解，并挖掘阐发。首联的“老树”“秋”“落日”“古墙”“风”等意象共同营造了一种萧瑟苍凉的画境，烘托出颔联中那只虽羽翼未丰，但目光炯然沉挚的苍鹰。诗人在颈联与尾联中完全把自己的志向融入了对画鹰的评价。“有想”表现诗人志向远大；“无群”写其善于独处，不与凡鸟、恶鸟合群，表现诗人孤高的性格。诗人此次返乡的目的是为了应县试，这是古代文人迈向仕途功名的第一步。由此可以想见，诗人此时的心境定是充满自信，要像苍鹰一样高飞于天。凌扬藻《国朝岭海诗钞》评此诗曰：“精神气力，无不活见，竟若出少陵手矣。要亦实从神明杜律得来。”

# 小园

## 题旨

这首诗是作者于乾隆四十年（1775）的一个傍晚，立于故乡小园伫立眺望所作。

水影动深树，山光窥短墙。秋村黄叶瓦，一半入斜阳。幽竹如人静，寒花[1]为我芳。小园宜小立，新月[2]似新霜[3]。

## 注释

［1］寒花：寒冷时节开放的花，多指菊花。　［2］新月：一说指农历每月初一晚上的月亮；一说为农历每月月初到初六左右的月亮。　［3］新霜：指秋天第一次结霜。

## 今译

那池水中荡漾着深深的树影，苍翠的山色窥视着矮墙内的小园。秋日村舍中那落满黄叶的瓦垄，一半被夕阳笼罩。幽雅的翠竹如人般静立，寒冷中开放的菊花为我吐露芬芳。小园只适合稍事站立，因为新月已升，冷似新霜。

## 赏析

此诗虽短篇小章，却诗中有画、意境优美。不仅如此，这诗中之画还富于动态。第一句写小园中池水清澈，树木倒映其中，本为静止，然晚风掠过，水中树影随风荡漾，这样动静结合，更显景色深远有致。在语言结构上，“水影动深树”本应该是“水动深树影”，改变了正常的语言次序后，造成了语言的陌生化，耐人咀嚼寻味。第二句使用了拟人手法，以一“窥”字描写山光好像把头探入矮墙，窥视园中之景，不仅写出了山光之俏皮，也巧妙烘托了小园之魅力。第三、四句用色鲜明，鲜亮的黄叶在落日斜晖的照耀下绚丽夺目，而只有“一半入斜阳”，更显画面布局之精巧雅致。第五、六两句写幽竹静立，菊花吐香。竹与菊都是君子，淡泊清高，象征着诗人高雅的审美情趣和傲岸风骨。第七、八句写小园只宜“小立”，这新月冷似新霜，诗人实在难耐寒冷，只好归去。把新月比作新霜，不仅写出寒冷，也象征了诗人圣洁澄明的高尚节操。在句法上，“小园宜小立”“新月似新霜”均乃句内对和复叠的辞格，使音韵在句内往复回环，潜气内转，更增添清丽细腻、含蓄婉曲、舒缓迂徐的美感。

# 寄黄药樵[1]

题旨

这首诗是作者于乾隆四十年（1775）写给好友黄鲲的。冬夜村居的一场急风骤雨，令作者回忆起当年艰苦万状的云南之行，由此抒发人生失意之悲。从这首诗可以看到黎简青年时代生活的颠沛困顿。

墙头暮鸦飞不起，鸦背松声冷于水。如山北风压破屋，拍枕大江浮两耳。窗竹偃蹇[2]欲折棂，急雨落瓦寒有棱。饥鹘嚅嚅[3]状啸鬼，纸窗琅琅[4]如裂冰。风头愈大雨点重，松子逾时尚跳动。灯危在壁寒不明，心战如波静还涌。我忆滇[5]山西远征，冰天苦月寒峥嵘[6]。两奴争被静一哄，独马恋人悲自鸣。身劳归惜妻孥苦，裘敝[7]倏惊年岁更。煌煌[8]肥马[9]从朋友，踮踮飞鸢[10]阅死生。生还喜尔情过绝[11]，以病示人[12]无病骨[13]。明日梳头视青镜，今夕苦吟得白发。莫思广厦庇众寒[14]，少陵[15]诗翁古迂拙[16]。

注释

[1]黄药樵：名鲲，字药樵，广东番禺人。监生，名士，精诗律，懂医术，与冯敏昌、黎简均有交游。（见冯敏昌《小罗浮草堂文

集》卷首冯士镳《先君子太史公年谱》及冯敏昌《小罗浮草堂诗集》卷二至卷十一） ［2］偃蹇：弯曲低垂之状。 ［3］嚆（hāo）嚆：形容鹊的叫声。 ［4］琅琅：象声词，形容清朗、响亮的声音，这里指风吹纸窗的声音。 ［5］滇：云南的别称。黎简寓居广西时，曾到过云南。 ［6］峥嵘：原指山势高峻，这里形容寒气凛冽。［7］裘敝：皮袍破了，形容贫困失意。《战国策·秦策》："（苏秦）说秦王书十上而说不行。黑貂之裘弊，黄金百斤尽，资用乏绝，去秦而归。" ［8］煌煌：衣饰鲜明的样子。 ［9］肥马：骑着肥壮的好马，形容生活阔绰。《论语·雍也》："乘肥马，衣轻裘。"［10］跕（dié）跕飞鸢：言瘴气之盛，虽鸢鸟亦难以飞越而坠落，多喻指艰难与险阻。跕跕，下坠的样子。《后汉书·马援列传》："当吾在浪泊、西里间，虏未灭之时，下潦上雾，毒气重蒸，仰视飞鸢跕跕堕水中。" ［11］过绝：过绝于人之意，指超过一般人。［12］以病示人：即示病。佛家语，高僧得病，皆曰示病或示疾。［13］病骨：指多病瘦损的身躯。 ［14］广厦庇众寒：用高楼大厦庇护天下间贫寒的人。杜甫《茅屋为秋风所破歌》："安得广厦千万间，大庇天下寒士俱欢颜，风雨不动安如山。" ［15］少陵：即杜甫，因居于长安少陵附近，故自号少陵野老，世称杜少陵。 ［16］迂拙：迂阔笨拙。白居易《晚归香山寺，因咏所怀》："吾道本迂拙，世途多险艰。"

## 今译

傍晚，墙头上想要归巢的乌鸦无法飞起，风吹鸦背和松林的声音听起来比水还寒冷。如山一样沉重的北风似乎要压倒破旧的小屋，如拍枕畔的江水声在耳边回响。窗外被吹弯的竹枝似乎快要把窗格压折，落在屋瓦上寒气逼人的急雨似乎带有锋棱。饥饿鹰隼的嗃嗃哀鸣有如长啸的鬼魂，风吹纸窗的琅琅声有如冰裂。风势越来越大，雨点越来越重，已经过了时令的松子还在剥落跳动。高挂在壁间的灯闪着暗淡的寒光，心中的战栗有如静波突然汹涌。此时我回忆起曾经的云南之行，当时正值冰天苦月寒气凛冽。两个随从争抢被子，在静夜中吵闹，依恋主人的马儿独自悲鸣。自身劳苦才知道怜惜妻儿，衣裳破旧才惊觉岁月更迭。资用乏绝，只能依靠有钱的朋友，感到自己有如下坠的飞鸢阅尽生死的危险。现在能活着回来，我对你的喜爱之情更超过一般人。我虽然得疾，却并无多病瘦损的身躯。明日对着青铜镜梳头，我定能看到今日苦吟的白发。不要像杜甫那样，还想着用高楼大厦解救众人饥寒，这是多么迂阔笨拙的想法！

## 赏析

此诗堪称黎简的力作之一，写得戛戛独造、奇峭劲健。诗歌前十二句运用侧面烘托、听觉、视觉、触觉、比喻、通感、夸张、炼字、炼意、造境等各种手法极力描写冬夜村居狂风骤雨的猛烈、恐怖和寒冷，既有李贺的幽峭，又有杜甫、韩愈的雄劲狠重，写得很有气势。接下来八句写诗人回忆起早年寓居广西时的一次云南之游，其时亦是冻地寒天，艰苦异常。诗人贫穷困顿，阅尽死生。末句的牢骚语，表现了诗人人生失意的悲愤。连自己的饥寒都解决不了，怎么可能去“兼济天下”呢？诗歌使用生新的词语，描绘出怪异的形象，渲染出阴寒凄惨的气氛，表现幽峭深曲的意境。清末丘炜萲《五百石洞天挥麈》盛赞此诗：“通体总不肯出一易语。篇首飘忽而入，突兀可喜，错落有神，如巉岩皴法，如雨山点法。想见兴酣落笔之致，要为篇后蓄势，寄所怀人。……若夫奇警至不可思议，令人目遇而眩，耳遇而悦，又尽在平日炼字炼句之工，非咄嗟可办。”

# 听吴客作吴歌二首[1]

## 题旨

这首诗作于乾隆四十一年（1776）春天。诗人客居广州，于一雨夜听到吴地女子唱起吴歌，哀怨地诉说思乡之愁，勾起了自身的感伤之情，故仿作吴歌二首。

千里东风长绿芜，江南春似广州无？一般冷雨萧萧夜，不独伤心为鹧鸪[2]。

吴女吴声作短讴，水风荷叶送归舟。一时怅望无寻处，月照松陵[3]江水流。

## 注释

[1] 吴，古国名，今江苏一带。吴客，指吴地的女子。吴歌，吴地的民歌在古代十分著名，又称“吴歈”或“吴讴”，多为七言绝句的形式。　[2] 鹧鸪：鸟名，俗谓其鸣曰“行不得也哥哥”，声音哀怨。郑谷《席上贻歌者》：“座中亦有江南客，莫向春风唱鹧鸪。”　[3] 松陵：江苏吴江县（今江苏苏州市吴江区）的别称。因五代吴越建县前，为吴县松陵镇地，故名。地近太湖，风景优美。姜夔《过垂虹》：“曲终过尽松陵路，回首烟波十四桥。”

## 今译

这东风催生了千里的绿草，吴地的春天也像广州一样吗？在这与往常一样冷雨萧萧的夜里，令人伤心的不单单是那哀怨的鹧鸪声。

吴地女子用吴地方言唱着短讴，歌中唱着水上清风、荷叶飘香，共送小舟归乡。她一时怅然四望，家乡却无处可寻，只有那月照松陵，江水缓缓流淌。

## 赏析

清代有不少吴地女子客居于广州的珠江边。吴歌多七言绝句、短篇小章，缠绵多情、清丽婉约。恰黎简亦是多愁善感之人，听吴歌不仅为吴客感伤，作诗也透露出自己的失意之悲，极尽婉曲缠绵之致。这两首小诗特别的地方还在于它们的顺序是颠倒的。诗人本来是先听到吴女唱吴歌，歌声中有无限的思乡惆怅之情，然后才深受感动，发出“江南春似广州无”的问话，表达自己“不独伤心为鹧鸪”的感情。但诗人偏偏颠倒了两首诗的位置，先写自己伤心，再写吴女唱歌，这非常符合黎简创作的特点，就是要与众不同，出奇制胜。

# 村饮

## 题旨

这首诗作于乾隆四十二年（1777），描写家乡村民在春社日聚餐饮酒的风习，在表现乡村美景的同时，也含蓄地反映了当时物价倍涨和农民生活的艰难。

村饮家家醵[1]酒钱，竹枝篱外野棠[2]边。谷丝久倍寻常价，父老休谈少壮年[3]。细雨人归芳草晚，东风牛藉落花眠。秧苗已长桑芽[4]短，忙甚春分[5]寒食[6]天。

## 注释

[1]醵（jù）：大家凑钱饮酒。 [2]野棠：野生的棠梨。棠梨乃蔷薇科梨属，落叶乔木，形似梨树而小，二月开白花。 [3]少壮年：指年轻时。 [4]桑芽：桑叶的芽头。 [5]春分：二十四节气之一，每年农历二月十五日前后。 [6]寒食：我国古代一个传统的节日，从清明节前两天起，禁火三天，只吃冷食，故称寒食。春分、寒食期间正是农忙季节。

## 今译

在乡村竹篱外的野棠梨树边，家家都在凑钱饮酒。大家谈论着稻谷和蚕丝的价格早比平时高出数倍，有人就劝说父老乡亲们不要再谈论年轻时的生活。傍晚时细雨绵绵，人们踏着芳草返家；在东风的吹拂下牛儿垫衬着落花入眠。秧苗已经开始生长，桑叶的芽头才刚冒出来。农忙的春分、寒食季就要到了。

## 赏析

社日，乃古代祭祀土神的日子，分春社和秋社。春社大体在春分前后。社日常有雨，曰“社公雨”。社日一般醵钱作会，曰“社钱”；叠鼓祈年，曰“社鼓”；饮酒治聋，曰“社酒”。唐代诗人王驾的《社日》“桑柘影斜春社散，家家扶得醉人归”就是描写社日饮酒的风俗的。黎简此诗亦是描写春社日乡亲们醵钱饮酒的场景，但并不以喝酒为主要内容，而是通过酒桌上乡亲们的对话“谷丝久倍寻常价，父老休谈少壮年”自然地反映了当时物价飞涨之势，把乾嘉盛世背后实际的农村生活的艰难表现了出来。此句警策，被清代凌扬藻誉为绝妙之句。尽管生活艰难，但乡村里细雨东风、芳草落花的美景仍然让人感觉悠闲自在，而已经开始生长的秧苗和桑芽也让人怀揣着丰收的憧憬，准备投入马上就要到来的农忙季节。诗歌自然清丽，与黎简其他幽峭的作品不同，但首联的倒装句法、颔联顺承流水的巧妙粗对、颈联的自然风光的转接、尾联对饮酒目的的照应以及句内对的句法都使此诗在写作上绝不流于平庸。近人屈向邦《粤东诗话》卷一评论：“试读《村饮》一类作品，又觉工丽绝伦，深类晚唐名作。”

# 夜酌

## 题旨

这首诗是作者于乾隆四十二年（1777）离家前夕，深夜独酌，以抒愁怀之作。

余花[1]袅[2]幽风，病香[3]暗无影。寒空破纤月[4]，怨禽[5]齐作警。离心对愁杯，安得不独醒[6]。绿苔入户湿，凉露在眸冷。春去如云飞，一夜人闲静。

## 注释

[1] 余花：残余的花朵。谢朓《游东田》："鱼戏新荷动，鸟散余花落。" [2] 袅：随风摇曳。 [3] 病香：指欲残之花。崔橹《暮春对花》："病香无力被风欺，多在青苔少在枝。" [4] 纤月：未弦之月，月牙。 [5] 怨禽：哀怨的鸣禽，这里指鹤。《风土记》："（鹤）性警，至八月白露降，流于草上，滴滴有声，因即高鸣相警，移徙所宿处，虑有变害也。" [6] 独醒：独自清醒。《楚辞·渔父》："举世皆浊我独清，众人皆醉我独醒。"

## 今译

枝上残余的花朵在幽怨的风中摇曳，欲残之花在暗处不留一点影子。寒冷的天空中一钩新月破云而出，鸣声哀怨的鹤一齐警觉鸣叫。行将离别，对着酒杯我满怀愁绪，怎样才能醉倒而不独自清醒呢？绿色的苔藓一直延伸入户，感觉湿漉漉的。清凉的露水在我眼中，更显得冷冰冰的。春天如天上的云一般飞驰而去，这一夜我感到孤独寂静。

## 赏析

黎简的诗学习唐宋大家，风格多样。此诗受李商隐影响，渲染一种幽冷、孤寂的意趣，感情细腻、构词丽密、风格冷艳。诗歌在造境上不惜笔墨，“余花”“幽风”“病香”“寒空”“纤月”“怨禽”“离心”“愁杯”“绿苔”“凉露”，共同营造出全诗衰飒凄冷的基调。“花”“风”等名词都带有特定的修饰语，意思绵密，耐人咀嚼玩味。“袅”“破”两个形容词用作动词，刻意锤炼，给人新异奇警的感觉。“暗无影”“齐作警”的描写加重了诗歌阴冷、哀怨的氛围。其中“怨禽齐作警”一句是对李商隐《酬别令狐补阙》“警露鹤辞侣”和《夜思》“鹤应闻露警”诗句的化用。“入户湿”“在眸冷”以通感的修辞手法把目中所见转换成身体的触感，不仅加强了全诗语言的生新趣味，而且更深刻地表现了诗人深夜独酌时不同寻常的孤寂和凄寒。通篇绵密的修辞和句法的锤炼真可谓到了前人所谓“几令读者为之窒”（屈向邦《粤东诗话》）的地步。

# 水帘洞[1]

题旨

这首诗作于乾隆四十三年（1778）。十年前，黎简曾偕友人梁公普游罗浮山，但当时并未撰写诗文。十年后，听闻朋友周肃斋游华山而作华山诗，于是黎简补作罗浮诗十章。《水帘洞》乃其中一首。

千百石舋[2]迸，汇此一帘水。清寒先迎人，去此尚一里。悬雪[3]薄不破，奋雷[4]伏难起。静极入山客，云水劳未已。想见洪荒[5]来，坌涌[6]遂至此。崖藤老尽力，石树冻半死。棉裘凛棱铁，骨战及吾齿。投暄[7]出阳阿[8]，回颜有生理[9]。

注释

[1] 水帘洞：在罗浮山白鹤观后，洞多奇石，泉水从石上泻下，形成瀑布，下有流杯池、五龙潭，为罗浮山胜景之一。 [2] 石舋（xìn）：指石头与石头之间的间隙。舋，间隙、裂缝。 [3] 悬雪：代指瀑布。 [4] 奋雷：从地而起之雷，形容瀑布的声音。《周易·豫》："雷出地奋，豫。" [5] 洪荒：太古时代。 [6] 坌涌：聚集涌出。 [7] 投暄：投身温暖的阳光。 [8] 阳阿：古

代神话传说中的山名，朝阳初升时所经之处。在这里指向阳的山坡。
[9] 生理：生机。

## 今译

流水从千百块石头的缝隙中奔涌而出，汇聚成这一帘瀑布。在距离瀑布尚有一里的地方，我已经感到清寒之气。瀑布如悬垂的雪帘一般薄薄一层，却源源不断，直冲下去，发出闷雷般的轰响。山中非常安静，我一路观赏变幻多姿的山容水态，虽已应接不暇，但仍然未看完。可以想象，这瀑布是从远古洪荒时代就不断聚集奔涌，才形成现在这个样子。苍老的藤蔓用力地缠绕着崖壁，石缝中的树已冻得半死。我身上的棉衣就像有棱角的铁衣一样冰冷，我的骨头、牙齿都在颤抖。等我走到温暖有阳光的山坡之后，脸上才恢复生机。

## 赏析

黎简作诗最忌平庸，往往发句惊挺。诗歌先写流水在石缝中奔涌形成瀑布带给人的视觉冲击，有先声夺人之气势，再通过倒叙的手法突出诗人远在一里以外就感到的清寒之气；接下来六句上接首二句具体描写瀑布之形态、声音以及诗人的想象；最后六句上接次二句，着重突出瀑布之清寒。“迸”“坌涌”等动词的使用，突出了瀑布的气势。“悬雪”“奋雷”的比喻，使瀑布的形态、声音具体可感。“薄不破”“伏难起”再一次强调了水流之大、速度之迅猛。“洪荒”“老尽力”等词汇营造了环境的亘古荒凉。“冻半死”“凛棱铁”“骨战”的描写更加重了森然荒寒的气氛。“静极入山客”一句本意为山静，但却给人感觉似乎是客静，这种对正常语言次序的改变使诗句产生一种生新的效果，变得更加耐人寻味。

作品对幽奇怪异意境的营造，瘦硬词汇的选择，倒装、比喻修辞的运用，语言次序的改变，都使诗歌呈现新异、奇警、峭拔的特点。故该诗被誉为“极脍炙人口，盖集中五古之最警者”（丘炜萲《五百石洞天挥麈》）。

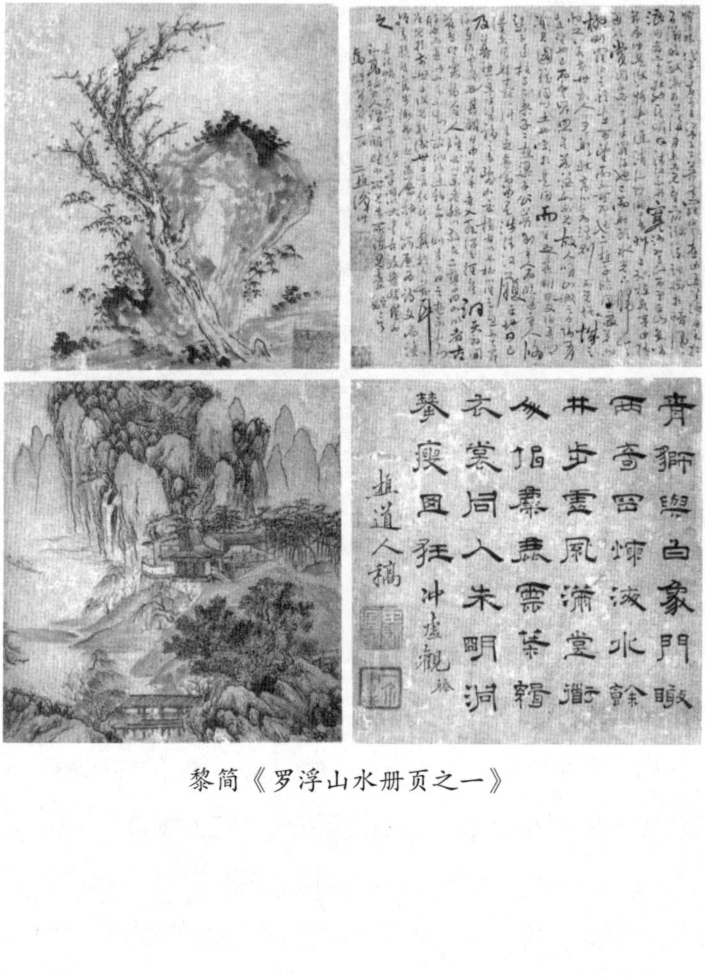

黎简《罗浮山水册页之一》

# 四月二日

**题旨**

这首诗作于乾隆四十三年（1778）初夏。当时两广地区发生大饥荒，富豪大户勾结地方官囤积居奇，更使市面粮食奇缺。百姓忍无可忍，遂使广州发生了抢米风潮，官府立刻进行大规模镇压。黎简亲眼目睹这种情况，愤愤不平，写下此诗。

四月二日日向西[1]，官差如牛市中走。是时樵夫始籴米，米市仓皇告无有。回身问里正[2]，但言官捉人。旁人问他正[3]，但道莫须问，行同官差捉人频。归来惊怪不得坐，出门已见郎当[4]锁。短衣赤拳众健少，沮色胁间持米裹。重城内外负郭村，属县大市齐争传。同时空尽市中米，法以示靖[5]止沸然[6]。最后有一翁，籴米夜行路。官差问米从何来，纳米官差放之去。道左[7]不敢言，言之即是掠米人。吁嗟尔小民，还家不饱从皇天[8]。湖南米船接续至，米价尚自不肯平。乡中大户藏旧谷，不出谷，贿吏目[9]。大吏安知小吏奸，小吏不及里正顽[10]。譬如私囊自固闭，伸手还借他人钱。君不见低田水上高田水，东人奴是西人子[11]。去年贫作今年鬼，粤国遥待楚国[12]米。

## 注释

[1]酉：十二时辰之一，十七时至十九时。 [2]里正：乡官，主要负责掌管户口和赋役等事。 [3]他正：别的里正。[4]郎当：即锒铛，锁系囚犯的铁索。 [5]靖：安定。 [6]沸然：水腾涌貌，这里指骚动不安的局面。 [7]道左：道路旁边，这里指路边的人。 [8]从皇天：听天由命。 [9]吏目：胥吏、差役的头目。 [10]顽：贪婪。 [11]“东人”句：当时广西的饥荒比广东更严重，许多广西人被迫把儿女卖身为奴。东人，指广东人。西人，指广西人。黎简《呈周新宁肃斋》：“其言及西粤，粤西余洞知。前年秋不雨，上年大难为。惟我桂林郡，有谷通湘漓。其地赤千里，黄茅忧俱萎。傜苗走城中，纷鬻其女儿。黄发蓬垢面，处处生别离。昨日携儿来，今日负米归。……少者适异国，老人填故蹊。”黎简《官放仓》：“寄书与家人，幸无寒与饥。不见灶下□，乃是西人儿。”这些诗句都突出地揭示了这种悲惨的情况。 [12]楚国：指湖南，古属楚国。

## 今译

四月二日酉时，官府的差役如牛一般在街市上走来走去。这时我出去买米，可米市的人却慌张地告诉我没米了。我回头问里长，里长说官府在抓人。旁人问别的里长，里长只是说不要问，与官府一起频频捉人。回来我觉得奇怪，坐不下去，一出门就看到有人已经被铁索锁了，是一些穿着短衣、赤手空拳的健壮少年，他们神色沮丧，腋下夹着米袋。内城、外城还有靠近城郭的村庄，所辖之县的大的集市都在争相传闻：市面上所有的米都被抢空了，官府把骚乱镇压了下去。最后有一个老翁，买了米在夜间赶路。官吏喝问米从何处来，然后把米没收了才放他走。路旁的人什么也不敢说，说了就成了抢米的人了。哀叹这些老百姓，饿着肚子回家，只能听天由命。湖南的米船接连来了，可是米价仍然无法平抑。乡中的富家大户故意把米囤积起来，贿赂官吏的头目。上面的大官怎么知道下面的小吏这么奸诈，而小吏又比不上里长这么贪婪。这做法就好比紧紧捂着自己的钱包一毛不拔，还伸手找别人借钱。你难道没有看见在那高高低低的水田上，广东人的奴仆是广西人的子女？去年贫穷的人今年已经做了鬼，两粤翘首期待湖南的米！

## 赏析

乾隆四十三年（1778）广州发生饥荒，广西自乾隆四十一年（1776）开始亦连灾三年。黎简一家也忍饥挨饿，靠朋友接济和典当衣物才勉强熬了过来。此诗继承了杜甫现实主义的创作传统，真实地记录了饥荒中官商勾结抬高粮价、百姓抢粮、官府镇压的历史事件。诗人在己亥集外诗《寄周肃斋明府》“惊皇四月初二日，闻见一生无两奇”的自注中云“去年是日广州数处皆以酉刻掠市上米，须臾而定”，正指此事。诗歌大胆揭露了乾嘉盛世背后真实的社会阴暗面，可谓“诗史”。诗歌在艺术上亦学习杜甫的三吏三别、《兵车行》等乐府诗的创作方法，运用铺陈、人物对话等方式展开故事情节，在看似客观冷静的叙述中蕴含着对受灾百姓的深刻同情和对官府、富豪阶层为富不仁的愤怒和谴责。

# 画山水歌寄何勤良[1]

**题旨**

这首诗作于乾隆四十四年（1779）。据《粤东诗海》卷九十收录的何文宰《黎二樵以山水图见寄，并题以诗，因次原韵》可知，此诗作于四月，且是在原稿基础上改削而成。诗人病卧三月余，病愈一看，湖上山峰全披上了绿装，兴起作画，并题诗其上，寄友人何文宰。

病起卧过九十日，一日碧尽湖上山。东连大雁[2]西大科[3]，起伏汩没波涛间。波涛西来山东走，气与我笔争巑岏[4]。我惟画山不画水，要使空处闻惊湍[5]。濛濛苍石海雨后，稍与日气兼暄寒。寒暄荡漾无处着，着为孤柳枝上烟。就中小置筼筜亭[6]，江山此亭真大观。夜来青灯野风急，风雨入我琴上弦。泠泠哀玉[7]响笪屋[8]，墨意静有琴声存。数阜[9]毕列高林端，修松密如山蜿蜒。一重一掩[10]断以续，数偃数仰危而安。斟酌远势须洒然[11]，云沙一画[12]态百千，为屏为障为波澜。安得湘帆转岳色[13]，山翠压襟闻断猿。断猿不可听，白云如可攀。观余画者止于此，此外惟有诗句错杂题青天。

## 注释

［1］何勤良：清代广东诗人何文宰。据《粤诗人汇传》第三册："何文宰，字勤良，号葭洲。顺德人。布衣。著有《葭洲诗草》。" ［2］大雁：指大雁山，位于广东鹤山市，形如飞雁，上有清潭。 ［3］大科：指大科峰，是西樵山最高峰。 ［4］巑（cuán）岏：山高锐貌。这里比喻气势突兀不凡。鲍照《登庐山望石门》："崭绝类虎牙，巑岏象熊耳。" ［5］惊湍：惊动四方的急流。［6］筼（yún）筜亭：竹亭。筼筜，指一种皮薄、节长而竿高的竹子。 ［7］哀玉：玉石相碰撞发出的凄清声。 ［8］笪（dá）屋：用竹笪铺盖的屋，指简陋的棚屋。笪，粗竹席。 ［9］阜（fù）：土山。 ［10］一重一掩：语本杜甫《岳麓山道林二寺行》："一重一掩吾肺腑，山鸟山花吾友于。" ［11］洒然：指萧散淡远。［12］一画：石涛的绘画美学思想。《苦瓜和尚画语录·一画》："一画者，众有之本，万象之根。……立一画之法者，盖以无法生有法，以有法贯众法也。"石涛认为，在中国画中，"一画"乃造型底线与生命力运动线统一的法则，画家用"一画"可以为万物传神写照，并可能将宇宙天地的生机活力、山山水水的灵气和人物的精神风貌表现在画面上。 ［13］岳色：指南岳衡山。《水经注》引渔者歌曰："帆随湘转，望衡九面。"

## 今译

我卧病在床九十多天，病愈起来一看：湖上的山峰仿佛一日之间全部换上了绿装。东起大雁山，西至大科峰，都在汩汩的波浪声中起伏。波涛由西而来，山峦向东奔去，气势不凡，好像要与我的画笔争个高低。我只画山不画水，要使人在留白处听到惊涛骇浪的声音。画上苍润的岩石上面笼罩着江雨过后迷蒙的水雾，在阳光照耀下，清寒中透着暖意。这飘荡在空中无处附着的水雾，飘到旁边的柳枝上，散为轻烟。画中间再画上竹亭，这江、这山、这竹亭真是壮观！在点亮青灯的夜晚，野外的风紧吹，风雨之声与我的琴声混融在一起。如玉石碰撞声般清脆哀怨的琴音在竹屋中回响，闲静的墨色中似有琴声在飘荡。几座山峰耸立在高高的树林后，高大的松树密密麻麻，顺着山势起伏。每一重山峦都有一列松树掩映，山峰或俯或仰、或高耸或平缓。我经过斟酌后决定要把远景画得萧散淡远，云沙遥接处要以“一画”状写出万千物态，或状屏障般高峻的山峰，或状起伏不定的波澜。如何才能坐上湘江的帆船，绕行到南岳衡山下，观赏苍翠的山色，倾听令人断肠的猿声。令人断肠的猿声不可听，白云又如何可以攀登！观赏我画作的人只能看到这些，余下的就只能通过我这长短错落的诗句遥想九天之外了。

## 赏析

诗歌描写诗人一次即兴作画的过程。前六句写创作的缘起。诗人卧病在床三月余，出门一看，已是春末夏初，山峦尽碧，波涛滚滚，大自然的壮观激起了诗人的创作欲望。接下来写对画作的布局安排：近景山水，只画山不画水，虽不画水，却让人感到烟波浩渺，此乃留白的艺术，予人以想象的空间，正所谓“此处无物胜有物”，然后画上苍石、柳树、竹亭，中间还有烟雾缭绕；中景画树林，背后有山峦起伏，山峰上有松树布列，俯仰生姿；远景则采用石涛的“一画”之法收尽鸿蒙，囊括无限辽阔的江山。当然，诗歌不仅仅是在记录诗人的画作，还把他作画时“神与物游”的种种联想描绘了出来。画竹亭时他联想到夜晚的竹亭外风雨交加，竹亭内琴音回荡。从墨色中听到琴声，真是文人雅趣！以“一画”之法画远景时他联想到遥远的衡岳潇湘、翠山断猿、青天白云，真是遥想九天之外！

# 夜合花[1]

## 题旨

这首诗作于乾隆四十四年（1779）。诗人描写夜合花的风情、仪态、香味、颜色。其担心花期将尽，夜不能寐，喜爱之情溢于言表。

夜合风情故异常，更无浩态[2]有狂香[3]。鸭头[4]力破重胎绿，鱼子[5]深团一撮黄。睡亦近人翻与坐，暗如触处不宜光。关心碧玉[6]瓜期[7]及，冰簟银床[8]夜未央[9]。

## 注释

［1］夜合花：又名夜香木兰。开绿白色球状小花，昼开夜半开似闭合，故名夜合花。香味幽馨，入夜更烈。屈大均《广东新语·木语》：“夜合，木本。叶如栗，花如茗茶，色白。其开以夜，开而其半若合，一似开于晓而合于夜，故曰夜合。” ［2］浩态：这里指硕大的花朵。 ［3］狂香：浓烈的香气。韩愈《芍药》：“浩态狂香昔未逢，红灯烁烁绿盘龙。” ［4］鸭头：原指绿色的水。唐时有种染料叫“鸭头绿”，似其色之水称鸭头。这里指夜合花的绿色花苞。 ［5］鱼子：这里代指夜合花的黄色花蕊。 ［6］碧玉：以女子喻花。梁元帝《采莲赋》：“碧玉小家女，来嫁汝南王。” ［7］瓜期：比

喻女子出嫁之时。 [8] 冰簟银床：语本温庭筠《瑶瑟怨》："冰簟银床梦不成，碧天如水夜云轻。"冰簟，清凉的竹席。银床，洒满月光的床。 [9] 夜未央：夜未过半，长夜漫漫。

## 今译

夜合花的风情与众不同，虽然没有硕大的花朵却有着浓烈的香气。它的花朵想要努力地冲破如鸭头绿的花苞，它的黄色花蕊如鱼子一般撮成一团。睡觉时我靠近它，这让我翻来覆去、坐卧不安，要把它放到暗处，因为它不喜光。我担心这碧玉般的白色小花花期将尽，长夜漫漫还未过半，我在清凉的竹席和洒满月光的床上辗转反侧。

## 赏析

夜合花是一种精致小巧、散发浓郁幽香的花，十分惹人喜爱。诗人以"无浩态""有狂香"来形容夜合花的小巧和香气，是化用了韩愈形容芍药的诗句，用字用词夺人耳目。诗人用"鸭头绿"和"鱼子黄"来形容夜合花的花苞和花蕊，同样鲜明吸睛。这独具风情的夜合花让诗人爱不忍释，睡觉时也要挨着它睡，因为此花开放时间非常短，每朵仅开一到两天，这更让诗人辗转反侧、长夜难眠。其爱花、惜花之情实在比李商隐"客散酒醒深夜后，更持红烛赏残花"（《花下醉》）更甚。其中"睡亦近人翻与坐"一句耐人玩味，明明是诗人"睡亦近花翻与坐"，但这句给人的感觉却是花近人睡、花翻、花坐，需细细咀嚼方知其妙。

# 鱼塘海[1]棹歌[2]词

## 题旨

这首诗作于乾隆四十四年（1779）。诗人描写了顺德水乡独具风味的水上商业、渔民生活和婚嫁风俗。

鱼塘海阔估船[3]多，两岸平田田外河。东南风起浪如马，西北风来君奈何。

小姑[4]三两尚无郎，网得鲥鱼[5]尺半长。海上[6]人稀好归去，去时风雨大乌冈[7]。

东南云净月团圆，水枝花[8]头光满船。横江[9]独树[10]嫁渔女，打鼓和歌[11]来雁田[12]。

## 注释

[1]鱼塘海：河名，发源于西樵山，流经黎简家乡弼教，注入西江。　[2]棹歌：行船时所唱之歌。　[3]估船：商船。　[4]小姑：汉末秣陵尉蒋子文的第三个妹妹，相传未嫁而死。后借指痴情女子。古乐府《青溪小姑曲》：“开门白水，侧近桥梁。小姑所居，独处无郎。”　[5]鲥鱼：又称迟鱼、时鱼，是一种洄游性鱼类，成年体在近海生活，每年初夏从入海口回到淡水繁殖，产卵后再回到大海。鲥鱼只有在繁殖期才最肥美。屈大均《广东新

语·鳞语》："顺德甘竹滩，鲥鱼最美。" ［6］海上：即江上。［7］大乌冈：即今大夫山，古时在番禺县南山，与作者家乡一水之隔。高二百余米，周十余里，为附近群山之冠。据说因山顶经常云遮雾掩、山色朦胧，而被称为"大乌岗"。作者自注："陆秀夫尝驻此，名大夫冈，俗呼为大乌冈。"陆秀夫是宋末丞相，与文天祥、张世杰等坚持抗元，退守广东，兵败援绝之后，在新会崖门背宋帝赵昺投海而死。 ［8］水枝花：水驿名，即水路的驿站。水枝花在陈村，属顺德县，离弼教不远。 ［9］横江：作者家乡一地名。 ［10］独树：在登洲，水驿名，属顺德县，离弼教不远。黎简《五百四峰堂诗钞》（下文注释中皆简称《诗钞》）卷十八《雨》自注："横江头、独树营，皆吾乡地名也。" ［11］打鼓和歌：疍家人的婚嫁习俗。吴震方《岭南杂记》："（疍户）婚娶以酒相馈，群妇子饮于洲岸。两姓联舟，数十男女互歌为乐。"又屈大均《广东新语·诗语》："粤俗好歌，凡有吉庆，必唱歌以为欢乐。……疍人亦喜唱歌，婚夕两舟相合，男歌胜则牵女衣过舟也。" ［12］雁田：水驿名，属顺德县，离弼教不远。作者自注："独树、水枝花、雁田，皆水驿名。"

## 今译

宽阔的鱼塘海上商船多，两岸平旷的田野外还有河。东南风刮来，浪如奔腾的马，西北风来了，你们又该如何？

三三两两的女子还未许配郎君，下网捞得半尺长的鲥鱼。趁着鱼塘海上人少好归家，归时大乌冈上风雨交加。

东南方乌云散尽，露出一团圆月。水枝花驿的渔船上洒满月光。横江上的独树驿正有疍民在嫁女，敲着鼓、唱着歌，从雁田驿而来。

## 赏析

这组诗采用民歌体，简单几笔就勾勒出诗人家乡渔民生活的片段，饶有生活情趣。第一首描写水上商船众多、商贸繁荣，哪怕是如马奔腾的风浪也不能阻挡商人们交易的热情，故诗人反问一句：如果是更猛烈的西北风来了，你们还来交易吗？语气中似乎带着艳羡和钦佩。第二首赞叹那些还未出嫁的疍家女孩已经能够非常娴熟地捕鱼、驾船，无惧风雨，好一幅江乡渔女图。第三首描写疍家婚嫁的习俗。沿海疍民以船代轿，婚时以蛮歌相迎，新娘常唱《哭嫁歌》，以歌颂父母的养育之恩，一般是在夜深人静、风平波息时兴叹，以慢声软语复诵，悱恻缠绵，催人泪下。诗歌描写的正是月夜下唱歌嫁女的场景。黎简的这类反映风俗民情的诗均轻快简洁、明白如话，表现出诗人作品风格的多样性。

# 夏日江村

## 题旨

这首诗作于乾隆四十四年（1779）。诗人描写夏日江村的自然风光和村居生活。食荔、戏鱼、乘舟、垂钓，还有与孩子相处的天伦之乐，都充满了岭南水乡独特的生活趣味。

南风怒横波，沙崩松树根。隔江食荔还，凉日落我门。清流入深巷，涎蜗[1]缘短垣[2]。稚子弄水食，减饭戏鱼孙[3]。俯见檐竹影，摇漾一禽喧。对溪波满陂，水光群木繁。洒然扁舟兴，远不逾篱藩。垂钓不在得，得与幼稚言。明日饱汝腹，小烹媚盘飧[4]。忽然东南云，去尽月照村。

## 注释

[1] 涎蜗：拖着黏液的蜗牛。 [2] 短垣：短墙。陈师道《春怀示邻里》："断墙着雨蜗成字，老屋无僧燕作家。" [3] 鱼孙：指还没长大的小鱼或鱼苗。 [4] 盘飧（sūn）：指菜肴。

## 今译

南风发怒，吹得水波横流；沙土崩漏，使江边树根松动。我从江对岸吃荔枝回来，落日渐凉，照我门前。清澈的江水漫入深巷，拖着黏液的蜗牛沿着矮墙爬行。小孩子省出自己的饭制作鱼食，和小鱼嬉戏。我俯身看见檐边的竹影在水中摇漾，一只禽鸟在枝上鸣喧。对面溪水的波浪浸满水岸，水面上倒映着繁茂的树木。此刻我欣然起了乘舟的兴致，但不会驶出水中篱笆的界限。在江中垂钓并非为了钓鱼，而是为了借此机会对孩子们说："明日我要烹饪一道漂亮的美食，填饱你们的肚子。"此时东南方的阴云散尽，月光照进了村庄。

## 赏析

此诗写作前的几年间，黎简有多位亲友相继离世。他的亲人有妹妹、母舅，好友有李文藻、陈观、黄药樵。黎简内心深受打击，加之经过了前一年的大饥荒，本就身体不好的他病倒了，回到家乡休养半年，在乡村生活的宁静以及和孩子们相处的快乐中疗伤。诗歌前六句"沙崩""凉日""涎蜗"渲染了乡村的破败与荒凉。发怒的南风、横流的水波、松动的树根均体现出诗人的心情并不平静，生死的离别与生活的艰辛让他的内心感到恓惶。接下来，诗句描述的稚子戏鱼的乐趣让诗人渐渐平静。摇漾的竹影、喧叫的禽鸟、清澈的溪水、水中的树影引发诗人乘舟之兴，而钓上鱼来、为孩子做一道美食的期待终于赶走了他心里的阴霾，此时云散月明，心情爽朗。此诗最大的特点是诗人心情的起伏波动与乡村景物的融合完美无间。稚子的形象让人想起杜甫《江村》"稚子敲针作钓钩"和胡令能《小儿垂钓》"蓬头稚子学垂纶"的形象。

# 冶铜仿古私印，破一月得三十颗。夜梦李南涧[1]来索观，甚称美。余曰："人久云公死，妄耶？"但笑而不答。肃斋[2]、药房[3]同坐，甫议为铜印诗而觉

## 题旨

这首诗作于乾隆四十四年（1779）。黎简除精于诗、书、画外，还善刻印。诗人一个月冶铸仿古铜印三十颗，夜晚梦见已经亡故的朋友李文藻前来观赏赞叹，醒而作成此诗，以表达对友人的思念与惺惺相惜之情。

生死感不远，此奇今未闻。秋风闭门夜，仙客[4]渡江云。水火非人巧，尊彝[5]证古文。应同挂墓剑[6]，不敢负徐君。

## 注释

[1] 李南涧：李文藻，字素伯，一字茝畹，晚号南涧，山东益都（今山东青州市）人，乾隆二十六年（1761）进士，曾任广东恩平、新安、潮阳县知县，官至广西桂林府同知，未及一年而殁，是著名的藏书家、文学家、金石收藏家。其在粤为官时，与张锦芳、黄丹书、

黎简、吕坚等交善。　［2］肃斋：周士孝，又名周仕孝，字资敬，号肃斋，四川南川（今属四川）人。乾隆年间举人，曾任山东禹城县令，后任广东惠州府同知。《新宁县志·职官表》："周仕孝，号肃斋。四川人。以乾隆四十一年官新宁令，将去官，旱，祈雨而应。邑郡名士为诗颂之，署曰周公雨。"　［3］药房：张锦芳，字粲夫，一字药房，号花田，别署曲江山人，广东顺德龙江人。乾隆四十五年（1780）广东乡试解元，乾隆五十四年（1789）进士，改庶吉士，散馆，授编修，充万寿盛典纂修官。与冯敏昌及胡亦常并称"岭南三子"，又与黎简、黄丹书、吕坚并称"岭南四家"。著有《逃虚阁诗钞》《南雪轩文钞》《南雪轩诗余》。　［4］仙客：指李文藻。［5］尊彝：古代的青铜酒器，这里泛指古青铜器。　［6］挂墓剑：典出季札挂剑。《史记·吴太伯世家》载：吴国季札出使鲁国，"北过徐君。徐君好季札剑，口弗敢言。季札心知之，为使上国，未献。还至徐，徐君已死，于是乃解其宝剑，系之徐君冢树而去。从者曰：'徐君已死，尚谁予乎？'季子曰：'不然，始吾心已许之，岂以死倍吾心哉？'"后用为对亡友守信义的典故。杜甫《别房太尉墓》："把剑觅徐君。"

## 今译

我感到生死之间相隔得并不遥远，奇妙的梦境至今闻所未闻。在秋风渐起关门闭户的夜晚，仙客远渡江云而来。铜印是靠水火冶铸而成，非人工巧制所得，印上的文字取证自古铜器的铭文。既然您像徐君爱季札的宝剑一样欣赏我的铜印，我就应该把它献到您的墓前。

## 赏析

黎简除诗、书、画三绝外，还善刻印。少年时他已“喜缪篆摹印，每取器范铜为印，辄工”（刘禺生《世载堂杂忆》）。成年后，他的技艺更加精进。他日常用印，皆由己制，一个月能铸印三十颗，实属惊人。陈澧（兰圃）《何昆玉印谱序》说：“吾粤老辈中黎二樵善刻印，谢云隐尤为专门；二樵专用古法，云隐兼元人法。”李文藻乃黎简友人。李文藻在广东做官时，首先提出张（锦芳）、黄（丹书）、黎（简）、吕（坚）为“岭南四家”，并与他们交往甚厚。李文藻是清代著名的金石收藏家，对金石篆刻尤为喜爱。此诗描述黎简梦境中得到李文藻对自己铜印的赞美欣赏，于是借用春秋时季札重信义，挂剑于徐君墓的典故表达对李文藻赏识的感激。诗歌言浅而情深，可见黎简是一个重情重义之人。

黎简制印

# 独居行

## 题旨

这首诗作于乾隆四十四年（1779）秋。乾隆四十三年（1778）广州发生大饥荒，让本来就身体羸弱的黎简病倒，蜗居家中养病半年，失去经济来源。秋天到来，天气寒冷，黎简一家更是衣食不继、饥寒交迫，处境极为艰难。黎简心情抑郁悲凉，写诗以自嘲。

木叶走瓦波走海，海飞枯沙雨鸣屋。秋声压空势起伏，早风吹寒不可触，触之有似棘刺肉。裂衾莫得暖两足，众雏瑟涩如一束。朝来过午饭未熟，未饱不暖顿足哭。去履自趾冻至腹，阿母心伤瘦怀犊。沾盘踏餐[1]与饱燠[2]，据阈[3]歌笑[4]声诘曲[5]。吁嗟物性须求安，己生自易已养难，门前树乌巢其间。上有明月照独树，中有九子[6]啼夜寒，我今欲出羽翼单。今年春和[7]食屡绝，羊裘久为典库[8]物。当座低头见萧瑟[9]，出门仰首畏缩栗[10]。悠哉宇宙何广广，独居一士在草莽[11]。

## 注释

［1］踏餐：又作踏飧。踏，通“嚃”，吞食，饱食。李贺《感讽五首》其一：“县官踏餐去，簿吏复登堂。”　［2］燠（yù）：暖，

热。［3］阈：门槛，门口。［4］歌笑：原义为歌唱笑乐。这里应理解为歌哭，一边唱歌一边哭泣。［5］诘曲：曲折，引申为不顺畅。［6］九子：语出汉乐府《乌生》："乌生八九子，端坐秦氏桂树间。"［7］春和：春日和暖。［8］典库：典铺，旧时典当之所。［9］萧瑟：形容环境冷清、凄凉。［10］缩栗：畏缩战栗。［11］草莽：指偏僻的乡间，落后愚昧之地。比喻平庸、轻贱。

## 今译

树叶狂奔于屋瓦，波浪狂奔于江面；江浪飞卷，冲上落满枯叶的沙滩，急雨在屋顶肆意鸣叫。秋声震天，气势起伏；早上的风寒冷凛冽，刮在身上就像荆棘刺痛皮肉。破烂的棉被暖不热双脚，几个孩子瑟缩地挤在一起。早晨、中午都过了，饭还未熟，孩子们吃不饱、穿不暖，跺着脚哭。没有鞋子，从脚趾一直冻到肚子，母亲看到瘦弱的孩子伤心不已。我舔盘吞食只为温饱，站在门口边歌边哭，声音曲折不平：叹息人之本性皆求自安，可出生容易活命难。门外树上有乌鸦筑巢，有明月照耀这孤独的树。巢中有九只小雏在寒夜啼哭，我想出门谋生却实力单薄。今年春日和暖的时候，我家已屡次断粮，羊皮大衣也早已典当。眼前是家中凄凉的景象，出门是令人畏缩的寒冷。悠然宇宙何其广阔，可唯独我如此贫贱，生活在偏僻的乡间。

## 赏析

此诗名为《独居行》，但其实并非指一人独自居住，而是指因为生活的贫寒和孤立无援所导致的天地之间唯我独居的内心感受。黎简诗歌擅长于起句突兀，先声夺人。一开篇即极力描写狂风、暴雨、巨浪和极寒的天气，为后面的叙事和抒情奠定了苦寒凄凉的基调和氛围。树叶和波涛的奔走、江浪的飞卷，从视觉上写出秋风之劲；雨的鸣叫、秋声的震天，从听觉上写出风雨之暴；早风之如荆棘刺肉，从触觉上写出秋风之冷。诗句清空矫健，笔力雄劲。这样的环境渲染使接下来孩子们的受冻、挨饿、痛哭，孩子母亲的伤心，诗人的歌哭、萧瑟、缩栗都顺理成章、水到渠成。直至最后，诗人自然地发出“悠哉宇宙何广广，独居一士在草莽”的感慨，与李白的“大道如青天，我独不得出”（《行路难》）、孟郊的“出门即有碍，谁谓天地宽”（《赠别崔纯亮》））有异曲同工之妙。诗人以“一束”形容冻得瑟缩在一起的孩子，又以乌鸦筑巢、九子夜啼比喻自己家庭的处境，以“独树”象征自己孤立无依的形象，都戛戛独造、刻意生新，使诗人因贫寒所生的孤独无助之感也由此得到了更加深刻的表现。

# 田中歌

**题旨**

这首诗作于乾隆四十四年（1779）。此诗运用白描手法，叙述了贫困无依的孤儿寡母的悲惨境遇，表达了黎简对底层人民的深切同情。

饥鹰叫风野日白，田鼠仓皇乱阡陌[1]。田头背立泣寡妻，拾穟盈筐人夺得。自言一日劳，可得三日食。十日刈获了，可储一月积。今年三日皆空还，明日重来复何益。出门时，儿已饥。入门时，儿拽衣。娘得谷，换米归。儿食粥，娘啖糜[2]。娘空还，儿哭啼。儿勿啼，娘心悲。向屋后，望菜畦。天寒雨瘦菜不肥，篱疏畏逐强邻[3]鸡。闭门抱儿劝儿睡，明日娘有饭，娘自有较计[4]。北风入夜吹破屋，上有明月照人哭。人哭不闻声，但闻儿寒就[5]娘声瑟缩。

**注释**

[1] 阡陌：田间小路。南北为阡，东西为陌。 [2] 糜：稠粥。《尔雅·释言》注："粥之稠者曰糜。" [3] 强邻：富裕强横的邻居。 [4] 较计：办法。 [5] 就：接近，靠近。

## 今译

饥饿的鹰在风中飞翔哀鸣，荒野中日色惨淡；田鼠在田间小路上仓皇乱窜。有个寡妇转过身哭泣，因为她在收获后的田里刚刚拾满一筐谷穗就被人抢去。她说捡一天谷穗，可得三日的口粮；捡十天谷穗，可积一月的口粮。可是今年连着三天都空手而还，明天再来还有什么用呢？出门时，孩子已经饿了；回家时，孩子牵扯母亲的衣襟。母亲捡得谷穗，就可以换米，母子就有得粥吃；母亲空手而归，孩子就啼哭不已。孩子你莫哭，母亲心中悲。到屋后，母亲望菜地，天寒雨少菜瘦小。豪横邻居的鸡钻进稀疏的篱笆来啄菜，母亲却不敢驱逐。关起门来抱着孩子哄睡觉：明天有饭吃，母亲有办法。夜里北风吹入破屋，明月照着人哭。人哭却听不见哭声，只听到孩子贴着母亲寒冷颤抖的声音。

## 赏析

虽说是康乾盛世，可下层百姓的生活还是难得温饱。最困苦的当属那些无依无靠的孤儿寡母，没有经济来源，也没有强壮的男人保护，是底层中的底层。此诗写寡妇孤儿的悲惨生活，极写其孤苦无依、被人欺凌的处境，真切感人，充满了对贫苦人民的同情。诗歌继承了汉乐府以来现实主义的创作方法，场景感和故事性强，人物形象鲜活，语言通俗易懂，句式三、五、七、九言杂用，表现诗人复杂的感情，有很强的艺术感染力。何藻翔《岭南诗存》评曰："繁弦急管，如泣如诉，写愁惨处不嫌太尽，居然古乐府遗音。"

# 亡妹生日

## 题旨

这首诗作于乾隆四十五年（1780）黎简亡妹冥诞的时候。黎简的妹妹早年死于广西的大饥荒。黎简于妹妹冥诞时作诗悼念她。

**死后尚生辰[1]，生辰哭死人。死长生趣[2]短，生近死年新。边冢邻饥鬼，南魂[3]眷老亲。沧江[4]断云[5]下，挥泪雨青春。**

## 注释

[1] 生辰：生日。　[2] 生趣：生活的意趣。　[3] 南魂：指亡妹的灵魂。　[4] 沧江：泛称江水。　[5] 断云：片云，残云。

## 今译

人死后才重视其生日，在其生日时我为其哭泣。人死去的日子长，而活着的人生活的意趣短。又一年妹妹的生日到来，活人离死亡又近了一年。妹妹远在广西的坟墓靠近死于饥荒的人们的坟墓，妹妹的亡灵眷恋着老父老母。我在这沧江片云之下，为年纪轻轻就死去的妹妹挥泪如雨。

## 赏析

此诗自注云："妹死时，值西粤大饥。"这是诗人为悼念妹妹而作。诗歌感情真挚悲痛，语言浅近易懂，但仍有创新。首先，诗人不避讳用"死""鬼""魂"等一般人不愿意用在亲人身上的字眼，造成诗歌奇峭的风格，这是受中唐险怪派诗人的影响。其次，首四句使用复叠的修辞手法，重复出现四个"死"字、四个"生"字，表达了诗人与亲人生死隔绝的压抑沉痛的心情。

# 病

## 题旨

这首诗写于乾隆四十五年（1780）。黎简体弱，有气虚之病，其妻亦因用情过深而患病。此诗表现了诗人与妻子同病相怜、不离不弃、相依为命的人间真情。

**相怜遂同病，同病更相怜。枕共花檐[1]雨，房分药鼎[2]烟。苦心长短夜，瘦影十余年[3]。与尔除诸妄[4]，清斋[5]绣佛[6]前。**

## 注释

[1]花檐：建筑材料之一，亦称“檐头瓦”“檐瓦”“滴水”“勾头”等。为瓦当延续和改进品种，形体变大，幅面变宽，方框，能上下扣合，左右密排，严丝合缝，适用于南方多风多雨的环境。 [2]药鼎：煎药用具。 [3]十余年：十多年。据苏文擢《黎简先生年谱》，黎简与梁雪于乾隆三十一年（1766）结为夫妻，至写这首诗时已十四年。 [4]诸妄：指所有妄想、烦恼。 [5]清斋：谓素食，长斋。 [6]绣佛：用彩色丝线绣成的佛像。

## 今译

我们之间互相怜爱，所以同样都生了病；都生了病，所以彼此更加怜爱。我们同听着檐瓦的雨声入眠，分享着药鼎的烟气同住。不论长夜还是短夜，我们都苦心相守，十数年来两个纤瘦的身影彼此相伴。我每日素食、礼佛参禅，只为了帮你祛除一切妄想、烦恼。

## 赏析

黎简患有气虚之病，即肺病，常年服药。其妻子亦患病。其妻患病的原因据诗人自己说，是因为“用情深挚。予在客村中，见疾风急雨，以为此必至郎所，中郎肌肤者，辄幽忆怨断，一郁无憀，减眠食而病作”（吕坚《黎二樵妇梁氏墓志铭》）。妻子生病是因为太爱自己，这怎能不引起诗人更多的怜爱？诗歌虽以“病”为题，但主要描写对象并非是病，而是歌颂因病而愈加真挚的爱情。诗人以朴素浅切的语言写出了夫妻之间同房共枕、耳鬓厮磨，十数年夜夜相伴、患难与共的真情，可谓语浅而情深，纸短而情长，令人动容。

# 晓出村，舟中作

## 题旨

这首诗作于乾隆四十五年（1780）。在广州坐馆的黎简，经常往来于家乡弼教和广州之间。此诗描写诗人大清早乘船离开家乡前往广州，对妻子恋恋不舍，故所见山水都脉脉含情，深情相送。

悬山覆水不到水，水云似海不似云。一身自作海上客，此山离立[1]云中君[2]。江云渐高山渐小，初日平铺万波晓。须臾山在金碧中，全见山腰失山杪[3]。八风[4]忽展东南溟[5]，天水光白山光青。张帆看山势争转，瘦约一束空亭亭。烟螺[6]似我病妇态，相送远近同含情。我于山水矜[7]画手[8]，如此深陗[9]画未成。山阿片云酿水气，欲出未出迟不轻。只应今夜客独宿，始肯入城为雨声。

## 注释

[1]离立：像凤一样地站立。王中《头陀寺碑文》："丹刻翚飞，轮奂离立。"李善注引《春秋元命苞》："火离为凤"。[2]云中君：云神。王逸《楚辞章句》题解："云中君，云神丰隆也。一曰屏翳。" [3]山杪：指山头、山顶。杪，树枝的末梢。

［4］八风：指八方之风。《说文·风部》：“风，八风也。东方曰明庶风，东南曰清明风，南方曰景风，西南曰凉风，西方曰阊阖风，西北曰不周风，北方曰广莫风，东北曰融风。” ［5］溟：海。［6］烟螺：喻青山。 ［7］矜：自夸、自恃。 ［8］画手：绘画的能手。 ［9］深陗：即深峭，深邃幽峭。

## 今译

悬山之影覆盖着水面，而山却触摸不到水；水中之云影深邃似海而并不似云。我孑然一身漂泊于江上为客，此山像凤一般站立，在云雾缭绕中如云神降临。江上的云渐渐升高，此山渐渐变小。初升的太阳平铺江面，万千波涛都被照亮。不一会儿，此山就被绚丽的阳光照得光辉灿烂，只能看见山腰而看不见山顶。东南方的海上突然吹来八方之风，天空倒映在水中呈现白色光影，青山倒映在水中则呈现青绿色。张开船帆，山顺势一转。此时看山，山如纤瘦的细腰不盈一握，那亭亭玉立的姿态太像我的病妻，一远一近含情相送。我自恃也算是山水绘画的能手，却难以画出如此深邃幽峭的山姿水态。山的拐角处那片朝云正酝酿着雨气，那欲出未出的样子看起来犹豫迟疑、端庄持重。只因今夜我将一人独宿，它才肯随我入城，化为暮雨与我相伴。

## 赏析

黎简非常擅长造境。此诗最大的特色就是意境优美缠绵，诗人把自己与妻子之间难舍难分、彼此依恋的感情都熔铸在对途中山水的描写中。诗中的山、水、云、雨都是诗人妻子的化身，在诗人离家的路途中深情相送。诗歌开篇第一句“悬山覆水不到水，水云似海不似云”就把笼罩在诗人心中不舍妻子又无可奈何、情深似海、无限惆怅的情绪渲染了出来。接下来，诗人把云雾缭绕中的山比喻成云神，那“凤立”的姿态何尝不像妻子的形象呢；转个角度看，山细瘦空灵、亭亭玉立，那姿态更像自己的病妻了，山与妻子的形象合二为一。

江上的云似乎也是妻子的形象幻化而成。“水云似海”就像妻子对诗人如海的深情；山的拐角处那片朝云欲出未出，就如妻子想要追随又无法追随的矛盾，那犹豫迟疑、端庄持重的样子蕴含着妻子被无奈的现实所压抑的热情。而暮雨似乎也是妻子变化而成，在诗人独宿的夜里入城相伴。这朝云暮雨的想象让诗歌更增添了神奇浪漫、缱绻缠绵的意境。

黎简《啸傲烟霞图册之三》

# 苦热行

## 题旨

这首诗作于乾隆四十五年（1780）。诗人贫病交加，生活已经拮据到了无笔作画的程度，无奈之下，只得自村庄出居广州西郭，于柳丝书馆坐馆。这时正是秋老虎肆虐的季节，诗人难以忍受天气的闷热，夜间睡觉梦见家乡水村的清凉舒适，正欲梦中过此一生，不料却被蚊虫的噪声和叮咬惊醒，内心非常煎熬，作诗感慨客居的痛苦，表达意欲归乡的念头。

万物不动日影直，直如火弩射透石。东南三日雨云[1]积，巉天[2]拔海[3]移不得。嗟尔风声死无力，大壑水枯龙呀口[4]，长林[5]叶病鸟蹋翼[6]。白帝[7]扶桑[8]挟弓矢，九乌[9]猖獗不能射。云旗[10]昼卷未肯开，万里无阴阁[11]秋色。热河[12]已恐浪沸火，阴山[13]何时雪如席。客居所居江潦平，赤流不流无水声。破帏夜梦林水阔，凉天在湖[14]深且清。贝宫夫人[15]居水晶[16]，风裳水珮[17]集湘女[18]，珠饭玉酒[19]颁瑶京[20]。长松十万青似城，尽作风势波飞崩。玲珑[21]仰视鳞瓦[22]屋，瓦上浪走冲冲冰。嗒尔[23]不觉结九夏[24]，泠然[25]将以过一生。蟁虻[26]百万雷激砀，梦断不暇作怊怅[27]。退金进鼓[28]恣战攻，高垒深沟[29]匝帏帐。

咂[30]肤一刺无不亲，空空[31]快剑无比伦。沉沉中夜自一掴，不快而辱生愁嗔。何况心血如煎焚，汗落枕气蒸暗云。呜呼，何为奔走一至此，此境岂可容卿身。君不见日来城上十丈尘，红紫压空成毒氛。归哉水田风动蘋[32]，入门暮潮生屋根。秋梧凉阴漾白石，树下晚饭鸡随人。

## 注释

[1]雨云：降雨的云。 [2]巉天：高耸入天的样子。巉，山势高峻的样子。 [3]拔海：拔起大海，形容力量巨大。 [4]呀口：张大口。 [5]长林：高大的树林。 [6]蹋翼：耷拉着翅膀。[7]白帝：古神话中五天帝之一，主西方之神。贾公彦疏《周礼·天官·大宰》“祀五帝”：“五帝者，东方青帝灵威仰，南方赤帝赤熛怒，中央黄帝含枢纽，西方白帝白招拒，北方黑帝叶光纪。”另一说法是白帝乃司秋之神。古人以百物配五行（金、木、水、火、土）。如春天属木，其味为酸，其色为青，司时之神就叫青帝；秋天属金，其味为辛，其色为白，司时之神就叫白帝。 [8]扶桑：古代神话中海外的大桑树，是太阳出来的地方。 [9]九乌：九个太阳。传说日中有三足乌，因以乌指代太阳。《淮南子·俶真训》：“虽有羿之知而无所用之。”高诱注：“是尧时羿善射，能一日落九乌。” [10]云旗：以云为旗。 [11]阁：同“搁”，阻止、延滞、停下来的意思。[12]热河：中国旧行政区划的省份之一，位于河北省、辽宁省和内蒙古自治区交界地带。其名源自蒙语，意思是热的河流。流经承德市的武烈河，上中游有温泉注入，故冬日非严寒而不封冻。冬日清晨，水汽遇寒冷空气而凝结成雾，故称热河。 [13]阴山：在内蒙古中部及

河北北部，东西走向。李白《北风行》：“燕山雪花大如席，片片吹落轩辕台。” [14]天在湖：指天空倒映在湖水中。 [15]贝宫夫人：神女，身份不明，宋代吴正子、明代曾益以为是龙女，清代姚文燮以为是海神，清代学者王琦则认为是南朝梁文学家任昉《述异记》中所记的贝宫夫人。贝宫夫人庙在终南山下。李贺《贝宫夫人》：“丁丁海女弄金环。” [16]水晶：即水晶宫，指龙宫水府，传说中东海龙王居住的地方，由水晶建成，故名水晶宫。 [17]风裳水珮：以风为衣裳，以水作佩饰，本写美人的妆饰，后泛指美姿风韵。珮：通“佩”。李贺《苏小小墓》：“风为裳，水为佩。” [18]湘女：即湘妃，相传为帝尧之二女，帝舜之二妃，名娥皇、女英。二妃没于湘水，遂为湘水之神。 [19]玉酒：仙酒。《初学记》卷二十七引《十洲记》：“瀛洲有玉膏如酒，名曰玉酒，饮数升辄醉，令人长生。” [20]瑶京：玉京，天帝所居。泛指神仙世界。 [21]玲珑：这里指精巧。 [22]鳞瓦：铺叠如鱼鳞的屋瓦。 [23]嗒尔：形容物我两忘。 [24]九夏：夏季九十日。 [25]泠然：寒凉貌，清凉貌。 [26]蟁虻：即蚊虻。 [27]怊怅：惆怅。 [28]退金进鼓：听到鸣金声就后退，听到鼓声就前进。比喻军队服从命令，行动一致。《荀子·议兵》：“闻鼓声而进，闻金声而退。” [29]高垒深沟：筑起高的壁垒，掘下深的壕沟，用以固守。《孙子·虚实》：“敌虽高垒深沟，不得不与我战者，攻其所必救也。” [30]咂：叮咬，吮吸。 [31]空空：象声词。沈德符《万历野获编补遗·鬼怪·凶宅》：“见一巨石板，叩之，空空有声。” [32]蘋：多年生水生蕨类植物，茎横卧在浅水的泥中，叶柄长，顶端集生四片小叶。亦称“大萍”“白蘋”“田字草”。

## 今译

万物纹丝不动，阳光直射下来，就像带火的弩箭射穿石头。东南方连日来聚集着积雨的云，即使有高耸入天、拔起大海的力量也无法使它移动。哎！风声死寂、毫无力气，深谷中的水已枯竭，龙张着大口喘气。高大的树林中，树叶都委顿不已出现病态，鸟也耷拉着翅膀。白帝在太阳升起的地方挽起了弓箭，但九个太阳猖狂放肆，无法射落。如旗的云霞卷曲着无法舒展，万里晴空无一丝阴凉，秋日转凉的趋势都停滞了。热河恐怕连波浪都要沸腾起火，阴山何时才能落下如席的雪花？我客居的居所外江水平静，炽热的水流完全静止，毫无水声。夜晚我睡在破旧的帏帐内梦见开阔的树林和湖水，清凉的天空倒映在湖水中，深邃而清澈。湖水中有贝宫夫人居住在龙宫，那以风为裳、以水为佩的湘水女神风韵优美。神仙世界中的仙人吃着珍珠饭，饮着玉膏酒。树林中数十万棵青翠高大的松树排列似城池。在狂风的吹拂下，水面的波浪飞起又崩塌。我抬头仰望铺叠如鱼鳞的精巧瓦屋，水流拍击发出凿冰般的冲击声。我进入物我两忘的境界，不知不觉夏天就要结束，我将这样清凉地度过一生。百万蚊虻突然振动翅膀，声如雷鸣，我的梦被中断，我甚至无暇去惆怅。它们行动一致，肆意地向我进攻，我则环绕着帏帐筑起高垒、掘下深沟，用以固守。它们叮咬我的皮肤，轻轻一刺无不成功，就像发出空空声的无与伦比的快剑。我则在深更半夜一直用手掌拍打自己，不舒服并感到受辱，生出愁闷嗔怪。更何况心血被如此煎熬焚烧，汗落枕上热气蒸腾入云。哎！我为什么要奔走到这个地方，这里难道可以容纳我吗？你难道没有看见每日城头那十丈高的红紫色尘土，压在空中变成毒气？回去吧，家乡水田上风吹白蘋，院门内黄昏的潮水涌入屋脚。秋天梧桐树清凉的阴影在白石上摇漾，小鸡跟随着主人在树下吃着晚饭。

## 赏析

黎简的这首诗在写作上最显著的特点是运用对比的手法描写客居生活与家乡生活的巨大反差。在描写时诗人发挥自己长于造境的优势，把客居的广州描写得有如鬼境，把梦中的家乡描写得有如仙境，从而自然表达出对客居生活的厌倦和对家乡生活的向往。他描写广州城的热是“万物不动”“日射透石”“云积不移”“风死无力”“水枯龙渴”“叶病鸟疾”“九日不射”“云旗不开”“万里无阴”“赤流不流”，众多怪异的意象叠加在一起营造出有如鬼境般的气氛。而梦境中的家乡水村是“凉天在湖深且清”“贝宫夫人居水晶”“风裳水珮集湘女”“尽作风势波飞崩”“瓦上浪走冲冲冰”，都如仙境般清凉、舒适、美好。黎简诗歌深受李贺影响，他很早就关注到李贺不仅会鬼语，也会仙语，他评李贺《梦天》时说：“论长吉，每道是鬼才，而其为仙语，乃李白所不及。”他评《天上谣》时说：“通篇皆仙语。”他也曾自陈“我宗昌谷颇能仙”（《赠别沈见亭广文还长洲》）。所以此诗是兼用“鬼语”与“仙语”，融“鬼境”与“仙境”于一体，创造出新奇、峭拔、独特的艺术境界。他把对李贺的学习发挥到了极致。诗人与蚊虻激战的那一段也写得相当精彩，体现出戛戛独造、新异奇特的特点，在看似生动幽默、酣畅淋漓的描写中透露着辛酸与悲哀。

# 病马

## 题旨

这首诗作于乾隆四十五年（1780）秋。黎简居于广州西郭，秋寒至而身染病。然家中妻子病更甚，孩子又年幼。诗人只能强撑着继续坐馆，写此诗以病马自喻，表达悲哀孤独、力不从心但又倔强不屈的精神。

**病马老树下，叶稀霜满身。悲嘶[1]寒入骨，余力病无人。枯草空酬命[2]，秋风远起尘。犹能一瞋目[3]，垂死见精神。**

## 注释

[1]悲嘶：凄凉的嘶鸣。 [2]酬命：挽回性命。 [3]瞋目：睁大眼睛。

## 今译

病马卧于老树下，树叶稀薄，霜铺满身。凄凉的嘶鸣寒彻入骨，虽有余力，却得病无人照料。虽有枯草，却无法挽回性命。当秋风吹起远处的尘埃，病马犹能睁大眼睛；虽接近死亡，仍能打起精神。

## 赏析

这是一首有寄托的咏物诗。诗人通过吟咏“垂死”的病马来表现自己贫病落魄但又心怀期冀、努力挣扎的心态。诗歌以“病马”“老树”“稀叶”“霜”“枯草”“秋风”，这一组衰飒的意象组成一个密集的意象群，营造出一种萧瑟、落寞的氛围，为全诗奠定了凄凉、伤感的基调。而“悲嘶”“寒入骨”“余力”“病无人”“空酬命”“垂死”等词语的使用又把对贫病孤独的生命体验表达得极为深刻。在这首诗中，我们仿佛看到了杜甫《病马》“尘中老尽力，岁晚病伤心”中的那匹“病马”；又仿佛看到曹操《龟虽寿》“老骥伏枥，志在千里”中的那匹“老马”；又仿佛看到李贺《马诗》二十三首其四“向前敲瘦骨，犹自带铜声”中的那匹“瘦马”。只是此时诗人只有三十四岁，就已经有如此悲哀心境，可见生活的艰辛对他造成的伤害。

# 广州歌

## 题旨

这组诗共四首，是乾隆四十五年（1780）黎简坐馆于广州西郭柳丝书馆时所作，反映了广州城的风土人情。

劳煞阿侬[1]将水称[2]，城南水重[3]对河轻。一双红鲤吸人影，饮水自然人有情。

绕城骀荡[4]柳毵毵[5]，映水女儿红汗衫[6]。向晚棹花[7]春浪软，香云[8]先渡白鹅潭[9]。

远簇山光入水光，热心禁得住清凉。方花[10]诃子[11]连珠结，紧抱心头到死藏。

千株高柳碍斜阳，半海青阴半海黄。生小不经鸡鸭滘[12]，送行今出凤凰冈[13]。

## 注释

[1]阿侬：我，古吴语。　[2]称：称量。　[3]水重：指水的咸度高，故重。作者自注：“俗传城西南之水与对河水量而称之，瓮轻数两云。”广州城南的水更接近入海口，海水倒灌，水咸度高，故比对河的水重。屈大均《广东新语·水语·海水》：“虎门外之水重，咸也。虎门内之水轻，淡也。舟入虎门，则低五寸，出虎门，则

高五寸，水咸故有力也。凡下海之船日以轻者，水咸且劲，入木而木质坚，故轻也。上江之船日以重者，水淡且柔，入木而木质松，故重也。”　[4]骀（dài）荡：舒缓荡漾。　[5]毵（sān）毵：柳叶细长的样子。　[6]红汗衫：指珠江疍家女常穿的薯莨绛衣。黎简《雨中杂述寄城西诸君十绝句》（《诗钞》卷十四）自注云：“粤中疍人多着薯莨绛衣。”　[7]棹花：摇着满载鲜花的船。　[8]香云：指花如云般的香气。　[9]白鹅潭：在广州城西南珠江中，水深浪阔，风景优美，是当时由河南花田到广州必经之道。屈大均《广东新语·水语》载：“珠江上流二里，有白鹅潭，水大而深。每大风雨，有白鹅浮出，则舟楫坏。丙申五月朔，二白鹅状如小艇，随波上下，时无风雨。舟经此者皆见，以小铳逐之，飞数百步没于水。相传黄萧养作乱，船经此潭，白鹅为之先导，亦妖物云。”　[10]方花：指素方花，其根可以入药。　[11]诃子：亦作“诃梨勒”，植物名，常绿乔木，果实可入药。嵇含《南方草木状·木类》：“诃梨勒，树似木梡，花白，子形如橄榄，六路，皮肉相着，可作饮。”　[12]鸡鸭滘：广州珠江南岸的一个农副产品集散地。由于这个集散地的鸡鸭交易最为频繁，且质优价廉，“鸡鸭滘”由此得名。　[13]凤凰冈：《羊城古钞》卷二中提到凤凰岗“在城北马鞍山，耸秀如飞凤”。马鞍山，在今广州市越秀山与白云山之间。

## 今译

累煞我也，我来称水的重量。广州城南的水比对面的河水重一些。一对红色的鲤鱼对着水中的人影吸水。人也每日饮水，自然对这水充满感情。

柳树环绕着广州城，柳叶细长，随风荡漾。女孩子穿着红色汗衫的身影倒映在水中。春天傍晚，满载鲜花的船行驶在柔软的波浪中，如云的香气已先行飘到白鹅潭。

远远的一簇山影倒映入水中，我的肺热承受得住这种清凉。素方花、诃子像一串串珍珠结在一起，紧紧抱在胸口，一直藏到死。

千棵高大的柳树遮住了斜阳，江面上一半青一半黄。自小我都没有经过鸡鸭滘，今天送人送出了凤凰冈。

## 赏析

柳丝书馆位于广州西郭的珠江边上，黎简坐馆于此，日日对着江水，其诗自然离不开水。这四首描写广州风土的诗，每首都是对水的赞歌。由于对水充满感情，他用瓮验证了广州城南的水确实比对面的河水重，哪怕自己“劳煞”也乐此不疲。四首诗中每首都描写了水中的倒影。第一首写“红鲤吸人影”，第二首写“映水女儿红汗衫”，第三首写“山光入水光”，第四首写“高柳”与“斜阳”入水后“半海青阴半海黄”的景色。而“白鹅潭”“鸡鸭滘”“凤凰冈”这些地名又让老广州人生出多少亲切感呀！张锦芳《喜雨次石鼎韵》云“黎郎竹枝唱，多是土风诗”，便是指这类作品。

# 药房北行因之寄黄上舍[1]仲则[2]

**题旨**

这首诗作于乾隆四十五年（1780）。此年张锦芳中举，于年底北行赴京应试。黎简托他带此诗给著名诗人黄景仁，致倾慕之意。

壮岁常不饱，此生谁与狂。东南海云中，茫然还故乡。鱼山[3]昨南归，忆我病在床。纡回寄君诗[4]，三十残三章。周令[5]为之帙[6]，钞者其两郎[7]。支床一览竟，天水生清光。化作海上峰，三十三剑铓[8]。吁维百年来，新城[9]剩秕糠[10]。遂使灶下姬[11]，竞为时世妆[12]。得此手巨刃，为我摩天扬。[13]君为天上谣，笙鹤空翱翔。[14]众人仰而和，引声绝其吭[15]。庶几[16]闻钟鼓，和声奏陶唐[17]。嗟予海隅士，三十犹面墙[18]。读书走八蛮[19]，乞食归五羊[20]。贫贱好咏歌，踪迹集谤伤[21]。甘心守性命，窜之沧海旁。积书二万卷，昔被大火殃。[22]不得耳目新，陈筍[23]腐我肠。郁郁欲有语，抱叶鸣寒螿[24]。徒然住花村，食卧俱芬芳。居恒内揵扃[25]，流言外飞抢[26]。予死有哭者[27]，不及杀我强。卑微一身小，喜怒人何常。子云[28]果自信，后世诚荒唐。得与君同时，又阻于遐荒。碎琐为君道，劳魂极周张[29]。予生且芒刺[30]，况君才莫当。愿君绝尘步[31]，风云力高骧[32]。世语不得交，人亦不可望。时时吹天花[33]，飘堕空中香。愿因西北风，吹落我衣裳。天末暮色动，浮浮气苍凉。落日照修竹，美人思未央。[34]

## 注释

［1］上舍：清代对监生的别称。 ［2］仲则：即黄景仁，字汉镛，一字仲则，号鹿菲子，江苏武进（今江苏常州）人。出身贫苦，早岁为衣食奔走四方。后授县丞，未补官而卒。其诗歌多描写穷愁生活与抑郁情怀，传诵一时。有《两当轩集》。 ［3］鱼山：即冯敏昌，字伯求，号鱼山，广西钦州人。乾隆四十三年（1778）进士，选庶吉士，授翰林院编修，后官户部、刑部主事。能诗，擅书、画，精金石考据。与张锦芳、胡亦常并称“岭南三子”。著有《小罗浮草堂诗集》《小罗浮草堂文集》《华山小志》，纂修河南《孟县志》。［4］“纡回”句：乾隆四十四年（1779），冯敏昌自京请假南归，曾携黄景仁诗一卷寄示黎简。黎简有《冯庶常鱼山携武进黄仲则诗卷南归出示，为题一诗》（见《五百四峰堂集外诗》）。 ［5］周令：指周士孝，曾任广东新宁县令。详见第65页注释［2］。 ［6］帙：指整理书籍，装订成册。 ［7］两郎：指周士孝的两个儿子，名立规、立矩。 ［8］剑铓：剑锋。柳宗元《与浩初上人同看山寄京华亲故》：“海畔尖山似剑铓，秋来处处割愁肠。” ［9］新城：即王士禛，字子真，一字贻上，号阮亭，又号渔洋山人。山东新城（今山东桓台）人，顺治十五年（1658）进士，历任扬州府推官、礼部主事、刑部尚书。其诗宗唐人，格调风流，含蓄蕴藉，意境清远，空灵有韵

味，为神韵派代表作家。又因著作甚富，名重一时，成为当时诗坛领袖之一。有《带经堂集》。 [10]秕糠：糟粕。 [11]灶下婢：厨房女工。这是对神韵派诗人的讽刺性比喻。 [12]时世妆：时下流行的妆饰。这里讥讽神韵派的末流专事外表修饰，作品内容却空洞平庸，感情贫乏。 [13]“得此”两句：语出韩愈《调张籍》“想当施手时，巨刃摩天扬”，比喻黄景仁诗作的气势和力量之大。摩天，迫近高天。 [14]“君为”两句：以王子乔的典故来比喻黄景仁。《列仙传·王子乔》记载：王子乔是周灵王太子，名晋，好吹笙作凤鸣，后在缑氏山顶乘白鹤仙去。 [15]吭：详见第25页注释[4]。 [16]庶几：近也，古语，犹今语所谓“差不多”，赞扬之辞。《周易·系辞下》：“颜氏之子，其殆庶几乎！” [17]陶唐：指陶唐歌，即《击壤歌》。相传为帝尧时的一首民歌，内容反映了对没有暴政、没有王税的理想社会的歌颂和向往。 [18]面墙：比喻不学。不学的人如面对着墙，一无所见，寸步难行。《尚书·周官》：“不学墙面。”孔传：“人而不学，其犹正墙面而立。” [19]八蛮：详见第33页注释[3]。 [20]五羊：指广州。相传周夷王时，有五位仙人，着五色衣，骑五色羊，手里各拿一串谷穗，飞至楚庭（广州古称）。既遗穗与广人，仙忽飞升而去。 [21]谤伤：指黎简因病村居半年，广州就有人传言他已经死了这件事。黎简《广州僦居楼上作歌赠石帆虚舟，兼怀周令北上》：“那怪流言若流水。”自注云：“予以村居半年，不入州府，有传予已死者。”（《诗钞》卷十） [22]“积书”两句：指的是黎简十六岁时与四妹读书于南宁城外的达磢山庄万山楼（又名揖青楼），此楼后经火灾，焚所藏书二万卷。 [23]陈笥（sì）：陈旧的书箱，此指陈旧的、没有新意的书籍。笥，竹器。 [24]寒蜇：寒蝉。似蝉而较小，色青赤。王充《论衡·变动》：“是故夏末蜻蛚鸣，寒蜇啼，感阴气也。” [25]揵肩：关上门户。指不爱与人应酬交往。揵：同“楗”，闭塞，堵塞。扃：门闩，亦指门扇。［26］飞抢：到处乱飞。［27］“予死”句：黎简自去秋至今春都在村里，没到广州露面，外面便有流言，说他已经“作古”。黎简感到十分气愤，有诗《广州有传予作古者。及见吕石帆、黄虚舟、颜菊湖，始惊喜尚在，乃为此诗》记其事，云：“生死何轻重，而烦路上人。”（《诗钞》卷十）［28］子云：即扬雄，字子云，西汉著名辞赋家、哲学家、语言学家。蜀郡郫县（今四川成都）人。好学深思，不慕富贵，而高自期许。《汉书·扬雄传》云：雄“以为经莫大于《易》，故作《太玄》；传莫大于《论语》，作《法言》；史篇莫善于《仓颉》，作《训纂》；箴莫善于《虞箴》，作《州箴》；赋莫深于《离骚》，反而广之；辞莫丽于相如，作四赋；皆斟酌其本，相与放依而驰骋云”。刘歆对他说：“空自苦！……吾恐后人用覆酱瓿也。”他“笑而不应”。这里作者以扬雄自比。［29］周张：即周章，忧劳的样子。［30］芒刺：草木茎叶、果壳上的小刺。比喻令人不安的处境。［31］绝尘步：奔跑时脚不沾尘土，形容速度极快。［32］高骧：腾越，腾飞。［33］天花：这里比喻黄景仁优美的诗篇。［34］“落日”两句：本杜甫《佳人》“天寒翠袖薄，日暮倚修竹”意。

## 今译

正值壮年常常吃不饱，此生我与谁一起癫狂？穿过东南的江云，我茫然无助地回到故乡。鱼山先生昨日南归，想起我生病在床。他辗转给我寄来黄景仁的诗，共三十三首。周士孝把它们装订成册，他的两个儿子誊写抄录。我支在床上一口气读完，感觉整个世界都变得清朗光亮。它们化作海上的山峰，就像三十三束剑锋。我叹息百年来，王士禛的“神韵说”已成糟粕。于是成为厨房女工，只关心时下流行的妆饰。而你的这些诗，就如手持巨刃，为我劈向高空。你就像王子乔一样唱着天上的歌，吹着笙驾着鹤在空中翱翔。众人仰首应和，放开喉咙歌唱。这些诗如钟鼓之声，应和着陶唐之歌。感叹我这身处沿海偏远之地的人，年过三十仍不学无术。读书时我曾游走南方八蛮，为了谋生我回到广州。虽出身贫贱我却爱好诗歌，所到之处受尽诽谤伤害。我情愿守护生命，放逐自己于沧海边。我曾经藏书两万卷，毁于一场大火。只剩下一些陈旧腐朽的书，无法令我耳目生新。我郁郁不得志、有话说不出，就像寒蝉抱着树叶鸣叫。我白白地居住在鲜花盛开的村庄，四周时时都环绕着花香。我关门闭户，不与人交往，但仍然有流言满天飞。有人传言说我死了，为我流泪，这还不如把我杀了。我是一个卑微的小人物，喜与怒都是经常有的事。扬雄相当自信，可后世觉得他实在荒唐。我与你生于同一时代，却被遥远荒凉的距离所阻隔。琐琐碎碎和你讲了这么多，我愁苦的心感到忧劳。不才如我，尚且遭人诽谤，何况像你这样出类拔萃的人。愿你绝尘而去，借着风云之力驰骋奔跑。我们无法语言交谈，也无法见面。我希望你能时时写出如天女散花般优美的诗篇，飘散空中，借着西北风，吹落到我的衣襟。年末将至，暮色袭来，苍凉之气在空中浮动，落日照在长长的竹子上，我思念你呀无穷无尽。

## 赏析

黎简与黄景仁都是乾嘉时期著名的诗人，艺术个性鲜明。此诗热情地赞美了黄景仁的诗如海上的山峰般屹然耸立，如剑锋般光芒四射。特别是在王渔洋的“神韵说”统治诗坛百年的背景下，黄诗更显得具有巨刃摩天的力量和气势。“神韵说”追求诗味的清逸淡远，作品中有一种只可意会不可言传的情思，对纠正宋元以来直率空疏、缺乏情致的流弊起了一定的作用，但过分强调“神韵”，往往忽略内容，流为空洞。而黄诗的出现令人耳目一新，如天上仙乐和洪钟大鼓般引得众人仰望。黎简与黄景仁之间惺惺相惜，不仅仅因为钦慕彼此的才华，还因为二人同为失意人，心气相通。黎简一向自称“狂简”，狂傲不羁，但对黄景仁的态度如此真诚、谦卑，亦衬托出黄景仁出众的才华。

# 绝句

## 题旨

这首诗作于乾隆四十六年（1781）春。黎简描写家乡春天的景色，秀美如画，动人心魄。

**春潮春草绿满野，桃花李花明压檐。高楼远色冷于水，细雨斜风人下帘。**

## 今译

春水绿波、春草碧色，绿意满郊野；桃花粉红、李花雪白，明艳压檐头。从高楼上眺望，那远景之色比水色还要冷。斜风吹送细雨，人们纷纷放下门帘。

## 赏析

黎简是画家，对色彩非常敏感。此诗设色鲜明，冷暖色调交相辉映、浓淡层次描摹细腻、远近效果对比巧妙，真乃诗中有画境。句内对的大量使用和通感手法的运用都让这首小诗显得玲珑精致，迥不犹人。王揖唐《今传是楼诗话》称赞此诗曰："不愧'幽折瘦秀'四字者。"

# 大夫冈[1]怀石帆[2]

## 题旨

这首诗作于乾隆四十六年（1781）春。黎简贫病居于家乡，在落日的江边，怀念与自己同命相连的好友吕坚，表达才高而位卑的不平，抒发人生苍凉的感慨。

**大夫冈头落日黄，海流东去作沧桑。我家一曲[3]雁田滘[4]，君近万山狮子洋[5]。尘埃风浪[6]移今古，离合身名有短长。对此伤心兼望远，雨篷[7]烟艇[8]梦苍凉。**

## 注释

［1］大夫冈：近弼教村，与鱼塘海相邻，南宋丞相陆秀夫曾驻此，因以得名，俗呼大乌冈。黎简绘有《大乌峰图》，诗中提及的大乌峰均指此。详见第60页注释［7］。　［2］石帆：吕坚，字介卿，号石帆，广东番禺人，乾隆年间岁贡生。生性兀岸自异，家贫甚，然胸次落落无所介，虽箪瓢屡空，笑傲自若。李文藻见其诗，奇之。朱珪莅粤，坚与黎简尤见称许。但蹭蹬名场，老而不遇。所为诗文，幽艳陆离，奇情郁勃，不肯作一常语。与黎简、张锦芳、黄丹书合称“岭南四家”。有《迟删集》八卷。　［3］一曲：水流弯曲处。　［4］雁田滘：水驿名，离弼教不远。详见第60页注释［12］。

[5] 狮子洋：指珠江在黄埔至虎门之间靠近出海口的一段江面，以江畔莲花山上的“狮子石”得名。其外为万山群岛。吕坚为番禺县人，所居与之相近。 [6] 尘埃风浪：犹言沧海桑田。比喻时光迅速流逝。 [7] 雨簑：即雨蓑。用蓑草或棕毛制成的雨衣。 [8] 烟艇：烟波中的小舟。

## 今译

金黄的落日笼罩着大夫冈，江水滚滚东流，沧海变桑田。我家住在雁田滘的河道弯曲处，你家靠近万山群岛和狮子洋。尘埃又变风浪，古今世事变化无常；人的实际才能与其名声，往往并不相符。想到这里，我伤感不已，遥望远处，那雨中蓑衣和烟波小舟都有如梦一般苍凉。

## 赏析

黎简于乾隆四十六年（1781）春天，贫病居于家乡，时常怀念好友吕坚。黎、吕同为“岭南四家”，都才高位卑、贫贱无名。黎简在《寄石帆十八韵》中感叹道“贫与吟难免，名殊位绝卑”，即是为此。而在此诗中，“尘埃风浪移今古，离合身名有短长”一句也有同样的感慨。此句警策，乃诗眼所在，意思是时光迅速流逝，世事沧桑变化；人的实际才能与其名声，往往并不相符，有的人才华横溢却被埋没，有的人庸碌无能却享有大名。磊落不平之意见于言表。此句在句法上亦非

黎简《大乌峰图》

常独特，不仅联内对偶、句内对偶，而且每句都有三组词内对偶。“尘”与“埃”对、“风”与“浪”对、“今”与“古”对，“离”与“合”对、“身”与“名”对、“短”与“长”对。其看似均为常用字词，但搭配在一起却显得异常新颖，夺人耳目。而且六组中有三组为反义相对，更增加了诗歌的内涵，造成言简义丰的表达效果。难怪《岭南诗存》评此诗说：“七律至今日已难着笔，二樵能自辟畦径者。”

# 忆母舅[1]山庄[2]

**题旨**

这首诗作于乾隆四十六年（1781）。黎简在诗中回忆二十年前在广西的少年时代生活。

虎豹轮囷[3]黑石丛，兰泉[4]两牖腋[5]飞虹。午移山鬼[6]开铜镜，夜御熊人[7]响铁弓。雨外檐晴千嶂[8]日，吟边衣卷八方风。廿年矮屋沧江岸，已似舟居[9]作钓翁。

**注释**

[1]母舅：黎简母舅雷德威，号素峰，武举人。 [2]山庄：指达磉山庄，在南宁城外，中有双峰草堂、万山楼。黎简自注："十六岁读书于此，别二十年矣。" [3]轮囷：盘曲硕大貌。 [4]兰泉：美丽的泉水。 [5]腋：像两腋般从两旁夹着。 [6]山鬼：猿猴等类似人的动物，如山魈之类。黎简《寄邕州表兄雷上舍》（《诗钞》卷二十五）自注："昔年读书山庄，山鬼现于壁镜，如小儿輾然而笑。予前有句：'午移山鬼看铜镜。'盖谓此。" [7]熊人：指熊或罴。 [8]千嶂：万千像屏障一样的山峰。 [9]舟居：居于舟中。黎简的家乡弼教村乃水乡，黎简的小屋临水，故有此语。

## 今译

一块块盘曲硕大的黑石如凶猛的虎豹，从房屋两侧倾泻而下的美丽泉水，如夹着窗户的两道彩虹。我在午后打开铜镜，有山魈形象现于镜中；夜里拉响铁弓，抵御熊罴。透过屋檐的雨帘望去，檐外是晴天，远处万千陡峭的山峰沐浴在阳光中；在檐边吟咏，衣服被八方来风吹得卷起来。这是二十年前的事了，如今居住在江边矮屋的那个人，已成为居于舟中的渔翁了。

## 赏析

黎简十六岁时，曾与妹妹在母舅的达磏山庄读书、生活。那是一段既浪漫奇异又无忧无虑的少年时光，值得诗人回味。诗歌首联描写山庄的自然风光、泉石之美，颔联描写山中怪兽出没，颈联描写“东边日出西边雨”“八方来风”的独特自然现象。“虎豹”“黑石”“山鬼”“熊人”等物象共同营造出险怪阴森、奇异幽峭的氛围。“兰泉”“飞虹”“檐晴”“千嶂日”“八方风”等景致又是那么奇丽明媚，令人神往。尾联诗人以“舟居”感叹如今逼仄的处境和困窘的生活，更反衬出少年时代的美好以及诗人对那段岁月的怀念和留恋。

# 客楼

## 题旨

这首诗作于乾隆四十六年（1781）冬。这年十二月，诗人为衣食奔走，迫不得已又赴广州为客。冬夜的寒冷、年华的老去、生活的贫困、壮志的未酬都让他彻夜难眠，更加思念家乡的妻子。

竟夕江声抱客楼，北风翻海大坤[1]浮。残年底急[2]催玄鬓[3]，贱客禁寒负[4]黑裘[5]。隙月[6]似人窥屋角，大旗如浪沸城头。寄书只道频频梦，三夜茶铛[7]护醒眸。

## 注释

[1]大坤：大地。杜甫《登岳阳楼》："吴楚东南坼，乾坤日夜浮。" [2]底急：何急，怎么这样急。 [3]玄鬓：黑色的鬓发。 [4]负，辜负。 [5]黑裘：用苏秦说秦失败的典故，表示自己怀才不遇，一事无成。《战国策·秦策》："（苏秦）说秦王书十上而说不行。黑貂之裘弊，黄金百斤尽，资用乏绝，去秦而归。" [6]隙月：从缝隙中透进来的月光。李贺《春坊正字剑子歌》："隙月斜明刮露寒，练带平铺吹不起。"苏轼《虞美人》："波声拍枕长淮晓，隙月窥人小。" [7]茶铛：温茶的器皿。这里指代喝茶。

## 今译

一整晚江涛声此起彼伏，环抱着我这客居的小楼。强劲的北风翻江倒海，大地漂浮在珠江之上。残年将尽，岁月催人，我的黑发将要变成白发。我这微贱之人客居他乡，忍受饥寒一事无成。那缝隙中透过来的月光如佳人正在偷窥我的屋角，城头的大旗被风吹得如波浪般翻滚沸腾。妻子寄信说频频梦见我，这让我接连几夜都睡不着，只得靠喝茶提神。

## 赏析

黎简在冬日十二月份仍选择外出赴广州谋生，可见生活之无奈艰辛。诗歌首二句描写了冬夜的珠江边狂风巨浪、涛声震耳，诗人内心亦动荡不安、难以入眠的情景，接下来两句抒发残年催白发、人到中年一事无成的深沉感慨。此时的诗人更加想念妻子，想象那缝隙中透进来的月光就像妻子前来窥探，而妻子表达思念的来信，更让诗人彻夜难眠。诗歌以“竟夕”二字开头，整首诗都是对“竟夕”不眠的注解。诗歌把诗人在幽邃深峭、动荡起伏的环境中那漂浮不定、焦灼难安的心境烘托得淋漓尽致。

# 燕子入闺中作

## 题旨

這首诗作于乾隆四十七年（1782）春。春天燕子归来，飞入黎简家中，这让黎简非常高兴，可是家中太小，燕子又飞走了，这令他少不得惆怅，于是以天地之大嘲笑燕子筑巢的多余。

**女雏[1]梳髻始分丫[2]，燕子飞鸣故堕花。乍[3]语镜台[4]如问病，熟知人面作通家[5]。书多碍屋春声[6]窄，帘直当门去势斜。天地所居[7]吾几许，汝巢疣赘[8]此何加[9]。**

## 注释

［1］女雏：年幼的女孩，十五岁以下小女孩的称呼。这里指黎简的女儿。　［2］分丫：梳着丫形发髻。古代凡未成年或成年但未婚嫁的女子，多将头发集束于顶，编结成两个髻。其状左右各一，与树枝丫杈相似，故名“丫头”，亦称“丫髻”。　［3］乍：突然，忽然。　［4］镜台：装着镜子的梳妆台。　［5］通家：指彼此世代交谊深厚，如同一家。　［6］春声：这里指燕子的叫声。　［7］天地所居：指居住之地。《庄子·列御寇》：“庄子将死，弟子欲厚葬之。庄子曰：‘吾以天地为棺椁，以日月为连璧，星辰为珠玑，万物为赍送。’”　［8］疣赘：比喻多余无用的东西。　［9］此何加：

即何以加此，意思是何必还加上它呢？此，这里指燕子筑的巢。《庄子·列御寇》：“吾葬具岂不备邪？何以加此？”

## 今译

我家女儿的头发刚刚两边分开梳成丫髻，燕子边飞边叫，故意撞落了春花。它突然对着妆镜台呢喃作语，好像在亲切地慰问妻子的病。它已经熟悉了我家人的脸，我们就好像是一家人。书籍太多塞满了屋子，使燕子的叫声听起来都变窄了。帘子直直地挡着门，燕子只能斜斜地飞出去。我们居住的天地有多大呀，你筑的巢简直多余，何必还加上它呢？

## 赏析

家中贫穷，妻子多病，黎简的心情低落。黎简的女儿渐渐长大，已经把头发梳成了丫髻，这说明她已经告别了垂髫的儿童阶段，步入了少女时代，这怎能不让黎简欣慰呢？春天已经到来，南飞的燕子又回来了，它边飞边叫，还故意撞落春花，那调皮的样子带来无限春的生机，这怎能不让黎简开心呢？它飞到家中，对着梳妆台突然叫起来，好像在慰问黎简妻子的病情。诗人用拟人的手法把燕子写得充满了人情味，这与杜甫的“樯燕语留人”（《发潭州》）、“暂语船樯还起去”（《燕子来舟中作》）的写法如出一辙，都是把燕子人格化，把自己的感情寄托在燕子身上，让燕子也变得多情了。虽然燕子已经和诗人熟得就像一家人，但无奈房子太小，燕子飞了一圈后觉得无处容身，又飞走了，去经营自己的巢穴了。诗人用“春声窄”来形容房子的狭小，“窄”是诉诸视觉的，可声音是诉诸听觉的，怎么能用“窄”来形容声音呢？这就是通感，它的好处是让人对房子的“窄”有更为切深的体会。本来房子就小，还塞满了书，让声音都传播受限，燕子自然待不下去。这让诗人感到失落和惭愧，于是用庄子“以天地为棺椁”的典故嘲讽燕子筑巢的多余。但其实这哪里是嘲讽燕子，分明是自我解嘲，同时也是在自我安慰。这首诗明显模仿杜甫的《燕子来舟中作》，但不同的是，杜诗沉郁悲伤，黎诗通透达观。

# 感咏

## 题旨

这首诗作于乾隆四十七年（1782）。黎简因病已放弃仕进之路，足不出岭南，但其诗名、画名却不胫而走，远播京华，由此有不少“神交”的朋友。有的人做梦梦见他，有的人写信索要他的小画像，还有人传言他到了北京，住了一夜就走了。黎简听到这种种传言，有感而赋诗。

**壮怀频拂昔游[1]衣，海内行尘[2]出箧[3]飞。中岁渐多生死事[4]，前途今恐友朋稀。伤离满眼花俱泪[5]，养疴[6]同林鸟[7]息机[8]。远枉[9]都人[10]怪奇迹[11]，渔樵[12]何梦上京畿[13]。**

## 注释

［1］昔游：黎简早年客居广西时，曾有过西入云南、贵州，北上湖南、湖北的壮游，并曾写下《西征草》《南浮草》等纪游诗，但不幸散佚。 ［2］行尘：行走时扬起的尘埃。常用以形容远行者。［3］箧：指小箱子，藏物之具。大曰箱，小曰箧。 ［4］生死事：指作诗前的几年，黎简有多位亲友相继离世。 ［5］花俱泪：指花也流泪。杜甫《春望》：“感时花溅泪，恨别鸟惊心。” ［6］疴：

病，重病。［7］同林鸟：这里比喻黎简夫妻。丘炜萲《五百石洞天挥麈》卷五：“（黎简）有妇曰梁雪，婉娈而多病。……在日慰护备至，经卷药炉，小阁相对，如并命鸟也。”［8］息机：熄灭机巧功利之心，这里指放弃仕进之路。［9］枉：屈，委屈对方的意思。［10］都人：京都的人。［11］怪奇迹：称怪奇异之事。作者自注：“翁洗马覃溪对张药房言，仆曾入都中，一宿而去。都中故人转相称异。”翁覃溪，即翁方纲，字正三，号覃溪，直隶大兴（今北京市）人。乾隆年间进士，授编修，官至内阁学士。是当时著名的学者、书法家、诗人。有《两汉金石记》《复初斋全集》等。洗马，官名，汉时为太子属官，晋以后改掌图籍。［12］渔樵：渔父、樵夫，草野之人，这里指作者自己。［13］京畿：指国都及其附近的地区。

## 今译

年轻时我频频壮游，在各地远行的脚步如飞。中年以后，我经历了越来越多的生离死别，以后恐怕朋友会越来越少。感伤离别，连花儿都一起流泪。夫妻一起养病，我已熄灭仕进之心。委屈了远在京都的人编造奇异之事，是什么梦让我这乡野之人上了京城呢？

## 赏析

黎简二十七岁之前客居广西，其间曾为了生计远游过湘、鄂、滇、黔。二十七岁时他回家乡顺德应县试，至此以后，足不出岭南，最多也只是去广州、佛山、三水、肇庆、香山、新会等城市，根本没去过京城，但名气却远播京华。朋友进京时会带上他的诗、画和小画像，把他作为岭南人的骄傲向外推介。由此，许多人与他“神交”。张锦芳《将出都寄二樵》夸赞他云：“寸珠尺玉不胫走，樵夫声名满人口。或言襆被来金台，一夕归鞭又南斗。或言宿昔梦见之，山肩双竦衣穿肘。”黄丹书《明经二樵黎君行状》亦载有此事：“海内名士想望风采，咸以不获一见为恨。……北平翁覃溪学士，尝梦与君游处，以书索南雄太守邱公学敏，录其集寄都中，手为点定。学士送太守诗有云：‘寄语二樵圆夙梦，苏门学士待君来。’盖深望君之出也。”又作者《赵渭川索观予近诗一本，遂携至燕，作诗寄之》自注云：“周编修书仓数梦见予，而为药房言之。”可见人们对黎简的倾慕。李文藻曾任潮阳县知县，见简诗，曰：“必传之作也。”劝令就试。朋友冯敏昌亦劝其求仕，但黎简均因夫妻二人善病而拒绝。直到四十三岁时，关晋轩督学广东，黎简被选拔为贡生。第二年其正欲北上公车，然因父丧，未能成行。最终黎简布衣一生，但并不妨碍他留名后世，他的诗、书、画都可以说是清中叶岭南最高成就的代表。诗人如若有知，亦应深感欣慰。

# 杜鹃[1]

## 题旨

这首诗作于乾隆四十七年（1782）。此时诗人三十六岁，离妻亡只有两年。诗人借魂弱命微的杜鹃来隐喻孱弱悲苦、命将不永的妻子。

杜鹃何汝不自惜，在处[2]悲鸣何处归。风吹花片弱魂断，月照纸钱低雪飞。天存微命[3]哀以短，人到残春[4]眠亦稀。不如百鸟漫心性，向尔前头毛羽肥。

## 注释

[1] 杜鹃：鸟名，相传是古蜀帝杜宇之魂所化。从春至夏，鸣声哀怨，据说甚至会啼出血来，故又称“怨鸟”。李贺《老夫采玉歌》：“杜鹃口血老夫泪。” [2] 在处：到处，处处。 [3] 微命：微小的生命，卑微的性命，形容寿命短暂。《楚辞·天问》：“蜂蛾微命，力何固？” [4] 残春：指春天将去，春花凋残，故称“残春”。

## 今译

杜鹃鸟你为何不怜惜自己呢？你到处悲鸣，要归向何处呢？你的灵魂脆弱得就好像随时可以被风吹掉的花瓣，撒在空中的纸钱在月光的照耀下就好像低空中飞舞的雪花。你为自己短暂的生命哀号，在这百花残败的春天里你难以入眠。你还不如学习其他那些鸟儿漫随心性，反而毛羽丰满，飞在前面。

## 赏析

黎简的妻子善病，形体消瘦，生命力微弱，弱得好像随时都会死去。但她非常贤德，深爱着自己的丈夫，坚持带病织布，贴补家用，这让家境贫寒的黎简非常自责，对她更加怜惜。此诗有模仿李商隐《流莺》的痕迹，但情调比《流莺》更加哀婉。诗人借不懂自惜、到处悲鸣的杜鹃来隐喻魂弱命微却坚持织布的妻子，表达无法承受妻子生命不永之痛。诗歌在写作手法上亦有模仿《流莺》的痕迹，都是颔联最为入神，甚至连韵脚都用四支五微可以通压的邻韵，读起来音韵跟《流莺》非常相似。

# 绝句三首（其三）

**题旨**

这首诗作于乾隆四十七年（1782），是以家庭生活为题材的三首绝句中的第三首。诗人赞美自己的女儿会刺绣、能识字、爱书法，活脱脱一个小才女。诗歌表现了一位慈父拳拳爱女之心，骄傲自豪之情溢于言表。

弱女[1]初能绣五文[2]，天吴[3]紫凤[4]细勾云[5]。从渠[6]识字添闲事[7]，又取爷[8]书学八分[9]。

**注释**

[1] 弱女：指女孩儿，姑娘。这里指的是黎简的大女儿黎琼，此年十二岁。《岭南画征略》卷十二："黎琼，简长女。适陈文孝，解书画。" [2] 五文：指丝织品上的多种纹样。文，通"纹"。杜甫《小至》："刺绣五纹（一作文）添弱线。" [3] 天吴：神话传说中虎身人面的海神，这里指衣服上刺绣的花纹图案。 [4] 紫凤：传说中的神鸟，这里指衣服上的凤鸟花纹。杜甫《北征》："天吴及紫凤，颠倒在短褐。" [5] 勾云：原指中国山水画中一种画云的画法，即"勾云法"，以笔线勾出云的游行、流动之势。这里指衣服上绣的卷曲的云纹。 [6] 渠：她，指诗人的女儿。 [7] 闲事：无

关紧要的事。因为黎简的孩子是女孩子，所以说识字、写字是闲事。［8］爷：爸爸，指作者自己。 ［9］八分：即八分书，亦称分书，又称汉隶、楷隶，指东汉中期出现的新体隶书。字体似隶而体势多波磔。

## 今译

我家女儿已经会刺绣多种纹样了，包括天吴海神、紫色凤鸟、细细的卷云纹。从她识字后又添了一样闲事，那就是拿了爸爸的字样学写八分书。

## 赏析

在每一个父亲眼中，自己的孩子都是无比可爱的。从西晋左思的《娇女诗》首次把自己的女儿写进诗中，到陶渊明的《责子》，然后到杜甫的《北征》，再到李商隐的《娇儿诗》，里面都有满满的父爱。父亲总会赞美孩子的各种优点，即便孩子是有缺点的，比如调皮、贪玩、任性、懒惰、馋嘴、臭美、不学无术，父亲对他们也都是慈爱的、宽容的。孩子的存在，抚慰了多少憔悴而疲惫的灵魂！在家庭贫困，妻子重病、命将不永，自己亦常年患病的艰难岁月中，黎简的两个女儿都非常懂事。大女儿已学会刺绣，会给妈妈持诵《金刚经》。小女儿两三岁时就知道为妈妈买枣下药。更为可喜的是，两个女儿都爱学习，大女儿识字后“又取爷书学八分”，小女儿“女芸才六岁，性喜读爷书”（黎简《家事》）。有了这两个女儿，黎简家中常常充满欢乐，“此乐饥寒内，天真满屋庐”（黎简《家事》）。而黎简也是一位开明的父亲，对女儿的成长不会横加干涉，故女儿后来亦解书画，当是来自父亲的熏陶。

# 溪月

## 题旨

这首诗作于乾隆四十七年（1782）春。诗人以“溪月”为中心描写月夜水村玲珑剔透的美，色彩纯净而靓丽，静谧而充满生机。

病躯差觉[1]夜来安，溪月金盘[2]碧玉澜[3]。吸藻鱼穿松影戏，覆檐花闪水光看。寻常泉石都宜画，荡漾清和[4]大较[5]寒。海外[6]此邨[7]邨此屋，登楼天地即弥漫[8]。

## 注释

［1］差觉：稍觉。差，稍微、勉强。　［2］金盘：指溪月像金盘。　［3］澜：大波浪。　［4］清和：一说为农历四月的俗称，一说指农历二月。　［5］大较：大略，大致。　［6］海外：这里指岭南。　［7］邨：同“村”。　［8］弥漫：充满，布满。

## 今译

夜晚病体稍觉安适，溪中月影如金盘，荡漾在碧玉般的波澜中。吸食水藻的鱼儿在松影里穿梭嬉戏，覆盖屋檐的花儿上闪动着反射的水光，似乎在窥看自己在水中的倒影。寻常所见的一泉、一石皆宜入画，在农历四月略带寒意的溪水中荡漾。在岭南的这个村子，村子中的这间房屋，我登楼极目，茫茫天地，尽收眼底。

## 赏析

生活中处处都有美的存在，就看你有没有一双发现美的眼睛。诗人只要病体稍安，就会忍不住出去寻找美的画面，创造美的诗篇。夜晚的美是因为有那一轮明月，如果没有它，世界将漆黑一片。而水乡夜晚的美不仅是因为有月，还因为有水。月下之水，水中之月，营造出一个玲珑剔透、清空曼妙的境界。诗人描写倒映在溪水中的月亮如金盘，硕大金黄；月光照耀下的溪水如碧玉，清透翠绿，颜色亮丽，对比鲜明。再往水下看，水中还倒映着松树，鱼儿就在这松影里嬉戏玩闹。再往岸上看，水光还反射到探出屋檐的花儿，一闪一闪的，就像花儿眨着眼睛，在窥探自己的倒影。这颔联的两处拟人生动活泼，把安静的月夜描写得趣味横生。除此之外，岸边那普普通通的一泉一石皆宜入画。诗人以画家的一双慧眼把寻常所见的普通景物都写得具有诗情画意。最后两句也绝妙，“海外此郭郭此屋”一句，取景由四海到岭南，再到这个小村落，再到诗人这间溪边小屋，镜头由远及近，由大到小，聚焦到诗人眼前。然而，随后“登楼天地即弥漫”一句镜头又由小到大，由眼前之景延伸到辽远的天地，境界立刻变得开阔，仿佛宇宙天地都笼罩在这苍茫朦胧、虚无缥缈的美妙之中。此诗既有盛唐诗歌中那种“透彻玲珑，不可凑泊，如空中之音，相中之色，水中之月，镜中之象，言有尽而意无穷”（严羽《沧浪诗话·诗辩》）的空灵之美，又有杜诗“锦江春色来天地”（《登楼》）的邈远壮阔之美。不得不说，黎简是造境的高手呢！

# 复志[1]文室[2]诗

**题旨**

这首诗作于乾隆四十七年（1782）。黎简受屈原《离骚》和韩愈《复志赋》《五箴》以及老庄思想的影响，写诗表达自己郁郁不得志，只得复志于村居文室的自嘲与觉悟。

昌黎[3]赋复志，五箴[4]备五觉[5]。少学壮且尔，况乃少失学。目昧豹出雾[6]，耳昧雉登木[7]。不得见文采，亦未辨宫角[8]。徒然好书史[9]，如彼鼠啮玉[10]。哇[11]吟巴里[12]奏，儿哄鲁人[13]较。无能振高蹈[14]，犹欲被奇服[15]。胶杯[16]坐咫尺，飞语纵谣诼[17]。世多求全毁[18]，吾倘不远复[19]。谁能与安心[20]，吾犹有尊足[21]。溪筑[22]杂龙户[23]，巢居[24]愧乌屋[25]。小轩[26]泛泛舟，常钓篧篧[27]竹。梦毋出孤村，饥复遣五岳[28]。胸拔万仞山，气泄千尺瀑。空虚[29]感风云[30]，浩荡[31]赴心力[32]。波涛[33]杳[34]始终，阴阳[35]互兴伏。卧为宗生[36]起，出勿阮公[37]哭。青山照寤寐[38]，丹崖[39]约麋鹿[40]。苦虫[41]不避蓼[42]，涎蜗[43]不忘壳[44]。

## 注释

[1]复志：韩愈曾于贞元十三年（797）写《复志赋》。其时年三十岁，在陇西公董晋幕府任汴州观察推官，郁郁不得志，托病在家，写成此赋，以发牢骚。 [2]丈室：犹斗室，言房间狭小。这里指黎简的房子。黎简有《怀居寄诸君子》："中闺风雨中，仅足置床第。外舍名丈室，约略八尺耳。"（《诗钞》卷十二） [3]昌黎：韩愈，字退之，河南河阳（今河南孟州）人，自称"郡望昌黎"，世称"韩昌黎""昌黎先生"。唐代文学家、思想家、哲学家、政治家，唐代古文运动的倡导者，被后人尊为"唐宋八大家"之首。著有《韩昌黎集》。 [4]五箴：《五箴》是韩愈在贞元二十一年（805）谪居阳山时所写的表露自己真情实感的自诫之作，包括《游箴》《言箴》《行箴》《好恶箴》《知名箴》。韩愈通过《游箴》谴责自己饱食终日，无所作为，抒发内心无限愤懑；通过《言箴》谴责自己与不相知的人交流太多招致祸患，讽刺当朝权贵昏庸腐朽，不辨是非，不值得跟他们说话；通过《行箴》反省自己有无做过后悔之事，结论是所作所为要合乎道义；通过《好恶箴》论证交际之道，所好所恶，以道为准，必须慎重；通过《知名箴》总结自恃有才、锋芒毕露必然招致危险的社会经验，含蓄地倾吐了作者对于公侯显贵妒贤害能的不平之声。《五箴》通篇以自我批评为基调，这种批评有出自真心的一面，也有告诫自己警醒的一面，更有不屈的精神蕴含其中。 [5]五觉：指五种觉悟。这里指韩愈作《五箴》后的觉悟。《游箴》的觉悟是不要每天嬉戏，无所事事；《言箴》的觉悟是不要对不相知的人表露无遗；《行箴》的觉悟是不要做让人后悔的事；《好恶箴》的觉悟是人际交往的好恶应以道为标准；《知名箴》的觉悟是不要自恃有才，锋芒毕露，招致危险。 [6]豹出雾：原

指雾豹身上漂亮的花纹，这里指好文章。相传南山有一种黑色的豹，为了长出花纹，躲避天敌，可以连续七天待在雾雨天气里而不吃东西。《列女传·陶荅子妻》："妾闻南山有玄豹，雾雨七日而不下食者，何也？欲以泽其毛而成文章也。故藏而远害。"黄庭坚《奉送周元翁锁吉州司法厅赴礼部试》："南山雾豹出文章，去取公卿易驱羊。" [7]雉登木：原指鸡上树，这里指清脆好听的音乐。《管子·地员》："凡听角，如雉登木以鸣，音疾以清。" [8]宫角：指宫音和角音，代指乐音。即宫商角徵羽。 [9]书史：典籍，指经史一类书籍。 [10]鼠啮玉：作者自比为鼠，以玉比喻典籍，把自己爱读典籍比喻成鼠啮玉。孟郊《吊卢殷》："故书穷鼠啮，狼藉一室间。" [11]哇：靡曼的乐声。扬雄《法言·吾子》："中正则雅，多哇则郑。"李轨注："多哇者，淫声，繁越也。" [12]巴里：即"下里巴人"的缩写。"下里巴人"原是古代楚国的歌曲名，后来被用来泛指通俗的文艺作品。宋玉《对楚王问》："客有歌于郢中者，其始曰《下里》《巴人》，国中属而和者数千人……其为《阳春》《白雪》，国中属而和者不过数十人。" [13]鲁人：愚笨、鲁钝的人。苏轼《洗儿戏作》："人皆养子望聪明，我被聪明误一生。惟愿孩儿愚且鲁，无灾无难到公卿。" [14]高蹈：崛起，突出，出众。 [15]奇服：原义为新奇的服装，比喻高洁的志行。屈原《涉江》："余幼好此奇服兮，年既老而不衰。" [16]胶杯：粘住动不了的水杯。《庄子·逍遥游》："覆杯水于坳堂之上，则芥为之舟；置杯焉则胶，水浅而舟大也。" [17]谣诼：造谣毁谤。这里指黎简因病村居半年，广州就有人传言他已经死了这件事。屈原《离骚》："众女嫉余之蛾眉兮，谣诼谓余以善淫。" [18]求全毁：即求全之毁。毁，毁谤。一心想保全声誉，反而受到了毁谤。《孟子·离娄上》："有不虞之誉，有求全之毁。" [19]不远复：走入迷途不远而知复返。复，返。《周易·复》：“不远复，无祇悔，元吉。” [20] 安心：指禅宗公案中的顿悟。《景德传灯录》卷三：“光曰：‘我心未宁，乞师与安。’师曰：‘将心来，与汝安。’曰：‘觅心了不可得。’师曰：‘我与汝安心竟。’” [21] 尊足：指比脚更尊贵的东西，这里指道德修养。《庄子·德充符》：“今吾来也，犹有尊足者存，吾是以务全之也。” [22] 溪筑：溪上筑屋。[23] 龙户：旧时南方的水上居民，也称疍户、蛋户。 [24] 巢居：谓上古或边远之民于树上筑巢而居。 [25] 乌屋：乌鸦的巢。[26] 小轩：有窗的长廊或小屋。 [27] 籊（tì）籊：修长纤细貌。《诗经·卫风·竹竿》：“籊籊竹竿，以钓于淇。” [28] 五岳：中华传统文化中五大名山的总称，分别是中岳嵩山、东岳泰山、西岳华山、南岳衡山、北岳恒山。 [29] 空虚：空无，不充实。韩愈《符读书城南》：“诗书勤乃有，不勤腹空虚。” [30] 风云：“云龙风虎”的简称，意思是龙起生云，虎啸生风。龙为水物，云为水汽，故龙吟云出；虎吼威猛，荡谷飘风，故虎啸风生。多指英雄豪杰或比喻变幻不定的形势。《周易·乾·文言》：“云从龙，风从虎，圣人作而万物睹。” [31] 浩荡：犹荒唐、糊涂。《楚辞·离骚》：“怨灵修之浩荡兮，终不察夫民心。” [32] 心力：精神与体力。 [33] 波涛：比喻艰险的处境。孟郊《百忧》：“何必在波涛，然后惊沉浮。”[34] 杳：昏暗，隐约。 [35] 阴阳：这里可以理解为祸福。《老子》第五十八章：“祸兮，福之所倚；福兮，祸之所伏。” [36] 宗生：宗炳，字少文，南阳郡涅阳（今河南南阳市镇平县）人，士族，南朝宋画家。家居江陵（今属湖北）。擅长书法、绘画和弹琴。南朝宋文帝刘义隆屡次征召其作官，均辞不就。漫游山川，西涉荆、巫，南登衡岳，后以老病，才回江陵。曾将游历所见景物，绘于居室之壁，自称“澄怀观道，卧以游之”。著有《画山水序》。 [37] 阮公：阮籍，字嗣宗，陈留尉氏（今河南开封）人，三国时期魏国诗人、竹林七贤之一。门荫入仕，累迁步兵校尉，世称阮步兵。“正始之音”的代表，崇奉老庄之学，政治上则采取谨慎避祸的态度。有《阮籍集》。《晋书·阮籍传》：“时率意独驾，不由径路，车迹所穷，辄恸哭而反。” [38]寤寐：醒与睡。常用以指日夜、无时无刻。 [39]丹崖：绮丽的岩壁。嵇康《琴赋》：“丹崖崄巇，青壁万寻。” [40]麋鹿：鹿科麋鹿属动物，俗称“四不像”。在中国文化中是自由和谐的象征。 [41]苦虫：指食蓼虫。以苦蓼为食的虫。 [42]蓼：一年生草本植物，叶披针形，花小，白色或浅红色，果实卵形、扁平，生长在水边或水中。茎叶味辛辣，可用以调味。白居易《自咏》：“水旱合心忧，饥寒须手抚。何异食蓼虫，不知苦是苦。” [43]涎蜗：原指满身黏液的蜗牛，这里比喻诗人自己。 [44]壳：原指蜗牛的壳，这里比喻诗人的丈室。

## 今译

昌黎先生创作《复志赋》，又创作《五箴》产生五种觉悟。他年少壮健时学习尚且如此，何况像我这种年少失学的人呢。我眼睛看不到漂亮的文章，耳朵听不到动听的音乐，所以自己写的东西没有文采，也无法辨别五音。我仅仅是喜欢读典籍，但就像老鼠啃啮玉石一样啃不动。我吟唱着靡曼的“下里”“巴人”的节奏，以做一个鲁钝的人来教育孩子。没有能力做一个出众之人，但仍想要保有高洁的志行。我被困在咫尺之遥的地方，却被流言蜚语中伤。世上有太多人一心想保全声誉，反而受到毁谤，好在我走入迷途不远，还可以复返。谁能帮我安心，我还有比脚更尊贵的道德修养。溪上筑屋会与疍户们杂居，树上筑巢又惭愧抢了乌鸦的巢。这丈室小屋就像水上的小舟，我可以用纤细修长的竹竿于此垂钓。我做梦都不想出村，但饥饿时又东西南北地去谋生。时而有气拔万仞的胸怀，时而又泄气如飞流直下的千尺瀑布。我腹内空虚，感叹形势变幻不定，我荒唐糊涂，白白耗费精神、体力。艰险的处境始终隐约存在，祸与福之间此起彼伏。我卧病时学习宗炳卧而游之，出门时不效仿阮籍穷途而哭。我与青山日夜相伴，我与麋鹿相约在丹崖。我是一只食苦之虫，不回避吃蓼；我是一只满身黏液的蜗牛，永远不会忘记自己的蜗壳。

## 赏析

黎简年少时也曾有过鹰击长空的理想，去应县试、去广州坐馆、去结交豪杰，然而现实是残酷的。他自己与妻子都善病，妻子更是危在旦夕，命将不永。黎简只能待在家中照顾家人，不到万不得已不会外出。韩愈曾仿《离骚》作《复志赋》，表达自己志不获骋，只得复志于畎亩的牢骚与自嘲，也曾作《五箴》来批评自己的毛病，由此获得觉悟与智慧。黎简此诗就是模仿韩愈的《复志赋》和《五箴》，表达自己郁郁不得志，只得敛翮复志于村居丈室的自嘲。诗歌分前后两部分。第一部分是前二十句，主要是自嘲，诗人自嘲自己“目昧”、“耳昧”、没有文采、不辨音律、啃不动书史、唱着下里巴人、教育孩子要愚鲁、无能、不出众、被造谣毁谤、无法顿悟……诗人把自己说得似乎一无是处，但我们却从字里行间读到他对自己高洁志行、道德修养的自信与追求、倔强与傲岸，也读到他对虚妄浅薄、求全责备的世俗世界的不满与批判。第二部分是后十八句，主要是表达诗人对丈室的珍惜和对村居的热爱。诗人之所以只有“丈室”可居，当然是因为贫穷。穷到什么程度呢？穷到快要溪上筑屋，穷到几乎于树上筑巢。所以，即便是“丈室”，也已经很令诗人珍惜了。它就如一叶小舟，可避风可垂钓，令诗人魂牵梦绕。接下来诗人又继续自嘲，说自己被迫外出谋生、做事虎头蛇尾、腹内空虚、荒唐糊涂，吐槽自己处境艰难、祸福难测。但好在诗人非常通达乐观，他以宗炳老病卧游自励，以阮籍穷途而哭自诫，每日悠游青山丹崖，享受自由和谐。最后两句诗人以苦虫、蜗牛自比，表达以苦为乐、君子固穷的志向和坚守。诗歌表达的情绪复杂，一波三折，用典繁复，比喻、对偶频出，通篇仄韵，沉郁顿挫，语言极富表现力。

# 巨雨飘我书籍作

## 题旨

这首诗作于乾隆四十七年（1782）。一场暴风急雨侵袭了诗人水边的小屋，飘湿了书架上的书籍。生活的窘境让诗人苦闷，他想起了十六岁时就读的双峰草堂，同样的风雨，感受却完全不同，从而产生超越现实的渴望。

昔我双峰堂[1]，风襟动高阔。赤日[2]漏云脚[3]，白雨[4]转天末[5]。天末雨尺幅[6]，日外山明灭[7]。阔嫌山无尽，高识雨所出。今居沧海[8]旁，屋矮千树密。安知水村外，气象海簸日[9]。浅牖[10]如船窗，水花穴[11]墙窟。南风送急雨，箭弩[12]直排闼[13]。公然逼书床[14]，乱湿我书帙[15]。丈室何可避，闭户手足失[16]。钻隙成决渠[17]，坐隅[18]恐过膝。近思西淋山[19]，云海两突兀[20]。远忆南海庙[21]，烟嶂[22]具纸笔[23]。困坐病怀恶，行卧恒郁郁。孤舟展平川，安得纵超越。

## 注释

[1] 双峰堂：即双峰草堂，在广西南宁城外的达磉山庄内。山庄乃黎简母舅雷德威的，黎简十六岁时，曾读书于此。作者自注：

“十六岁，西粤舅氏山庄作。”黎简《寄雷氏表兄山庄》：“伐竹两峰抗，名堂八分字。”自注云：“予时为双峰草堂于屋后。”（《诗钞》卷九） [2]赤日：红日、烈日。 [3]云脚：低垂的云。 [4]白雨：凡大晴天忽下暴雨称白雨，也叫白撞雨。屈大均《广东新语·天语》曰：“凡天晴暴雨忽作，雨不避日，日不避雨，点大而疏，是曰‘白撞雨’，亦曰‘过云’，亦曰‘白雨’。……白雨者，炎热之气所蒸，夏间为多，其势苦暴，邵子所谓‘火雨’也。岭海炎方，夏日火尤盛，故多白雨。” [5]天末：天边。 [6]雨尺幅：白濛濛的雨连成一幅画布。尺幅，原指小幅的纸或绢，这里指画布或画卷。 [7]明灭：忽明忽暗。 [8]沧海：指作者家乡顺德。（咸丰）《顺德县志》卷三：“顺德去海尚远，不过港内支流环绕，抱诸村落而已。明以前所谓支流者，类皆辽阔，帆樯冲波而过，当时率谓之海。” [9]海簸日：波浪掀天。簸，摇动，颠动。 [10]牖：窗户。 [11]穴：这里用作动词，特指挖墙洞。 [12]弩：古代用来射箭的一种兵器，也被称作“窝弓”“十字弓”，是一种装有臂的弓，但是比弓的射程更远，杀伤力更强，命中率更高。 [13]排闼：推门，撞开门。 [14]书床：书架。 [15]书帙：泛指书籍。帙，书卷的外套。 [16]手足失：束手无策，手足无措。 [17]决渠：溃决的渠水。 [18]隅：角落。 [19]西淋山：山名，在顺德、南海县交界处，今属佛山市顺德区陈村镇，距作者村居不远。 [20]突兀：特出，奇特。 [21]南海庙：即南海神庙，在今广州市黄埔区庙头村。 [22]烟嶂：云雾缭绕的山峰。 [23]具纸笔：准备好纸笔，准备绘画。

## 今译

过去我在广西南宁达磙山庄的双峰草堂，那里地势高峻开阔，山风吹拂着我的衣襟。烈日从低垂的云隙中照射下来，白雨转到天边。天边的雨白濛濛一片，连成一幅画布，远处山峰上的日光忽明忽暗。视野开阔，我望不到山的尽头；站在高处，我看到雨点所飘泻的地方。现在我居住在沧海之滨，房屋低矮，千树密不透风。怎么会知道水村之外，已波涛掀天。矮小的窗户就像是船窗，水花拍击，把墙挖出了窟窿。南风刮来猛烈的雨点，像强弓利剑一样撞开了家门，公然逼近书架，打湿我的书籍。小小丈室无可躲避，我赶紧关门，手足无措。水从墙缝中钻进来，就像渠水决堤了一样。我坐在角落里，唯恐水漫过膝，想想近处的西淋山，此时的云与海一定都很奇特。回忆远处的南海神庙，山峰一定是云雾缭绕，我准备好纸笔，准备作画。我困坐在这个狭小的房子，因为生病心情恶劣，无论行卧都郁闷不安。我多想乘坐一艘孤舟，在平静宽广的河流上任意驰骋，纵横超越。

## 赏析

人生是一场旅行，而这场旅行总是由一幅幅画面、一种种感受连缀而成。每当我们回首过往的时候，想起的往往就是那一幅幅画面、一种种感受。在黎简的记忆中，最美好的时光应该是在十六岁，他居住在广西南宁的郊外，他的母舅雷德威的达磙山庄的时候。那里风景奇异秀丽，那里有两万卷藏书，那里他的人生正待启航。黎简对那段生活记忆最深刻的当是这帧画面“雨外檐晴千嶂日”（黎简《忆母舅山庄》），也就是此诗中所写“赤日漏云脚，白雨转天末。天末雨尺幅，日外山明灭。阔嫌山无尽，高识雨所出”。由于地势高阔，自然视野也开阔。诗人看到层峦叠嶂，没有尽头；看到雨云泻雨，连成画布；看到“东边日出西边雨”的壮观与奇丽。那是一种什么样的感受呢？诗人还记得那时的风吹衣襟，“吟边衣卷八方风”（《忆母舅山庄》），也就是此诗中的“风襟动高阔”。站在高处，有八面来风，翻卷着衣襟，豪迈而不羁，“胜怀已飞腾”（黎简《寄雷氏表兄山庄》），诗人不禁升腾起壮志与豪情。“大鹏一日同风起，扶摇直上九万里。”（李白《上李邕》）那是自由飞翔的感觉。可是现在呢？同样是风，同样是雨，却已是今非昔比。诗歌从第九句到二十二句极力渲染诗人如今居住的逼仄、窘迫和被风雨欺凌的无助。然而诗人与常人的不同在于，纵然现实无法战胜苦难，也要在精神上蔑视苦难、超越苦难。诗人想到此时西淋山的云与海一定与平日不同，南海神庙的山峰一定云雾缭绕，这些景象最宜入画，于是准备好纸笔，打算作画。此时他的思绪已乘上一叶孤舟，在浩瀚的水面驰骋，对自由的渴望再次升腾。这就是诗人，永远不屈服于卑微与尴尬，永远追求自由、美好、诗与远方。

# 玉荷包[1]歌

## 题旨

这首诗作于乾隆四十七年（1782）。诗人在病中看着早熟的玉荷包荔枝，想吃却不能吃，写诗打趣自己。

玉荷包，南方荔子尔先熟。年年三月先樱桃，才过清明晚花节。昨夜犹余杜鹃[2]血，腥红照眼无与比，赤水珍珠[3]火齐[4]热。今年抱病缄[5]唇舌，不知馋涎辘轳转[6]，转嗔医士心手拙。玉荷包，早来早去曾几日，病里看成过时物。

## 注释

[1] 玉荷包：广东荔枝最早熟的品种之一。 [2] 杜鹃：详见第109页注释[1]。 [3] 赤水珍珠：这里比喻荔枝。《庄子·天地》：“黄帝游乎赤水之北，登乎昆仑之丘而南望。还归，遗其玄珠。” [4] 火齐（jì）：即火齐珠，如玫瑰一般色泽的宝珠。一说为红宝石。这里比喻荔枝。《文选·张衡〈西京赋〉》：“翡翠火齐，络以美玉。”李善注：“火齐，玫瑰珠也。” [5] 缄：封闭。 [6] 辘轳转：形容肠鸣声，像辘轳转动的声音。

## 今译

玉荷包，在南方的荔枝中你是最早熟的。每年在三月份，玉荷包先于樱桃而成熟，此时才刚刚过清明节。玉荷包就像昨夜杜鹃啼出的鲜血，色泽红艳亮眼，无与伦比，就像赤水珍珠和金红的宝石。今年我生病忌口，不敢吃荔枝。我不怪自己嘴馋流涎肚子咕咕叫，只怪医生医术太拙劣。玉荷包，早熟又早落，才几天功夫，我在病中眼看着你已成了过时之物。

## 赏析

玉荷包是荔枝中的名优品种，口感好，风味佳，可惜性热。诗人生病了，想吃而不能吃，故而埋怨医生，写诗发发牢骚，表达遗憾。诗歌描写玉荷包的颜色猩红，如杜鹃啼的血；形状溜圆，如赤水珍珠和火红的宝石，给人留下深刻印象。

# 答同学问仆诗

## 题旨

这首诗作于乾隆四十七年（1782）。黎简自道作诗的甘苦以及对作诗的感情，并对自己作品的特点进行剖析和评价。

简也于为诗，刻意轧新响[1]。当其跨阔步，语亦颇倜傥[2]。试复虚自举[3]，得失如指掌[4]。霜警钟候鸣[5]，悲壮秋清爽。草暖虫细吟，幽咽春骀荡[6]。劳或蚕抽心，辍食入罗网。静或女怀春，有怨言惝恍。以兹[7]撄[8]其生，作苦时技痒。一世取自毕，千秋敢延想。方寸[9]抱冰雪，万里在俯仰。吾希御风[10]返，谁与恃源往[11]。自非骏马骨[12]，焉得蒙上赏。倘诚虓虎[13]姿，老死气腾上[14]。

## 注释

[1] 轧新响：指在诗歌创作上雕琢生新。轧，滚压，此指诗歌的雕琢与锤炼。 [2] 倜傥：指洒脱豪放。 [3] 自举：自我剖析。 [4] 指掌：比喻极容易明白了解的事。 [5] “霜警”句：指有如感霜而鸣的钟声。许慎《说文解字》：“钟，乐钟也。秋分之音。”《山海经·中山经》：“（丰山）有九钟焉，是知霜鸣。”郭

璞注："霜降则钟鸣，故言知也。"乔潭《霜钟赋》："钟之应霜也，应以无心；士之知已也，贵知其音。" [6]春骀荡：春日舒缓荡漾。汉朝有"骀荡宫"，《三辅黄图》解释说："春时景物骀荡满宫中也。" [7]兹：指诗歌创作。 [8]撄：纠缠，困扰。王昶《蒲褐山房诗话》："（黎简）诗峻拔清峭，刻意新颖，言人所不能言，苦心孤诣，竟以是终。" [9]方寸：比喻心。白居易《与元微之书》："形骸且健，方寸甚安。" [10]御风：驾风行走。《庄子·逍遥游》："列子御风而行，泠然善也。" [11]恃源往：这里指像黄河奔腾不息。《庄子·徐无鬼》："风之过河也有损焉，日之过河也有损焉。请只风与日相与守河，而河以为未始其撄也，恃源而往者也。"王先谦集解："试请风、日常守河上，而河以为未始扰而损之，何也？以河源长远，有所恃而往也。" [12]骏马骨：这里比喻杰出的人才。典出《战国策·燕策一》："臣闻古之君人，有以千金求千里马者，三年不能得。涓人言于君曰：'请求之。'君遣之。三月得千里马，马已死，买其首五百金，反以报君。……于是不能期年，千里之马至者三。" [13]虓（xiāo）虎：同"哮虎"，咆哮的猛虎。《诗·大雅·常武》："阚如虓虎。" [14]气腾上：这里指强大的气势。杜甫《蕃剑》："虎气必腾上，龙身宁久藏。"

## 今译

我黎简作诗，刻意雕琢生新。有时跨步向前，语言亦洒脱豪放。试着自我剖析，得失清晰明了。有时如清爽的秋日里感霜而鸣的钟声，嘹亮悲壮；有时如舒畅春日里草虫的低吟，幽微呜咽。有时劳苦如蚕抽丝，废寝忘食坠入蚕茧；有时如少女怀春，心生哀怨惝恍迷离。此生以作诗困扰自己，虽然辛苦却忍不住技痒。我就用写诗来打发这一生，不敢奢望它能传之久远。我心如冰雪般高洁，万里风光只在俯仰一瞬间。我希望自己能像列御寇御风而行，谁又能像河水源头不断汇聚向前奔腾。我并非杰出的人才，怎么能得到高度的赞赏？如果真有猛虎的雄姿，即使老死，也能保持强大的气势。

## 赏析

黎简有自己明确的诗歌追求，那就是“刻意轧新响”，即刻意雕琢生新，发出与众不同的声响，故形成了“幽峭奇警”的主要特点。此诗乃黎简回答同学问自己的诗的一首论诗之作。诗人仔细地剖析了自己的诗作特点和创作甘苦，认为除了“轧新响”外，自己也有以气势取胜、洒脱豪放的一面，这个自我评价是客观的。梁九图、吴炳南合编《国朝岭表诗传》卷五评黎简“运盛气于离奇中”，陈融《读岭南人诗绝句》帙之七评黎简“宁踽踽而行，必戛戛而独造。要其学足以资之，气足以振之”，这些都是赞美黎简诗歌的气势的。诗歌第七句到第十四句以比喻的方式倾吐诗人创作时的状态：有时悲壮、有时呜咽、有时苦吟、有时哀怨。后面十二句，诗人表达了对作诗的感情：既为之所苦，又忍不住技痒；既想要以诗名世，又觉得实力不足；既惭愧自谦，又志向远大。总之诗人内心一波三折，更可见其对写诗是真爱！

# 补题云隐[1]所藏予《江乡春色图》

## 题旨

这首诗作于乾隆四十七年（1782）。前一年，黎简为好友谢景卿作《江乡春色图》，当时已题有三首绝句在画上，现在又补题一首古体诗于其上。此诗的写法类似画记，用工笔细描的手法详尽刻写了《江乡春色图》中各种景物的空间位置和颜色形态，表达了对家乡美景的喜爱和对归隐的向往。

松根走长坡，松阴覆苍石。石傍濛濛水寒静，松后离离[2]树丹碧。江乡春色初不见，见于横江平对面。炊烟出林白如练[3]，白光三匝红叶断。上欲为云不到空，下未藏邨稍遮岸。屋后数叠[4]山，低昂赭[5]而平。盘盘蓄气势，结为一石青[6]。石高直碍江一画[7]，江上长松数千百。中间松断青连绵，一寸隙走万里船。风帆之杪又海水，水上山光净如洗。半露万松颠，半在万松里。此中日落山幽幽，应有山人唤舟子，云隐先生可归矣。

## 注释

[1] 云隐：即黎简好友谢景卿，一生以鬻书画、鉴别、治印为生。《粤诗人汇传》卷八：“谢景卿，字殿扬，一字芸隐，南海人。诸

生。著有《鸡肋草》。”《玉壶山房诗话》：“芸隐先生博雅嗜古，精研六经之学。篆刻直追秦汉，鉴别古书画，真赝立辨，一经品题，声价遂定。尝选集《汉印分韵》四卷，艺林珍之。中年后，日以藏书课子为事，长公青岩云生师其篆刻，仲子澧浦庶常兰生诗文书法兼工，季嗣退谷观生能画，悉由庭训。天怀高旷，不求闻达，海内名流游粤者靡不造访。” ［2］离离：盛多貌、浓密貌、井然有序貌。 ［3］练：洁白的熟绢。 ［4］叠：堆积，重叠。如叠嶂、叠翠。 ［5］赭：红褐色。 ［6］石青：一种蓝色的矿物质（蓝铜矿）颜料，多用于国画。也指如同石青的一种蓝色，是中国传统色彩之一。这里指石青色的山石。江淹《齐太祖高皇帝诔》：“山吐石青，野降宝露。” ［7］一画：详见第55页注释［11］。

## 今译

长长的山坡上松根游走，松树的阴影覆盖着苍润之石。石头旁迷蒙的江水清寒幽静，松树后面的绿树开着浓密的花朵，红绿斑驳，交相辉映。初时并未见到江乡春色，原来它就横亘在江对岸。炊烟从树林中飘出，洁白如练，绕树三匝，红叶仿佛被截断了。它丝丝缕缕，欲升天为云却散逸半空，欲下落掩村却只是稍遮江岸。屋后山峦重叠，高低起伏。红褐色的平缓山坡，向上曲折回旋，蓄积气势，结为石青色的山石。山石高立，打破了江水一画之整体。江面上有数千百棵高大的松树，中间松影断开的地方露出连绵的青山，那不远万里开来的船只似乎航行在狭窄的缝隙中。船帆的顶端仍画出江水，水之上，山光明净如洗，一半露出松林之外，一半掩映在松林之内。画中是日落时分，山中幽静，应该会有隐士高人召唤船夫，云隐先生可以归隐此处！

## 赏析

这是一首题画诗，但写法上类似于画记，属于画记体诗歌。整首诗对画中景物无一遗漏，依次描绘，见诗如见画。北宋画家郭熙在《林泉高致》中提出“三远法”，即高远、深远、平远。高远之势突兀，深远之意重叠，平远之意冲融而缥缈。对照《江乡春色图》，可看出，黎简的画作主要运用了“三远法”中的平远和高远。首先是平远，近处斜坡上有松，松下有石，石傍江边，松旁碧树开着红花。随后画面向远处慢慢推进，江对面有林，林中有屋，屋后有山，意境平淡冲和。其次是高远，平缓的山丘盘结蓄积，陡然立起山石，打破了画面整体的平远。画面继续向远处延展，山石后面是宽阔的江面，江面上横亘着松林，松林中间断开的地方露出小船，最远处是连绵的青山。画面中景物繁多，但经过画家巧妙的位置处理，显得错落有致，繁而不杂。相比于画作来说，本诗所带给人的想象更为丰富。比如江水中的倒影，画中虽没画出，但我们却可以想象那山影、松影、帆影倒映在江水中，或者重叠，或者断连，或者隐显，营造出一个深邃莫测的深远空间。画作对色彩的运用也很讲究，苍、丹、碧、白、红、赭、石青等各种颜色是岭南水乡绚丽春色的真实写照。最后一句模仿苏轼的《书王定国所藏烟江叠嶂图》“山中故人应有招我归来篇”的写法，完美收束全篇。

黎简《江乡春色图》

# 画二绝句（其二）

## 题旨

这首诗作于乾隆四十七年（1782），原作共两首，此为第二首。此乃咏画诗，描绘岭南春天木棉花开花落的盛景，表现了诗人对岭南风物的钟爱和较强的地域文化认同。

**碧山云热[1]炙春空，日到木棉红处红。竟日[2]落花深一尺，石桥人影踏长虹。**

## 注释

[1]云热：指繁花热烈地开放，显得暖意融融。云，这里借指如云的繁花。李贺《蝴蝶舞》："杨花扑帐春云热，龟甲屏风醉眼缬。" [2]竟日：指终日，整日，从早到晚。

## 今译

碧绿的春山中如云的繁花热烈地开放，炙烤得天空暖意融融。太阳照到木棉花上，使木棉的红色更加鲜艳动人。一整天下来，掉落的木棉已经有一尺之深。远远看去，石桥上的人似乎踩踏在彩虹之上。

## 赏析

黎简《为菊湖写山水册之碧嶂红棉》

黎简是画家，钟爱岭南风物木棉，多画《碧嶂红棉图》。他在《送别赵孝廉渭川还惠州题碧嶂红棉图》（《诗钞》卷十二）一诗的自注中说："近年四方之士来游粤，索予画，予多以此图贻之。三年以来，此图度岭几数十本矣。"清人谢兰生《常惺惺斋书画题跋》说："吾粤画人，自二樵山人始以木棉入山水，第俱用朱点而不叶。""碧嶂红棉"的题材，或许就是由黎简开始入画的。黎简对岭南风物的钟爱，说明了清代的广东画家，至少自黎简开始就有意识地将具有本地特色的花木、景色作为绘画题材。而"碧嶂红棉"也成为黎简以后的广东画家喜爱的绘画题材之一，影响深远。此诗很好地体现了黎简"诗中有画"的特色，正如李慈铭《越缦堂读书记》所说："二樵以绘事名，诗中皆画境也。"

# 竟日巨雨作

## 题旨

这首诗作于乾隆四十八年（1783）夏。广州城终日暴雨，诗人伏病在床，无人探望，哀叹大雨将吞噬多少百姓性命。诗作体现出诗人的落魄、孤独和一片拳拳爱民之心。

十年旧雨[1]独南卧，自觉床头今雨大。伏枕[2]遍增生死哀，假盖[3]须难仆夫[4]过。八门决窦[5]如悬河[6]，出城乏势鸣盘涡[7]。竞起嗔雷[8]动古屋，有似暗潮迎巨舸。窥檐只疑空虚[9]窄，溢井远知湖海多。昔年六月竟夜[10]雨，明日千家一抔土。地涌忽惊山下泉[11]，渠泛顷为泽中卤[12]。远闻人哭杂水声，旋见民居编鬼簿[13]。君不见东门大坟三丈高，流膏[14]断胔[15]泥下捞。至今天阔雨云黑，死人夜作生人号，黄泥白骨缠青蒿。

## 注释

［1］旧雨：老朋友的代称，又叫“旧故”。杜甫《秋述》：“秋，杜子卧病长安旅次，多雨生鱼，青苔及榻，常时车马之客，旧，雨来；今，雨不来。”后遂以旧雨作为老朋友的代称。　［2］伏枕：

指伏卧在枕上，后多指因病弱、年老而长久卧床。也指卧病在床的人。《诗经·陈风·泽陂》："寤寐无为，辗转伏枕。"杜甫《病后过王倚饮赠歌》："王生怪我颜色恶，答云伏枕艰难遍。" [3]假盖：撑伞、借伞。嵇康《与山巨源绝交书》："仲尼不假盖于子夏，护其短也。" [4]仆夫：驾驭车马之人。杜甫《秋述》："子魏子独踽踽然来，汗漫其仆夫，夫又不假盖，不见我病色，适与我神会。" [5]决窦：疏浚水道。 [6]悬河：指瀑布。 [7]盘涡：水旋流形成的深涡。 [8]嗔雷：生气暴怒的雷，比喻雷声之大。 [9]空虚：指天空。 [10]竟夜：整夜，通宵。 [11]山下泉：这里指水溢出来。作者自注："是时北门粤山下，地在在迸水。" [12]泽中卤：即泽卤，不生谷物的咸卤地。《史记·河渠书》："渠就，用注填阏之水，溉泽卤之地四万余顷。" [13]鬼簿：这里指死人名单。 [14]流膏：流脂，流出油脂。木华《海赋》："颅骨成岳，流膏为渊。" [15]胔（zì）：带有腐肉的尸骨，也指整个尸体。《礼记》："掩骼埋胔。"郑玄注："骨枯曰骼，肉腐曰胔。"

## 今译

十年的老朋友都不来看我，我独卧南窗，趴在床头感觉到今日的雨非常之大。卧病在床，更增添了我对生死的哀叹。撑着伞的日子，将难有驾车的人经过。八座城门都被大雨冲开，洪水如瀑布般倾泻而出，出城后势头减弱，遂形成旋涡，发出巨大的声音。暴怒的雷声撼动着古屋，就像暗潮涌动拍打着巨舟。窥视着屋檐，我只感觉天空都变窄了，看到井水溢出就知道远处已有多地被淹没成湖海。有一年的六月下了一整夜雨，第二天几千户人家变为坟墓。地底涌出水令人惊讶，似乎山下有泉；渠水泛滥，顷刻间变成咸卤地。远远我就听到哭声与水声夹杂在一起，不一会就看见人们在记录死人名单。你难道没有看到东门外数丈高的大坟，从泥里捞出流着油的残断尸体？到了今天开阔的天空中还积聚着黑重的雨云，夜里发出活人般的哀号，黄泥中白骨与青蒿纠缠在一起。

## 赏析

黎简家贫，妻子在病中，他迫不得已外出谋生，因卧病，困居广州。这让诗人不由自主想起杜甫在天宝十年（751）秋病卧长安旅馆写下的《秋述》。幸运的是，杜甫有魏子探望，而诗人自己十年的老朋友都不来。加之终日大雨，更加无人造访，诗人的处境比杜甫还要落魄。但即便如此，诗人更关心的是百姓的疾苦。诗歌从第五句到第十句以“决窦”“悬河”“盘涡”“嗔雷”“暗潮”“溢井”等缒幽凿险之语极写暴雨之大，把被暴怒的雷声震动的“古屋”形容成被暗潮击打的“巨舸”，让人心生畏惧，可见诗人笔力巉绝。其后诗人回忆往年大雨造成的灾难，联想到此次灾情更甚。诗人用“人哭”“鬼簿”“大坟”“流膏”“断胔”“死人”“黄泥”“白骨”“青蒿”等刿目怵心的字眼描绘了一幅人间地狱图，表现了对百姓疾苦的深切同情和担忧。

# 昨梦李昌谷[1]弹琴

## 题旨

这首诗作于乾隆四十八年（1783）。诗人喜爱李贺，夜梦李贺弹琴，可见思念之深。其写诗亦模仿李贺手法，神形毕肖。

**年无几梦十九恶，昨夜何人媚魂魄。长爪[2]诸孙秀眉绿[3]，围玉神麟[4]腰一束。鸣弦古寒动秋屋，陇山[5]月黑叫孤鹦。昌谷云深啼老竹[6]，红丝[7]剩血弹涩[8]吟。千年以还吾识音，车行确确[9]雷碾心。行云[10]已去银浦[11]浅，出门独愁碧海[12]深。**

## 注释

［1］李昌谷：李贺，字长吉，河南府福昌县昌谷乡（今河南洛阳市宜阳县）人，祖籍陇西郡，中唐浪漫主义诗人，后世称李昌谷。　［2］长爪：指李贺。李商隐《李贺小传》："长吉细瘦，通眉，长指爪，能苦吟疾书。"　［3］绿：指黛色，即青黑色。李贺《贝宫夫人》："长眉凝绿几千年，清凉堪老镜中鸾。"　［4］神麟：指神兽麒麟。　［5］陇山：山名，在陕西、甘肃交界处，其地多鹦鹉。　［6］啼老竹：即老竹啼。李贺《黄头郎》："水弄湘娥佩，竹啼山露月。"　［7］红丝：指琴弦。古代琴弦为红色，称为"朱

弦”。［8］涩：不润滑。［9］确确：形容车声。李商隐《李长吉小传》：“常所居窗中，勃勃有烟气，闻行车嘒管之声。”司马相如《长门赋》：“雷殷殷而响起兮，声象君之车音。”［10］行云：这里指李贺。［11］银浦：指银河。李贺《天上谣》：“天河夜转漂回星，银浦流云学水声。”［12］碧海：古代神话传说中仙人居住之处。《十洲记》：“扶桑在东海之东岸，岸直，陆行登岸一万里，东复有碧海。海广狭浩汗，与东海等。水既不咸苦，正作碧色，甘香味美。”李商隐《嫦娥》：“嫦娥应悔偷灵药，碧海青天夜夜心。”

## 今译

我一年也没怎么作梦，而且做的梦十有九次都是噩梦。可是昨天夜里，是什么人入我梦中，令我的魂魄都被撩动了。这位王孙长着长长的手指、秀丽的绿眉，一条雕着麒麟的玉带围束在腰间。他弹奏起琴弦，有一种古寒之气震动秋天的屋子。琴声如陇山月黑之夜孤鹦的鸣叫；如昌谷的密云深处老竹的啼哭。在如血的红色琴弦上弹奏出幽咽的曲调，即便已经千年了，我仍然听出是李贺的琴音。车声辘辘，如雷碾心。他已如行云远去，银河已经变浅。我独自出门，惆怅的心如碧海之深。

## 赏析

黎简深爱李贺，曾于癸卯（1783）批点《李长吉集》，自题曰：“余幼好长吉，非长吉诗不读，且学为之，甚肖也。”李贺有“鬼才”之称。他的诗想象奇特，意境幽冷，设色浓艳，语言瑰美，多用“泣”“啼”“冷”“血”之类的字眼，形成一种新奇独创、诡谲怪诞、冷艳凄迷的风格，被称为“长吉体”。黎简的这首诗便酷似“长吉体”。诗中对李贺典故的化用随处可见，而且“古寒”“秋屋”“月黑”“孤鹦”“云深”“老竹”“红丝”“涩吟”“碧海”等词汇共同构成奇峭、阴冷、深邃、凄艳、悲苦、惆怅的意境，亦用了李贺爱用的“啼”“叫”“血”等字眼，放在李贺集中几可乱真。

# 春江吟

## 题旨

这首诗作于乾隆四十九年（1784）春。诗人因病居于家乡弼教村，描写花村春江美景。

水西天落树梢平，海国[1]风烟[2]坦掌生。遥知归艇入邨口，只见飞花闻橹声。

雨酿浓青柳醉天，一弯愁黛[3]暮山圆。船头花影垂垂簇，亲见饥鱼嚼紫烟[4]。

## 注释

[1]海国：这里指江上。 [2]风烟：风云、烟雾。 [3]愁黛：指愁眉。黛，一种青黑色的颜料，古代女子用来画眉，故用以指代女子的眉毛。 [4]紫烟：指水中紫色的花影。

## 今译

春江西边的水天交界处，树梢与水面平齐。平坦如掌的江面上升腾起风云和烟雾。远远地，我已知道归来的船将要驶入村口，只因我看见了在风中翻飞的落花，听到了摇橹的声音。

春雨酿造出深青的柳色，似乎天公都陶醉了。傍晚，山圆润的剪影如一弯愁眉。船头的花儿一簇簇垂下，惹得那些饥饿的鱼儿大嚼水中紫色的花影。

## 赏析

黎简的家乡顺德弼教村是水村，有北江支流及多条水道交错纵横，水上交通繁忙。弼教亦是岭南著名的花村，有两千多年的种花历史，“户户皆种花，花前花后皆人家”，民间有“先有弼教，后有花地”之说。黎简的诗歌常描写水乡花村的美景，被称作“诗中有画”。他的诗句有些是可以直接入画的，有的却是画无法替代的。比如“水西天落树梢平，海国风烟坦掌生”一句可以入画，但“遥知归艇入郁口，只见飞花闻橹声”一句就很难入画，“飞花”倒可以画出，可“闻橹声”就画不出了；“雨酿浓青柳醉天，一弯愁黛暮山圆”“船头花影垂垂簇”可以入画，但水下“鱼嚼紫烟”的动态就很难画出来。总之，黎简的山水诗注重视觉与听觉、静态与动态、色彩与线条、人与自然的和谐统一，充满了浓郁的生活情趣。

# 述哀[1]一百韵

**题旨**

这首诗作于乾隆四十九年（1784）七月。黎简的妻子于此年四月病逝，黎简伤痛欲绝，于七十多日后写下此诗，回忆、记录妻子死前情状，表达无限追思。

甲辰四月廿一日，妻梁氏死矣。向来护病，继以伤心，未尝有诗。至今七月六日，感神仙夫妇[2]之说，乃饮泣勉述此篇。情至无文，不知所云而已。

青龙[3]在甲辰，夏四月廿一。买药方入门，饭熟不暇吃。大女泣屋隅，小女啼绕膝。老亲堂上叹，相对视白发。下呼厨中婢，掩面向曲突[4]。仰首观皇天，天阴雨霏拂[5]。病妇呼就帏，握手与郎别。自从数月来，心绪无剩说[6]。目前即长路[7]，安忍无一诀。频频唤郎者，非是故琐屑[8]。自顾无几时，中情甚饥渴。君今抚我体，四肢已殭厥[9]。凛若置大水，惟余此心热。顷刻不相语，诚恐冰到舌。天生薄命妾，姓梁名曰雪。固当畏炎威，值此长夏节。生息[10]虽漓薄[11]，安敢昧[12]清洁。忆从嫁郎始，恩爱胶投漆[13]。出入君怀中[14]，自怜可怜绝。微躯本多病，参苓[15]借年月。自危情累人，因以身许佛。拜赐禅病图[16]，览镜入毫末。中闺课斋期，幽心事经帙。自谓留此身，非敢取容悦[17]。幸依君子傍，永得奉巾栉[18]。渐知金经[19]理，生死本一辙。自无诸恶缘[20]，地狱何罪孽。转识安乐死，胜兹疴厄[21]活。但感君故情，千秋亦难割。君昔万里行，三载[22]影孤孑。及乎远游归，风波未尝歇。妾为双轮转，君为长绳掣。牵继[23]十八年，今日合当辍。翁姑老年人，反见妾淹没。年衰不胜哀，哀时易成疾。上堂娱色笑，无以妾故夺。他人亦知孝，行当入吾室。两女遗累君，是郎之骨血。女笑妾则笑，女瘦妾露骨。妾死女有母，女嫁妾则毕。妾有好男儿[24]，聪明第三侄。可惜隔千里，母子在两粤。生人不识鬼，音影无可察。及其长大时，知此义难阙。始与观病图，使彼思仿佛。不然少时见，习睹成故物。此婢无容色，亦可十应七。是妾手爪[25]余，一日断一匹。买之五六年，渐得病体逸。留之事新人，或不致嫌嫉。知郎为妾重，忧牢固难掇。不孝罪无后，旋应择良吉。勉力为姻昏[26]，为郎解沉郁。妾复有所请，君恕无礼律。若在平昔时，此事未易达。可怜纵扶起，膝强痛难屈。妾闻世人语，君乃燕许[27]笔。有福死夫前，此语俗不忽。况妾前世因，幸与郎固结。自思初作人，未曾离闺闼。中间何言行，自愧说不出。又言妇人者，无事乃其质。况有贤丈夫，和声满琴瑟。但于凡百[28]人，善恶有名实。妇人不自眩，自眩义已失。郎工书八分[29]，文章自超迭[30]。后日此抔土，烦君一方碣。千年百年后，有人临我穴。椎碑惊我寝，亦受人拜谒。豹死留其皮[31]，妾目亦已闭。至云岐轩[32]理，固非药饵缺。眼看郎玉体，为妾瘦兀兀。盘涡沉巨舟，有力不可拔。妾自魂魄弱，莫葬山巀嶫[33]。山头多故鬼，新鬼畏迫轧。茔坟就近郊，莫使水沁泄。但须高数尺，俾妾望门阀。松柏三两株，桐竹交相列。碧草魂往来，亦得荫修密。魂寒就郎衣，魂饥就郎啜。纵无身口累，亦不相间阔。今世且中逝，他生焉可必。倘化为轻尘，愿得上郎袜。倘化为罔两[34]，就郎影边灭。愿为中山兔[35]，与郎作柔札[36]。慎无犯教[37]言，复不畏刚折[38]。轰轰万古名，妾亦倚担揭。今为秀才妇，虽未縻[39]禄秩[40]。异时营斋[41]葬，恩义到泉窟。归来定何年，今日是何日。记取死别时，风雨冥路[42]滑。哀哉复哀哉，齿紧妾言讫。尔时尚握腕，冰气透我彻。不知坐予处，安计擘之脱。家人拉我去，心死一寸铁。不知两稚女，呼娘叩头裂。我欲竟此曲，此曲不可阕。我欲通乎命，吾不若是恝[43]。死生日以远，屈指七旬越。伤哉半生内，兹哀几时述。

## 注释

[1]述哀：指悼亡诗。江淹模拟潘岳《悼亡诗三首》作《杂体诗三十首·潘黄门岳述哀》。李商隐《上河东公启》："某悼伤以来，光阴未几。梧桐半死，方有述哀……"　[2]神仙夫妇：黎简夫妇被

朋友比作赵明诚、李清照夫妇，故有神仙夫妇之说。吕坚《黎二樵妇梁氏墓志铭》：“生故贫，初作画卖文为活，尽日相对，如赵明诚、易安居士读相国寺碑文也。” [3] 青龙：指青龙年，甲辰年为青龙年。根据五行，甲为青色，辰为龙，所以甲辰年是青龙年。 [4] 曲突：指烟囱。 [5] 霏拂：飘洒、飞扬。 [6] 无剩说：原义指世间佛法已说尽。释道生《偈颂二十二首》：“雪山成道度众生，四十九年无剩说。”这里指心绪已向佛说尽。 [7] 长路：远路。 [8] 琐屑：指细小、琐碎的事情。韩愈《送灵师》：“纵横杂谣俗，琐屑咸罗穿。” [9] 殭厥：僵直逆冷。殭，同“僵”。厥，病名，指突然昏倒、手足逆冷等症。 [10] 生息：指生活。 [11] 漓薄：这里是贫瘠的意思。 [12] 昧：这里是违背的意思。 [13] 胶投漆：即以胶投漆。好像胶和漆那样，粘住就分不开。形容感情深厚，亲密得难舍难分。 [14] “出入”句：这里指感情深厚，如形随影。班婕妤《怨歌行》：“出入君怀袖，动摇微风发。” [15] 参苓：中药名，指人参与茯苓，二者均有滋补健身的作用。 [16] 禅病图：指乾隆四十六年（1781）黎简给妻子画的《禅病图小影》。 [17] 容悦：曲意逢迎以取媚于人。 [18] 奉巾栉：伺候梳洗，谓充当妻室。 [19] 金经：指佛经《金刚经》。 [20] 恶缘：诱我为恶事之外界事物。 [21] 疴厄：疾病与困苦。 [22] 三载：指乾隆三十六年（1771）至乾隆三十八年（1773），黎简婚后赴南宁谋生这三年，夫妻二人被迫分离。 [23] 牵绁：牵拉捆绑。绁，捆绑。 [24] 好男儿：指黎简的侄子黎彪，为黎简哥哥的第三子，过继给黎简。作者自注：“妇请于家君，以兄第三子彪为己子，方四岁，在邕州。” [25] 手爪：手艺，技艺。《上山采蘼芜》：“新人虽言好，未若故人姝。颜色类相似，手爪不相如。” [26] 昏：结婚。婚，本作“昏”，后加女旁作“婚”。 [27] 燕许：初盛唐之际的燕国公张说、许国公苏颋的并称。二人因文章而地位显赫，声望齐名，号称“燕许大手笔”。《新唐书·苏傒滑传》载，苏颋“自景龙后，与张说以文章显，称望略等，故时号‘燕许大手笔’”。［28］凡百：犹言诸位先生、诸位君子。这是先秦以来的习惯用语。凡，所有的。百，众多。《诗经·小雅·雨无正》：“凡百君子，各敬尔身。”［29］八分：详见第112页注释［9］。［30］超迭：即超逸，高超，不同凡俗。迭，通“逸”。［31］“豹死”句：豹子死后留下珍贵的毛皮，比喻人死后留下美名于后世。欧阳修《新五代史·周臣·王彦章传》：“彦章武人不知书，常为俚语谓人曰：‘豹死留皮，人死留名。’其于忠义，盖天性也。”［32］岐轩：亦名轩岐。黄帝轩辕氏与其臣岐伯的并称。他们被视作中医的始祖。［33］巀嶪：形容山高耸陡峻。［34］罔两：影子边缘的淡薄阴影。［35］中山兔：《元和郡县志》载，中山在宣州水县东南十五里，出兔毫，为笔精妙。［36］柔札：指毛笔头上的毫毛。［37］犯教：违反教令，违背礼教。［38］刚折：谓刚直不阿，敢于当面指摘别人的过失。［39］縻：通“靡”，消耗。［40］禄秩：也叫秩禄，指俸禄。［41］营斋：设斋食以供僧道，请为死者超度灵魂。［42］冥路：冥途。［43］恝（jiá）：淡然、不经心的样子。

## 今译

甲辰年的四月二十一日，我妻子梁氏死了。因为护理病情，加上伤心，我一直未曾写诗。到今天七月六日，我有感于“神仙夫妇”之说，泪流满面，勉强写下此篇。用情太深，不讲文辞，不知所云罢了。

甲辰青龙年，夏四月二十一。我买药刚进门，饭熟还来不及吃。大女儿在屋角哭，小女儿在我膝下啼。年老的双亲在堂上叹息，白发老人相对视。我过去呼唤厨房婢女，她正掩面向烟囱。我仰头望天空，天阴雨飘洒。病妻唤我到床帷，握手与我相诀别："数月来，心绪已说尽。我就要踏上漫漫路，怎忍不与你诀别？频频呼唤你，不是我爱唠叨。自觉时日无多，我俩感情深厚。你摸我身体，四肢已僵冷。寒如置于冷水中，只剩心还有余热。如果我不讲话，片刻舌头会冰住。我天生薄命，姓梁名叫雪，本就怕炎热，却赶上这夏日。生活虽然贫瘠，也不敢不清洁。自从嫁与你，恩爱如胶似漆。随你出入，伴你身侧，自觉已被怜惜至极。微贱之躯本就多病，靠人参、茯苓延缓寿命。以情累人，自感危殆，故以身许佛。拜谢你所赐的《禅病图小影》，如照镜般纤毫毕现。闺房内谨守斋戒，以幽栖之心学习经书。残留此身，非为取媚于你。很幸运能依傍你左右，希望能永远做你的妻子。我渐渐明白《金刚经》中的佛理，生死本来就是一途。我未做过恶事，何来罪孽下地狱？转而明白安乐死去，胜过疾病困苦中苟活。感怀你的深情，千年也难以割舍。你曾万里远行，有三年让我形单影只。等你远行归来，生活仍然风波不宁。我就是那旋转的轮，你就是那牵引的绳。你我牵拉捆绑十八年，今日合该分开了。公婆老人家，反见我先死。老人无法承受哀伤，哀伤容易引来疾病。要对双亲和颜悦色常常笑，不要为我失笑容。他人也会知你孝义，应当会进入我们的家庭。两个女儿托付给你，她们都是你的亲骨肉。女儿笑了我也高兴，女儿瘦了我就难过。我死后希望女儿有新的母亲，女儿嫁人我才了心愿。我还有一个好儿子，是聪明的三侄子。可惜相隔上千里，母子分别在粤东、西。生人不识死人魂，觉察不出声和影。等他长大后，情谊会缺损。让他看《禅病图小影》，想象我的模样。不是年少时所见，他看多了就会记住我的模样。婢女虽无姿色，亦可十唤七应，帮我做手工，一日织一匹。她来五六年，渐使我安逸。留她侍奉新人，或许不被嫌嫉。知你爱重我，忧愁难再娶。无后乃不孝之罪，你应该选择良辰吉日，努力再结婚姻，为你开郁解闷。我再次请求，请恕我无礼。若在往日，此事我不敢轻易说出。可惜现在纵然你扶起我，我的膝盖疼痛也难弯曲。我听世人说，你乃燕许大手笔一样的人物。我有福死于你之前，此话说出不突兀。何况你我前世缘，有幸与你相结合。回想刚明白人道时，未曾移步出闺房。房中之言行，我羞愧说不出。常言妇人无事才质朴，何况有个贤丈夫，琴瑟多和谐。对于诸君子，善恶有名实。妇人不应该炫耀自己，炫耀自己则失礼。你工于书写汉隶，文章也超然飘逸。日后在我的坟墓，烦你立一方形圆顶石碑。千年百年之后，有人来到我墓前。即便椎碑惊扰我睡眠，亦是受到他人拜谒。豹死留毛皮，人死留美名，我眼才会闭。至于说起中医调理，家中并非缺少药物。眼看你的身体，为我瘦弱劳苦，就像巨船陷于旋涡，有力也难以拔出。我的魂魄柔弱，别葬在高峻山崖。山头多旧鬼，新鬼怕挤轧。坟茔靠近郊，莫让水沁泄，只需高数尺，可以望家门。种上松柏三两株，梧桐翠竹交相列。碧草间魂魄往来，要修整得茂密些。我的魂魄冷了就回来靠你取暖，饿了就回来找你充饥。就算没有身体和口腹之累，我也不要与你相隔太远。今生尚且中途死亡，他生焉知一定相见？如果化为清尘，我愿粘附你的袜上。如果化为影边微阴，我愿消失于你的影里。我愿为中山兔，送毛给你作笔头。谨慎莫犯圣人教诲，也莫畏惧刚直易折。你有了轰烈的美名，我也倚靠有显名。今为秀才之妻，虽未享受俸禄。他时为我超度下葬，恩义直到九泉之下。归来定于何年？今日又是何日？记得死别之时，风雨交加，冥途路滑。悲伤啊太悲伤，牙齿紧闭我已说完。”那时我还握着她的手腕，寒气已透我身体。不知坐在哪里，是怎样与她掰开分离。家人拉我离去，我已心死如铁。两个女儿呼喊着叩头欲裂。我想写完此曲，此曲不可残缺。我欲通晓性命，不应淡然处之。生死相隔越来越远，屈指算来已七十多天。伤心呀半世情缘，哀伤呀何时才能述尽。

## 赏析

悼亡诗发展到清代，一般采用联章组诗的规模化制作。但黎简刻意求新、独树一帜，往往取法唐宋大家。这首诗学习老杜单篇百韵千字的长篇巨制，在章法、结构、写作手法上又学习李商隐的《行次西郊作一百韵》，可以说是悼亡诗中的极品奇文。诗歌结构上可分为三个部分：第一部分是从第一句至第七句，回忆妻死当天自己刚刚买药回来，还未来得及吃饭，就看到两个女儿在啼泣，两位老亲在叹息，家中婢女在掩面。此时天空阴沉，风雨飘散，他听到妻子呼唤，于是来到病榻前与妻诀别。第二部分是从第八句到第九十二句，诗人用大量的篇幅记录妻子的遗言。第三部分是最后八句，写妻子讲完遗言后死去，诗人与女儿痛苦不堪的情状，以及妻死后七十多天自己才写下此诗，内心仍然哀伤不已，难以尽述的痛苦。第二部分总共八十五句，全都是诗人妻子的遗言，看似絮絮叨叨，庞杂凌乱，实则章法井然，又可分四个层次：从第八句到第十七句是第一层次，妻子说自顾时间不多，要赶紧向丈夫倾诉中情；从第十八句到第三十三句是第二层次，妻子开始回忆十八年来夫妻二人的恩爱，然不幸多病，虽以身许佛，看淡生死，但对丈夫仍难以割舍；从第三十四句到第八十二句是第三层次，妻子开始交待后事，担心公婆年老悲哀以致伤身，要求丈夫笑对公婆以尽孝道，托付子女、婢女，要求丈夫续弦以传宗接代，盛赞丈夫的书法、文章并引以为豪，要求丈夫为自己刻写墓碑以及对墓地的选择，等等；从第八十三句到第九十二句是第四层次，妻子表达来世的愿望，“倘化为轻尘，愿得上郎袜。倘化为罔两，就郎影边灭。愿为中山兔，与郎作柔札”，其句式和创意模仿陶渊明《闲情赋》中的“十愿”，感情热烈而浪漫，想象丰富而奇特。“记取死别时，风雨冥路滑”与诗歌第六句“仰首观皇天，天阴雨霏拂”相呼应，“哀哉复哀哉，齿紧妾言讫”又与第十四句“顷刻不相语，诚恐冰到舌”相呼应，整个叙事大开大合，首尾照应，如闭合的圆环，给人以紧凑之感。此诗用千言的长篇巨制和史诗般的宏大气魄，借妻子之口，把诗人与妻子生死与共的爱情史完整地记录了下来，是史诗与爱情的结合。这在悼亡诗中前无古人，具有独创性的地位。

诗歌总体上质朴无华，但很多诗句巉刻奇谲。如“君今抚我体，四肢已殭厥。凛若置大水，惟余此心热。顷刻不相语，诚恐冰到舌”这几句把人死之前四肢慢慢僵冷，惟余心热舌软，勉强可以言语的状态写得令人心惊容动，让人感到死亡的步步紧逼。“魂寒就郎衣，魂饥就郎啜”这一句似化用屈大均悼念亡妻王华姜的诗《哭内子王华姜》其四中的“儿寒姑与衣，儿饥姑与食”一句，同样奇谲而又令人心碎。整首诗以入声韵一韵到底，表达了男女主人公共同的凄怆悲切的情感。

# 秋风引[1]寄二三故人

**题旨**

这首诗作于乾隆四十九年（1784）。诗人在妻子死后的当年五月即离乡，馆于佛山秋官坊。此诗作于八月，诗人还深陷丧妻的痛苦中不能自拔，写信向朋友倾诉。

去年春风暖如玉，白袷清波送越客[2]。远江随柳入天青，天影还垂春酒[3]绿。今年直是半年雨，春雨晴时已秋色。茫茫积水浮东南[4]，中有樵夫[5]出门哭。梦绕新坟桐竹嫩，月见古原霜露白。松鬣[6]莎髯[7]鬼大小，鹘[8]叫虫啼人阒寂[9]。生前怯性常梦水，未肯江天试魂魄。[10]如今独使野外居，苍茫归路何由识。往时清阴笑谈处，上有出檐梧十尺。啼乌为君秋不睡，天黑呼君到天赤[11]。君须但记从此来，好逐秋风入灵席[12]。灵前娇女衣凉薄，席上衰灯[13]火寒碧。屋边叶响疑我归，犹似当时深夜织。秋机不轧犬不吠，魂去风中晓无迹。我今客闷思今昔，别日凄凉最今夕。一身死别生离内，此夕情人病人得。故交零落况残序[14]，寄子哀诗沾尔臆[15]。诗成欠伸影在壁，亭亭脉脉逼人直。何须会面惊瘦极，已向空墙见衣窄。

## 注释

［1］引：乐府歌行体的一种体式，有铺张本事而歌之意。诗题自注："时寓佛山镇。" ［2］越客：黎简自注"月坡"，即王月坡，浙江人，与吕坚、黎简、袁堂（升甫）、周闳（石农）、闻人塛（可庵）结为"六君子"之交。黎简在乾隆四十八年（1783）二月曾送月坡去滇池。 ［3］春酒：这里比喻江水如春酒。［4］东南：黎简家乡顺德弼教在佛山的东南。 ［5］樵夫：作者自称。 ［6］松鬣：指松针。 ［7］莎（suō）髯：指莎草，多年生草本植物。 ［8］鹘（gǔ）：古书上说的一种鸟，短尾，青黑色。［9］阒（qù）寂：死寂，幽静。江淹《泣赋》："阒寂以思，情绪留连。" ［10］"生前"二句：作者自注"亡妇生平自言常梦大水而畏"。 ［11］天赤：指天亮。 ［12］灵席：指设有神主以供奉祀的台子。 ［13］衰灯：残灯。 ［14］序：古代惜别赠言的文字，也作"赠序"，内容多是对于所赠亲友的赞许、推重或勉励之词，是临别赠言性质的文体。 ［15］臆：胸臆。

## 今译

去年春风暖如玉的季节，我穿着白色夹衣在清波之上送别浙江的朋友王月坡。远远地，江水随着江柳一直延伸到青色的天际，天空之影倒垂在如春酒般的绿波之上。今年一直下了半年的雨，等春雨结束放晴时秋色已来。我梦见东南方的家乡积水茫茫，梦中的我出门而哭。我绕到种着鲜嫩梧桐和翠竹的新坟，此时月光照在降霜降露的古原。古原上只有松针、莎草和大大小小的鬼，还有鹘叫声、虫啼声，而人声死寂。亡妇生前常梦大水而害怕，不肯到江上试试胆魄。如今我却让她独居于野外，归路苍茫，她如何识得？

往日我们笑谈的阴凉处，上有十尺高的梧桐伸出檐外。秋天，树上的乌鸦整夜为你啼哭，从天黑一直呼唤到天亮。记住你的魂魄要顺着这棵梧桐下来，借着秋风到祭祀的灵台。灵台前女儿衣着单薄，灵席上微弱的灯火发出碧绿的寒光。屋边风吹树叶的声音让你幻想是我从外归来，就像生前每一个我们两地分居的夜晚，你一边织布一边等我回家。织机不开动，狗也不叫，拂晓时你的魂魄在风中消失，了无踪迹。我如今客居佛山，回想今昔，今夕的凄凉更甚过那别离之时。此身已经历多少生离死别，今夜有情人早已成病人。故旧知交已所剩不多，更何况那些残缺的序文，寄去哀诗你定会泪沾胸臆。诗成之后，我打哈欠、伸懒腰的身影映在墙壁，高耸直立、脉脉含情、逼人直视。何须见面才惊呼人已极瘦？面对着空墙我已看出衣影窄细。

## 赏析

此诗是作者居于佛山写给朋友的信，主要是向朋友倾诉丧妻之痛，也可算是悼亡诗。在黎简的悼亡诗中，妻子多以鬼魂的形象出现在梦中。这与他对李贺的喜爱和学习有很大关系。他曾批李贺的《苏小小墓》曰："通首幽奇光怪，只纳入结句三字，冷极鬼极。诗到此境，亦奇极无奇者矣。"此诗就是模仿李贺鬼境的作品，描写妻子的鬼魂孤寒、坟茔凄冷，意境幽冷诡谲，极具"长吉体"风格。但比"长吉体"更为奇特的是，黎简笔下的鬼境常常具有生动的故事情节，戏剧感、场景感极强。此诗就想象出妻子鬼魂回到自己灵台前的情节。这与屈大均《哭内子王华姜》其四"魂魄今越散，逢祭时一来。我魂在姑前，朝见姑泪涟。我魂在夫侧，暮闻夫叹息。稚女未成人，殡宫日匍匐"简直如出一辙，都是在祭奠时亡妻的魂魄回到灵台，还像生前一样疼惜着孩子、眷恋着丈夫。这不仅仅是诗人太过思念妻子所产生的幻觉，更是对与亡者重逢的希冀以及对无法满足的情感的慰藉。当此生的情爱难以圆满，人们总是会幻想来世变成鬼魂，可以跨越阴阳生死的界限，还有机会再相见。

# 柳蘼芜桂桃榆桐兰蕙相思成篇[1]

## 题旨

这首诗作于乾隆五十年（1785）。诗名是从各句中抽出一两个字聚合而成，表达了诗人对亡妻深情绵邈的思念。

杨柳楼心[2]新燕飞[3]，蘼芜[4]山下故人非。生寻桂魄[5]迷灵窟[6]，剩[7]嘱桃根[8]得嫁衣。榆树[9]晓星[10]窥独宿，桐花么凤[11]愬[12]朝饥[13]。尽芟[14]蕙亩[15]锄兰畹[16]，泪雨相思种豆[17]归。

## 注释

［1］此诗题学习李商隐的诗《蝇蝶鸡麝鸾凤等成篇》。［2］杨柳楼心：这里指曾与作者浓情蜜意的人。晏几道《鹧鸪天·彩袖殷勤捧玉钟》："舞低杨柳楼心月，歌尽桃花扇底风。"　［3］新燕飞：如新燕般飞走。《诗经·邶风·燕燕》："燕燕于飞，差池其羽。之子于归，远送于野。瞻望弗及，泣涕如雨。"　［4］蘼芜：一种香草。古人相信蘼芜可使妇人多子，故妇女上山采撷蘼芜的鲜叶，于阴凉处风干，可以做香料，亦可以作香囊的填充物。在古诗词中，"蘼芜"一词多与夫妻分离或闺怨有关。汉乐府《上山采蘼芜》："上山采蘼芜，下山逢故夫。"　［5］桂魄：指月亮，传说月中有桂树，故称

月为“桂魄”。李商隐《对雪二首》其二：“侵夜可能争桂魄，忍寒应欲试梅妆。” ［6］灵窟：原指仙门福地，这里指月宫中妻子灵魂所居的洞府。黎简曾在《复题亡妇禅病图》中写到“生为幻女无身相，梦入禅天接笑啼。……寒光桂窟私灵药，题寄人间下月梯”，把亡妻比作偷了灵药升入月宫的嫦娥。 ［7］剩：通“尽”，只管。晏几道《鹧鸪天·彩袖殷勤捧玉钟》：“今宵剩把银釭照，犹恐相逢是梦中。” ［8］桃根：原指王献之爱妾桃叶之妹。张敦颐《六朝事迹编类·桃叶渡》：“桃叶者，晋王献之爱妾名也，其妹曰桃根。”李商隐《燕台四首·冬》中有“桃叶桃根双姊妹”。在此诗中以“桃根”代指黎简亡妻留下来的两个女儿。长女名琼，次女名芸，皆梁氏所出。 ［9］榆树：又称星榆、白榆，星名。榆荚形似钱，色白成串，因以“星榆”形容繁星。汉乐府《陇西行·天上何所有》：“天上何所有，历历种白榆。”也指天上的玉衡星。《春秋运斗枢》：“玉衡星散为榆。”在古代，人们将北斗七星中最亮的那颗星称为“玉衡”。 ［10］晓星：晨星，或谓启明星，清晨时出现在东方。李商隐《嫦娥》：“长河渐落晓星沉。” ［11］桐花么凤：鸟名，又称桐花凤。羽毛五色，体形比燕子小，以暮春时栖集于桐花而得名。李德裕《画桐花凤扇赋序》：“成都夹岷江矶岸，多植紫桐，每至暮春，有灵禽五色，小于玄鸟，来集桐花，以饮朝露。及华落则烟飞雨散，不知所往。”李商隐《韩冬郎即席为诗相送，一座尽惊。他日余方追吟“连宵侍坐徘徊久”之句，有老成之风，因成二绝寄酬，兼呈畏之员外》：“桐花万里丹山路，雏凤清于老凤声。” ［12］愬：同“诉”。诉说，倾诉。 ［13］朝饥：早晨空腹时感到的饥饿。形容思念之切。《诗经·周南·汝坟》：“未见君子，惄如调饥。”毛传：“调，朝也。”郑玄笺：“惄，思也。未见君子之时，如朝饥之思食。” ［14］芟：割草，引申为除去。 ［15］蕙亩：指种植了蕙兰的园圃或良田。 ［16］兰畹：指种植了兰草的花圃或园地。畹，古代的土地面积单位。说法不一，一说三十亩为一畹，一说十二亩为一畹。屈原《离骚》："余既滋兰之九畹兮，又树蕙之百亩。"　[17] 种豆：这里应该指的是种红豆。王维《相思》："红豆生南国，春来发几枝。愿君多采撷，此物最相思。"

## 今译

那个曾经"舞低杨柳楼心月"，与我浓情蜜意的人如新燕一般飞走了，就算是在长满蘼芜的山下再遇见她，也已是物是人非。我去月宫中寻觅到她的踪影，迷恋于她灵魂寄居的洞府，而她只顾着嘱咐我要好好准备两个女儿的嫁衣。天上的玉衡星和启明星窥探到我整夜独宿，大清早桐花凤发出清越的叫声，似乎在倾诉着思念。我把园地里的蕙兰和香草全部锄去，种上寄托相思的红豆，归来时早已泪如雨下。

## 赏析

李商隐的诗集中有一首很特别的诗，即《蝇蝶鸡麝鸾凤等成篇》："韩蝶翻罗幕，曹蝇拂绮窗。斗鸡回玉勒，融麝暖金釭。玳瑁明书阁，琉璃冰酒缸。画楼多有主，鸾凤各双双。"此乃一篇文字游戏，写狭邪之游，先成诗后再从每句中挑选一两个字凑成题目。清代姚培谦曰："聊备一体。不但蝇蝶等字，即罗幕绮窗等皆用一色字样成篇。"但此诗字面华丽而内容空虚，价值不高。黎简本就喜爱李商隐，与商隐相似的丧妻经历使他在妻亡之后更加沉迷于对商隐的学习。黎简此诗作于妻子死后第二年，题目亦是从各句中抽出一两个字聚合而成，内容表达的是对亡妻深情绵邈的思念。无论在思想感情上还是艺术成就上，此诗都远超商隐的原作。诗歌用典繁复。首句化用晏几道《鹧鸪天》和《诗经・燕燕》的典故，取其浓情蜜意和送远不舍之意；第二句化用汉乐府《上山采蘼芜》的典故，表达物是人非之感；第三句以“桂魄”和“灵窟”暗示诗人在月宫中寻找到妻子的魂魄；第四句以“桃叶桃根两姊妹”的典故强化妻子的慈母形象；第五句以“星榆”“晓星”的典故抒发诗人彻夜难眠的思念，同时着一“窥”字，似乎那天上的星星都是妻子深情的眼睛在远远地凝望；第六句“怨朝饥”的“桐花凤”似乎也是妻子幻化而成，急切地向诗人倾诉着思念；第七句以铲除“蕙”“兰”的举动表达诗人万念俱灰、雅兴全无的精神状态；第八句以“种豆”之行表达诗人思念无处寄托，只有寄托给红豆的凄楚心境，并照应题目中的“相思成篇”。全诗感情凄婉，意境迷离，用典繁密且屡出商隐，属对工切，语词绵丽，是不可多得的学习李商隐结撰出的艺术精品。

# 度曲[1]

## 题旨

这首诗作于乾隆五十年（1785）。黎简早年客居邕州时曾谱写《芙蓉亭乐府》曲本，现在听朋友娄五演唱此曲，想起亡妻，内心凄然，故有此作。

**谱曲当时枉有神，招魂今日却无因。翻怜十载邕州客[2]，呼得三生[3]地下人。独宿畏醒还畏梦，中年伤别过伤春[4]。自言自听皆吾妄[5]，鬼录[6]何书[7]许[8]认真。**

## 注释

[1]度曲：制曲，作曲。《汉书·元帝纪赞》：“自度曲，被歌声。”作者诗题自注：“听娄五唱《芙蓉亭》，凄然有咏。”《芙蓉亭乐府》是黎简早年自制的曲本。其主要讲述了一个男子因思念成疾而死，也因爱而返生的浪漫爱情故事。 [2]邕州客：指戏曲中的人物。苏文擢《黎简先生年谱》云：“吕石帆《迟删集》卷五，有《游近邕州，因忆邕州生秦娥小传事，即寄黎二樵》诗云：‘千里飞花一瞬情，小词还唱柳耆卿。板桥古渡无寻处，西水漫漫坐碧城。’据此，邕州生秦娥小传，疑即《芙蓉亭乐府》之本事。” [3]三生：指前生、今生、来生。这里指前世姻缘之意。袁郊《甘泽谣》载：唐

代李源与僧圆观友好，圆观与李约定，待他死后十二年在杭州天竺寺相见。后李如期到寺前，见一牧童唱道："三生石上旧精魂，赏月吟风不要论。惭愧情人远相访，此身虽异性长存。"牧童即圆观的后身。 [4]伤别过伤春：这里指离别的伤感。李商隐《杜司勋》："刻意伤春复伤别，人间惟有杜司勋。" [5]妄：虚妄荒诞，极不真实。 [6]鬼录：阴间死人的名册，此指《芙蓉亭乐府》曲本里虚构鬼魂的故事。曹丕《与吴质书》："观其姓名，已为鬼录。追思昔游，犹在心目。" [7]书：某些曲艺的通称。此处亦指《芙蓉亭乐府》曲本。 [8]许：如此。

## 今译

当年我谱写《芙蓉亭乐府》时，枉自认为写得神妙，今天却无法招回亡妻的灵魂，反而怜悯曲本中的十年邕州客，最终唤醒前世姻缘的那个人。现在我一人独宿，害怕醒来又害怕做梦，人到中年对离别的伤感甚过伤春。我自己编的戏，又自己来听，真是虚妄荒诞，何必对这些死人的名册、戏里的故事如此认真呢？

## 赏析

黎简早年谱写的戏曲《芙蓉亭乐府》的内容类似于《牡丹亭》中的因爱而死，又因爱复活，最终有情人终成眷属的故事。诗人自己编的故事，明明知道是虚妄，却沉浸其中，伤感不已，皆是因为对痛失吾爱的感同身受。只是剧中的爱人魂兮归来，可现实中的诗人却无法招魂。此诗的情感凄怆压抑，感人至深。此诗在艺术上看似质朴，实则工巧至于化境。四联皆对，首联以一流水对把昔日曲中的情节与今日妻亡的现实做对比，反衬诗人的悲哀。颔联又是一个流水对，看似是诗人对剧中人的同情自嘲，其实是表达自己才是真正应该被同情的人。颈联以工整的对仗直接倾诉自己的伤心。尾联仍然使用流水对，诗人继续自嘲对虚妄的故事太过投入，皆是因为那挥之不去的孤独和思念。其中颈联和尾联既联内对偶又当句有对，“畏醒”对“畏梦”、“伤别”对“伤春”、“自言”对“自听”、“鬼录”对“何书”。前三对还使用了复辞重言的辞格，加深了潜气内转、抑郁哀婉的情调。颈联和尾句皆因押韵和对仗的需要而调整了语言表达的正常次序，句法和词法都非常巧妙，耐人寻味，使这首小诗在艺术上不逊晚唐名作，与玉溪生神似也！

# 忆鼎湖[1]示升父[2]

## 题旨

这首诗作于乾隆五十年（1785）。此年七月，诗人因朋友袁堂之邀赴端州，九月九日在袁堂陪同下游鼎湖山，回到佛山寓所后，写下此诗追忆鼎湖山的景色并寄给袁堂。

鼎湖冠古端[3]，峭绝[4]万山里。泉迸地肺[5]深，楼竞石角[6]起。浩荡树若海[7]，上沸河汉[8]水。日行松风中，雨泄石云[9]底。僧面香火色[10]，黝瘠[11]顽铁死。礼梵[12]洞响风，烧纸钟叫鬼。龙湫[13]不能名，欲状气已痿[14]。魂梦尚用[15]壮，时复入心耳。袁生[16]善笔舌[17]，刻凿[18]造化[19]理。多闻前阿难[20]，好奇后韩子[21]。樵夫鼎湖诗，寄去三百里。山城[22]展诗卷，可得有欢喜。不如城头山，落影压吟几[23]。

## 注释

[1]鼎湖：指鼎湖山，岭南四大名山之首。位于广东肇庆市东北，主峰鸡笼山海拔约一千米，自唐代以来就是著名的佛教圣地和旅游胜地。郝玉麟、鲁曾煜（雍正）《广东通志》云："顶湖山在城东北四十里，高千余丈，山顶有湖，四时不竭。山半有白云古刹，绕寺产佳茗。" [2]升父：指袁堂，字升甫（父），江西赣县（今江西

赣州市）人，工诗古文词。游宦粤东，有《三十二砚斋诗文集》。与吕坚、黎简、王月坡等人结为“六君子”之交。［3］古端：古老的端州。端州，有两千多年历史，汉代已属中央集权管辖。隋朝开皇九年（589）始置端州，治所在高要县（今广东省肇庆市）。因境内端溪得名。［4］峭绝：陡直深邃。［5］地肺：这里指鼎湖山。古人认为山如地中之肺，故称。［6］石角：山峰的巨石。［7］树若海：指鼎湖山的自然森林广袤如大海。此诗末作者自注：“树海，升父游鼎湖时语。”［8］河汉：天上的银河。［9］石云：山石间涌起的云气。李贺《黄头郎》：“玉瑟调青门，石云湿黄葛。”王琦汇解：“云气触石而出，故曰石云。”［10］香火色：指香火的暗红色。［11］黝瘠：又黑又瘦。黝，黑。瘠，瘦。［12］礼梵：礼佛。梵，佛经原用梵文（古印度书面语）写成，故与佛教有关的事物常称梵。［13］龙湫：上有悬瀑下有深潭谓之龙湫。此指鼎湖山的大瀑布，今名飞水潭，又名龙潭飞瀑，位于鼎湖山南半山腰、庆云古刹下东侧。［14］痿：原意是肌肉软化，这里意为气馁，失去信心与勇气。［15］用：因而，因此。［16］袁生：即题目中的袁升父。［17］笔舌：以笔代舌，泛指文章。［18］刻凿：原指刀刻斧凿，这里指摹写刻画。［19］造化：指自然。［20］阿难：梵语“阿难陀”的简称，意译为“欢喜”。阿难陀，释迦牟尼的十大弟子之一，原是释迦牟尼的堂弟，跟随佛陀出家，专注服侍佛陀二十五年，谨记佛陀的一言一语，因此被称为“多闻第一”。［21］韩子：指韩愈。子是尊称，意同“夫子”。［22］山城：指肇庆。［23］几：小或矮的桌子。

## 今译

鼎湖山名冠古端州，万山群中最陡峭。山泉奔涌飞泻，坠入深深的谷底；楼台在山峰的巨石上，竞相耸立。广袤的树林如汹涌的大海，又如天上沸腾的银河水。太阳在松风中行走，雨在山石间的云气下流泄。僧人面色如香火般暗红，身形又黑又瘦，如僵硬的铁块。礼佛时风声在山洞中回响，烧纸时钟声叫醒了鬼魂。龙湫大瀑布难以名状，刚想要形容它，就先感到气馁。我在魂梦中都因它而觉豪壮，它的气势时时入我心头。袁生你善写文章，刻画雕凿，穷尽自然之理。你既像阿难一样多闻，又像韩愈一样好奇。我作的鼎湖诗，寄到三百里外。你于肇庆展开诗卷，是否感到欢喜？此诗真的不如那耸出城头、落影于你诗案的真正的鼎湖山。

## 赏析

袁堂与黎简相善。袁堂的父亲宦粤阳春县、新会县知县，因积劳成疾卒于乾隆四十七年（1782）。袁堂曾嘱托黎简为父亲的遗照《劝农图》题诗，还请求他为父亲书写墓表。而黎简家贫妻病时，袁堂赠其人参。两人交往密切。此诗作于诗人妻子死后第二年，当时诗人寓居佛山秋官坊，心情很哀伤。袁堂对他非常思念，两次写信安慰他，并邀其赴端州一游。鼎湖山是端州最著名的景区，风景秀丽，著名的景点有庆云寺、飞水潭等，自唐代以来就是著名的佛教圣地和旅游胜地。这首描写鼎湖山的诗无论是选景还是语言，都承袭了黎简一贯的巉刻峭拔的风格。第二句中“峭绝”二字乃全诗诗眼，后面的描写均围绕它展开，如“地肺”“石角”“黝瘠”“顽铁死”“洞响风”“钟叫鬼”这些描写与形容都荒怪幽峭、奇诡艰涩。而像“浩荡树若海，上沸河汉水”“日行松风中，雨泄石云底”这样的诗句也都独辟蹊径、刻意新颖。正如他在《与升父论诗》中说的那样，写诗要“绝境无坦步，高唱有裂笛”。

黎简《古寺奇峰》

# 林以善[1]画鹰

题旨

这首诗作于乾隆五十年（1785），是黎简观三百年前画家林良的画鹰图后所写的咏画诗。

绢素[2]古惨淡，黑若雨竟天[3]。梦梦[4]云断崖，浩浩[5]风揭[6]川。苍鹰眼如鬼，光堕衣带间。远见两肩下，竦[7]挟[8]秋气寒。影失冻波[9]底，意已孤云前。一晌[10]谓其去，再晌惊其还。三晌往复乱[11]，万里自倒颠。测彼画师心，静入面壁禅[12]。而使后来人，心目不得闲。

注释

［1］林以善：即林良，字以善，广东南海（今广东广州）人，明代著名画家，天顺中供奉内廷。他继承南宋画院传统，善画花果、翎毛，着色简淡，尤善放笔，作水墨禽鸟、树石，遒劲如草书，而神采飞动，名盛当时，是明代院体花鸟画中变格的代表人物，所画雄鹰尤为突出。明代李梦阳就有《林良画两角鹰歌》。［2］绢素：未曾染色的白绢。［3］竟天：弥天、满天。竟，从头至尾。［4］梦梦：迷蒙昏暗的样子。［5］浩浩：风势强劲貌。［6］揭：掀起。［7］竦：高耸。［8］挟：挟带。［9］冻波：寒冷的江波。

[10] 眴（shùn）：同“瞬”。 [11] 往复乱：搞不清是飞去还是飞回。往复，往返。 [12] 面壁禅：指坐禅。这里比喻林良绘画时专注的样子。

## 今译

白色的画绢看起来年代久远、古老晦暗，画面昏黑得像飘洒着漫天大雨。迷蒙的云气遮住了山崖，强劲的风掀起波浪。苍鹰的眼神森厉如鬼，目光正落在我的衣带间。远远望去，它高耸的双翅间挟带着秋天的寒气。它立在水崖边，影子映入寒冷的江波，可神意已翱翔云端。一瞬之间似乎要奋飞而去，再瞬之间惊讶地发现它又飞回，三瞬之间已经搞不清是去还是回，它似乎在飞去万里与万里飞回之间，颠颠倒倒，令人眼花缭乱。估计那时画家的心，如达摩面壁参禅一般专注安静。这幅画使后来观画的人，不得不费尽心神目力去欣赏。

## 赏析

黎简是画家，对绘画别具慧眼。他对林良画作的描摹格外传神。全诗首四句描写画作的背景：画绢晦暗昏黑，似乎是因为年代久远。然而，这正是林良作画的风格。李梦阳说：“林良写鸟只用墨，开缣半扫风云黑。”林良善画水墨，开缣挥毫，墨落素绢。这开头四句就使风云之气布满了画面，有先声夺人之势。中间十句正面描写画中鹰，首先写其眼神犀利，其次写其双翅高耸，然后写其神意高远，最后写其姿态矫健。描摹的最大特点是不停留在鹰的外在形象，而是深入挖掘其内在的精、气、神。比如形容鹰“眼如鬼”、其双翅间有风云之气、虽站立江边但神意已高飞云端、其姿态在来去之间往复颠倒，都极其深刻传神。诗人把自己观画的感受、体验、想象和联想都融了进去，写出了鹰气雄万夫、跃跃欲试的气势。屈大均《广东新语·艺语》云：“林良祖黄筌、边景韶，而枯荣之态、飞动之势似过之。”黎简这首诗，以画家的独到眼光，融会心神，准确而生动地把握住了这种“飞动之势”，成功地进行了艺术再创造，赋予画作无限灵动的生命力。

# 杂忆绝句十首寄故乡诸子（其三）

## 题旨

这首诗作于乾隆五十一年（1786）。诗人寓居佛山，想念家乡花事，作绝句十首，回忆家乡村居生活并寄给村中朋友。现所选为其中第三首。

东风新水縠纹[1]香，橘柚[2]花多村气凉。昨夜雨晴刚月午[3]，耸肩[4]人影冻春霜[5]。

## 注释

[1] 縠（hú）纹：绉纱似的细纹，比喻水波纹之细。縠，有皱纹的纱。苏轼《临江仙·夜饮东坡醒复醉》："夜阑风静縠纹平。小舟从此逝，江海寄余生。" [2] 橘柚：芸香科植物，俗称橘子、柚子。 [3] 月午：月至午夜，即半夜。 [4] 耸肩：人因寒冷而肩膀上耸，也用来形容吟诗时的姿态。黎简的诗句"我自竦肩鹤一只，苦吟咢咢杂叹息"（《寒鸦》）曾把自己比作一只耸肩苦吟的鹤。[5] 春霜：形容月色如霜。李白《静夜思》："床前明月光，疑是地上霜。"

## 今译

东风轻拂着新涨的春水，縠纹般的水波上飘来阵阵芳香，那是村中橘、柚花的香气，被凉风吹送而来。昨夜春雨初晴，月至午夜，有个人影耸着肩在如霜的月色中吟诗。

## 赏析

黎简的家乡不仅是花村、水村，还是诗村。村中有一些爱诗的人组成诗社。黎简于乾隆五十二年（1787）作诗《寄乡里诸子十六韵》，诗中提到村中诸子作诗的事，并自注曰："吾乡故有海西诗社。"黎简寓居佛山，寄信给乡里诸子，指的应当就是这些诗友。《杂忆绝句十首寄故乡诸子》中有九首写到花，有四首提到作诗。这应该是黎简与乡里诸子间共同爱好的话题。顺德水乡，河网交错，遍植橘、柚等果树。初春良夜，水面上传来橘、柚花香，那是芸香科植物特有的奇香，味道浓烈又略带点清苦冷冽，沁人心脾。如此诗情画意的夜晚，诗人怎能睡得着？于是在春雨初晴的午夜，诗人耸着肩在如霜的月色中苦思冥想、寻觅佳句。黎简写诗善苦吟，在他的诗中，仅"苦吟"二字就出现三十一次之多，诗人把自己比作喑哑的蝉、耸肩的鹤、井底的蛙、穷愁的猿……在日暮、在月下、在溪旁、在竹房、在后山、在风雨中、在灯火旁苦吟。苦吟的诗人形容自己是一个诗囚，人因苦吟而瘦，发因苦吟而白，心因苦吟而劳。在他身上，我们仿佛看到了那个"苦吟神鬼愁"（孟郊《夜感自遣》）的孟郊，那个在月下推敲的贾岛，还有那个在荒野觅句的李贺……

# 题梅花道人[1]墨竹

## 题旨

这首诗作于乾隆五十一年（1786）。诗人为元代著名画家吴镇的《墨竹图》题诗，并由鉴赏画作转而抒发客居的惆怅以及思乡的情怀。

梅翁[2]写生竹[3]，神力静为主。深窗[4]抱幽梦[5]，何物作风雨。起来写秋声[6]，秋声在何许。惨淡[7]云雾里，摵摵[8]战[9]可数。譬其取笔法[10]，斜雨打粉堵[11]。气满铁钩锁[12]，墨铸金刚杵[13]。月中写秋影[14]，恐画犬作虎[15]。客居无片绿，但有藓满庑[16]。对兹怀江天[17]，归来我篱坞[18]。

## 注释

[1] 梅花道人：指吴镇，字仲圭，号梅花道人，浙江嘉兴思贤乡（今属浙江嘉善）人。元代画家、书法家、诗人。擅画山水、梅花、竹石，与黄公望、倪瓒、王蒙合称“元四家”。 [2] 梅翁：指梅花道人吴镇。 [3] 写生竹：即画竹。吴镇晚年专画墨竹，宗文同，为文同后又一大家。善于用墨，淋漓雄厚，格调简率遒劲，为元人之冠。 [4] 深窗：这里指幽深、幽静的轩窗。 [5] 幽梦：梦境隐约，故云

幽梦。　［6］秋声：秋天的声音。欧阳修《秋声赋》："此秋声也，胡为而来哉？"　［7］惨淡：黯然无色。欧阳修《秋声赋》："盖夫秋之为状也：其色惨淡，烟霏云敛。"　［8］摵（sè）摵：状声词，形容叶片掉落的声音。　［9］战：战栗，发抖。　［10］笔法：写字作画用笔的方法。中国书画主要以线条表现，所用工具都是尖锋毛笔。要使书画的线条、点画富有变化，必先讲究执笔，在运笔时掌握轻重、快慢、偏正、曲直等方法，称为"笔法"。　［11］粉堵：粉墙。　［12］铁钩锁：中国书画用笔的一种技法。笔势往来，如用铁丝纠缠。南唐后主李煜善用此法，与唐代柳公权书法的用笔极为相近。［13］金刚杵：原指古代印度的一种兵器，后来佛教拿它作法器，并且成了佛教密宗的象征。清代画家王原祁擅画山水，得其祖父王时敏亲授，喜用干笔焦墨，层层皴擦，笔墨沉厚，十分精到，自称笔端有"金刚杵"。他在题《秋山晴爽图》中云："不在古法，不在吾手，而又不出古法、吾手之外，笔端金刚杵，在脱尽习气。"这是借金刚杵的威力比喻绘画笔法，即下笔要有力度，有气势，有感情，轻重顿挫，元气淋漓，力透纸背，入木三分。诗人自注："铁钩锁，山谷注：'李主作钩勒竹也。'近世王原祁论画，要笔端金刚杵。"　［14］秋影：秋日的形影。元好问《王黄华墨竹》："月中看竹写秋影，清镜平明白发生。"诗人自注："'月中看竹写秋影'，元遗山诗。"　［15］画犬作虎：意即画虎类犬，为了押韵和陌生化的需要，改为画犬作虎。意思是本来画的是老虎，结果却画得像狗，比喻模仿不到家，反而不伦不类。范晔《后汉书·马援列传》："效季良不得，陷为天下轻薄子，所谓画虎不成反类狗者也。"　［16］庑：本义是堂下周围的廊屋，也泛指房屋。　［17］江天：这里指诗人的家乡弼教，是一个水天开阔的地方。　［18］篱坞：篱笆围成的四边如屏的建筑物，这里指家乡简陋的小屋。坞，四面高中间凹下的地方。

## 今译

梅花道人画的墨竹，神奇之处在于以静气为主。他在幽静的窗下正做着隐约的梦，忽然听到什么物体发出风雨般的声音，于是起来摹画秋声，秋声在哪里？在黯淡的愁云惨雾里，在几片战栗的落叶发出的摵摵声里。他所用的笔法，打个比方，就像斜雨拍打在粉墙上。铁钩锁的笔法气势饱满，下墨有如金刚杵一样力透纸背。我也想在月中描摹秋影，可又担心模仿不到家，反而不伦不类。我客居的地方没有一点绿色植物，只有满廊屋的苔藓。对此我是多么怀念水天开阔的家乡呀，回去吧，我那江边简陋的篱坞。

## 赏析

作为画家的黎简广泛师法从五代至清的众多著名画家，融汇古今，方成大家。元代画家吴镇是黎简欣赏、学习的众多画家中的一位，他曾模仿其作仿古山水册。这首诗是一首题于吴镇《墨竹图》上的题画诗。诗歌分两部分，第一部分是前十二句，主要是描摹画作。黎简首先评价梅花道人的《墨竹图》中有一种神奇、安静的力量，然后他开始想象画家作画的过程，应该像欧阳修写《秋声赋》时一样，在一个寂静的夜里，被风雨般的秋声所惊扰，于是开始描摹秋声。只是欧阳修用的是文字，而梅花道人用的是绘画，但艺术的创造总是相通的。接下来黎简正面描写画作。画面上，画家画上暗淡的云雾，画上几片战栗的落叶，就让人感到扑面而来的秋意了。画作用的笔法是雨点皴、铁钩锁，笔力如金刚杵。诗人用寥寥几笔就概括出吴镇绘画的主要特点。后六句是第二部分，诗人也想月中作画，附庸风雅，但对比自己客居的环境，创作的冲动瞬间消失。在诗人心中，家乡才是他艺术创造的源泉。最后诗人发出“归去来兮”的感慨，自然抒发了思乡之情。

# 二月十三夜梦于邕州江上，因友人归舟，作书寄妇梁雪，百端集于笔下，才书“家贫出门，使卿独居”八字，以风浪大作，触舟而醒。呜呼！梦而不见，不如其勿梦也，况予多病少眠，梦亦不易得耶！辄作诗纪之，得五绝句云尔（其五）

## 题旨

这首诗作于乾隆五十一年（1786）春。黎简夜中梦见自己写信给妻子，但只开了个头就被惊醒，满腹相思无处诉说，痛苦地写下五首绝句（此乃第五首），以表达哀思。

一度花时[1]两梦之[2]，一回无语一相思。相思坟上种红豆[3]，豆熟打坟知不知[4]？

## 注释

[1] 花时：百花盛开的时节。常指春日。 [2] 两梦之：黎简于此年春天两次梦见妻子，上一次是在正月十五日，有诗《乙巳十二月

卧病，丙午正月望日扶起，言怀纪梦》：“已隔花村失好春，更伤旅病昧佳辰。梦中草阁垂寒袖，竹里梅花忽故人。似感芳菲归别日，未知来去坐谁身。东风曲慰羁孤客，桃李辞乡也自新。” ［3］红豆：又名相思子，产于南方，结实鲜红浑圆，晶莹如珊瑚。王维《相思》：“红豆生南国，春来发几枝。愿君多采撷，此物最相思。” ［4］“豆熟”句：红豆成熟落下，敲打坟墓时你能否感知？温庭筠《新添声杨柳枝词二首》其二：“玲珑骰子安红豆，入骨相思知不知？”

## 今译

在这个百花争艳的短暂时节里，我已两次梦见你，一次默默无语，一次勾起相思。我要在你的坟头种上相思的红豆，等到红豆成熟落下，敲打坟墓的时候，你能否感受到我的相思？

## 赏析

在黎简与梁雪十八年的婚姻生活中，他们分离的时间有三年，就是在黎简二十五至二十七岁之间的三年。因为家贫，黎简赴邕州谋生，留梁雪在顺德独居。这一直是黎简觉得愧对妻子的地方，故常常自责。此诗写于妻子死后两年，当时黎简寓居佛山。此年正月十五日，黎简已梦到过妻子，梦中他回到弼教的药烟阁，看到妻子如生前一般垂着寒袖，站在翠竹丛中，梅花树下，二人默默无语、深情凝望。她似乎是有感于春天的芳菲，专门回来看花。而诗人从家中移植到佛山的桃李也灿然开放。看着这些花，诗人心中稍感安慰，只是遗憾梦中未能与妻子说上话。可是这一次的梦中，诗人不仅没有见到妻子，连写信都只是刚开了头就醒了，醒来之后异常痛苦，被勾起的相思无处安放，于是突发奇想，要在妻子的坟头种上红豆，然后轻声地问道：“等到红豆成熟落下，敲打你坟墓的时候，你能否感受到我的相思？”诗歌如泣如诉、哀感顽艳，如血的红豆与坟墓在一起的画面格外凄美，诗人刻骨的相思催人泪下。

# 戏札[1]我闼[2]

## 题旨

这首诗作于乾隆五十一年（1786）春。立春时，诗人在门上贴了自己写的春联，可半夜被人偷去。诗人无可奈何，戏谑成诗。

**扶病[3]帖门春胜[4]书，有人夜半窃而趋[5]。君知疟[6]侮还相妒，此是医门逐疠[7]符[8]。**

## 注释

[1] 札：本义指古代书写用的小木片，引申指书信。这里用作动词指书写。 [2] 闼（tà）：门。作者诗题自注："门贴春联，或夜去之。" [3] 扶病：支撑病体，带病工作或行动。 [4] 春胜：古时在立春这一天，士大夫家里剪彩绸做成春幡，上写"宜春"二字，挂在花枝上，叫作春胜。这里指春联。李商隐《骄儿诗》："请爷书春胜，春胜宜春日。" [5] 趋：快走。 [6] 疟：指疟病。 [7] 疠：恶疾、疫病。 [8] 符：指道士画的可以驱使鬼神、治病禳灾的一种神秘图形或线条。此句暗用"杜诗驱疟"的典故，有戏谑的意味。计有功《唐诗纪事》："有病疟者，子美曰：'吾诗可以疗之。'病者曰：'云何？'曰：'夜阑更秉烛，相对如梦寐。'其人诵之，疟犹是也。杜曰：'更诵吾诗"子璋髑髅血模糊，手提掷还崔大夫。"'其人诵之，果愈。"

## 今译

我支撑着病体在门上贴上自己写的春联，结果被人半夜偷走。你知我被疟病欺侮，还这样妒害我吗？这可是医生驱鬼治病的符呀！

## 赏析

黎简不仅是诗人、画家，亦是书法家、刻印家，被称作诗、书、画、印“四绝”。他精通各体书法，行、草、篆、隶、八分都很擅长，在他生活的那个时代，已经享有很高的声誉。很多人向黎简求字，但他性情狂傲，不对脾气的人一字不与。越是这样，他的字越是一字难求。此诗就很好地反映了他的字在当时受欢迎的程度。诗歌写得轻松戏谑，诗人虽被偷了春联，但并不真的生气，倒是在无可奈何中透露着几分沾沾自喜。特别是“有人夜半窃而趋”一句非常生动有趣，很有画面感。既然是夜半，又既然是窃，诗人如何知道人家是“趋”，即快步逃走的？当然是出于艺术的想象。此字一用，诗歌的喜剧效果就出来了，此乃点睛之笔也！

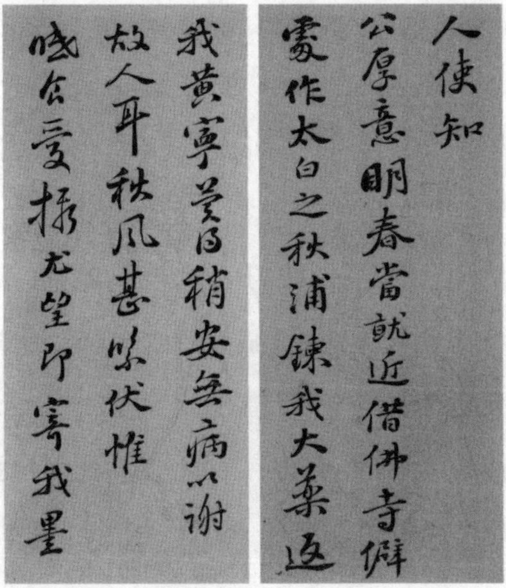

黎简《行草书札十四开册页之二》

# 近有赝[1]予书画鬻[2]于肆[3]者，作诗自嘲

## 题旨

这首诗作于乾隆五十一年（1786）。因为有人假冒黎简的书画在市场上卖，黎简写诗自嘲，表达自己也穷困潦倒，故对赝其画者不仅不追究，反而持理解、同情的态度，体现了他的博爱主义精神。

虚名[4]望人腹，腹饱笑不止。我笑天何心，同时产樵子[5]。樵乎彼何人，天特厚我耳。我之所好道，下况同溺矢[6]。彼有姓与名，无翼飞万里。聊[7]以名假我[8]，如画符治鬼。鬼不畏我符，已被我驱使。昨闻彼樵者，闭户病未起。风雨阴压旬，写帖[9]去乞米。朋友远日疏，妻子饥欲死。欲死且未死，吾何惜乎此[10]。安得以我手，遍赠穷独士。尽令彼因我，而使其[11]似尔。我则自卧病，亦所大欢喜。东海百尾[12]鱼，西海鱼百尾。相忘江湖[13]中，谁能识真鲤。

## 注释

［1］赝：伪造、伪托、以假乱真。 ［2］鬻：卖。 ［3］肆：

店铺。 [4]虚名：徒有其名，而无实权或作用。这里指诗人自己。 [5]樵子：作者号二樵，这里用“樵子”指自己。 [6]溺矢：指“道在屎溺”的典故。比喻道之无所不在，即使是在最低贱的事物中都有“道”的存在。溺，尿。矢，古同“屎”，粪便。《庄子·知北游》：“东郭子问于庄子曰：‘所谓道，恶乎在？’庄子曰：‘无所不在。’东郭子曰：‘期而后可。’庄子曰：‘在蝼蚁。’曰：‘何其下邪？’曰：‘在稊稗。’曰：‘何其愈下邪？’曰：‘在瓦甓。’曰：‘何其愈甚邪？’曰：‘在屎溺。’东郭子不应。” [7]聊：姑且，勉强。 [8]假我：佛学术语，意思是以佛教之立场而言，所谓“我”者，实际上并不存在，仅由五蕴和合所成之身，假名为我而已，故称假我。 [9]帖：石刻、木刻的拓本，供学习书法的人临摹的范本。 [10]此：这里指作者自己的名字。 [11]其：这里指他人的赝作。 [12]尾：量词。用于鱼。 [13]相忘江湖：各自畅游于江湖。《庄子·大宗师》：“泉涸，鱼相与处于陆，相呴以湿，相濡以沫，不如相忘于江湖。”

## 今译

我这个徒有虚名的人望着他人之腹，他人之腹已经填饱，正笑个不停。我则苦笑：老天你安的什么心？为什么要同时生二樵在世上？二樵是何人？老天对我何其厚也。我所好之“道”，无所不在，即使是在屎尿中都有“道”的存在。二樵有名有姓，没有翅膀却名飞万里，姑且假名为我而已，就好像画个符治鬼。鬼并不害怕符，鬼已被我差遣。昨天我听说那个樵夫，关门闭户，生病未起。风雨交加的天气阴沉已十日，我写好字帖去乞米。朋友远隔，日渐生疏，妻儿饥饿将要死亡。我将死而未死，又何必吝惜自己的名字？怎样才能把我的手笔，遍赠天下穷独之士。让所有那些人因为我的赠予，使他们的赝作都与原作相似。我就算因病卧床，也内心欢喜。就像是东海中有百条鱼，西海中有鱼百条，各自畅游于江湖，谁能辨别哪条是真鲤鱼呢?

## 赏析

黎简性格狂傲，自称“狂简”，但我们却在这首诗中看到他的宽容通达和仁慈博爱。黎简的书画赝品在市场上出售，可见他当时名气之大。一般人遇到这样的事，或者生气，站出来澄清事实、追究责任；或者自恃名高、沾沾自喜。可黎简却生出悲哀：名气大又如何？还不是徒有虚名！还不是忍饥挨饿！一个人的名字有什么重要？万物表面上各有其名，有的看似高贵，有的看似卑贱，但其“道”还不是一样？人都是由五蕴和合而成，世上根本就没有“我”之存在，不过假名为我而已。就像道士画的符，不过是自欺欺人罢了。诗中充满了诗人受佛、道思想影响所产生的通达和智慧。同时诗人也理解那些赝己画者一定是与自己一样的穷独之士，故在诗尾，他发出和杜甫《茅屋为秋风所破歌》中“安得广厦千万间，大庇天下寒士俱欢颜！风雨不动安如山。呜呼！何时眼前突兀见此屋，吾庐独破受冻死亦足”类似的呼喊。黎简虽为穷士，但仍愿尽己之力兼善天下，这是多么高贵的人生理想！

# 秋夜感咏

## 题旨

这首诗作于乾隆五十一年（1786）秋。此年黎简仍客居佛山，靠卖字画为生，虽加倍辛劳仍生活贫穷，但其名气越来越大。春联被偷、书画被赝、诗作被人收藏，这些都足以让诗人感到自豪，故写诗以抒怀。

菊花篱外白云高，黄雀风前病叶[1]号。时物[2]变衰增梦绪，死生悲喜属儿曹[3]。故关[4]作客贫如远，凶岁[5]为儒拙[6]倍劳。即事[7]千秋[8]足知己，画痴[9]书癖[10]最诗豪[11]。

## 注释

[1] 病叶：残败之叶。 [2] 时物：时节景物。 [3] 儿曹：泛指晚辈的孩子们。 [4] 故关：指故乡。 [5] 凶岁：凶年，荒年。 [6] 拙：笨拙，迟钝。 [7] 即事：面对眼前事物。 [8] 千秋：千年。形容岁月长久。 [9] 画痴：对作画极度迷恋者。 [10] 书癖：对书法特别嗜好者。 [11] 诗豪：诗人中的豪杰、出众者。唐刘禹锡被称为“诗豪”。

## 今译

开着菊花的篱墙外天高云淡，黄雀迎着风对着残败的秋叶哀号。时节景物开始衰变，增添了我梦中愁绪，为死生之事或悲或喜的情绪只属于那些孩子辈。我虽客居本省，但因为贫穷，也如身在远方。时难年荒，身为书生，人又笨拙，自然加倍辛劳。但眼前这几样事物已足以做我千年知己：做画痴、做书癖、做诗中豪杰！

## 赏析

妻子生前常病，黎简在广州坐馆时，时常在家乡与广州之间奔波，无法专注于事业。妻子死后，黎简赴佛山谋生，一心一意发展事业，赚钱养家，知名度越来越高。但又有哪位画家是生前富贵的呢？往往都要等到死后，才会身价百倍。所以黎简的生活仍然很艰难，但他对自己的艺术才能相当自信。与他同时稍后的书画家谢兰生在《赣州袁君携所藏二樵扇面册子属题》的自注中说："二樵写画毕，辄狂呼曰：'五百年后必有识者。'"但其实他活着的时候名气已经很大。谢兰生评论他的画："于今碎锦争收拾，何必遥遥五百年！"（《赣州袁君携所藏二樵扇面册子属题》）谢兰生又说他的字"一落笔便工妙，他人虽十年不逮也。故其书与画并传。予谓其书尤胜于画"（《常惺惺斋书画题跋》）。而黎简早在十年前就被李文藻赞誉为"岭南四大家"之一。所以尽管贫穷，黎简的内心世界也足够富足、自豪。

# 微雨

## 题旨

这首诗作于乾隆五十二年（1787）春。此年，黎简仍居于佛山，但春天时曾返家乡村庄，在家乡度过上巳节。此诗吟咏岭南江乡春天的微雨，体物工切，摹写入微，传达出微雨的内在神韵。

三日[1]江云抱暖雷[2]，茫茫水气覆村来。少增腻粉[3]匀修竹，深借春阴[4]渲绿苔。帘外薄光浑晓暮，柳梢平望失楼台[5]。暗桃明李[6]何人辨，南浦[7]烟帆[8]迟我回。

## 注释

[1]三日：此处特指农历的“三月三”。　[2]暖雷：让人感觉温暖的雷声。这里使用了通感的手法。　[3]腻粉：即腻香春粉，指新竹散发的浓烈芳香和竹节上布满的白色粉末。李贺《昌谷北园新笋四首》其二：“斫取青光写楚辞，腻香春粉黑离离。”　[4]春阴：春天的阴气。　[5]失楼台：指楼台消失在迷雾般的微雨中。秦观《踏莎行·郴州旅舍》：“雾失楼台，月迷津渡。”　[6]暗桃明李：暗淡的桃花和明亮的李花。韩愈《李花赠张十一署》：“江陵城西二月尾，花不见桃惟见李。”　[7]南浦：南面的水边。在中国

古代诗歌中，南浦是水边的送别之所。古人水边送别并非只在南浦，但由于长期受民族文化浸染，南浦已成为水边送别之地的专名。屈原《九歌·河伯》：“子交手兮东行，送美人兮南浦。” [8] 烟帆：烟波中的帆船。卢楠《和于中丞登越王楼作》：“云岛孤征雁，烟帆一叶舟。”

## 今译

三月三那一天，江云裹抱着温暖的春雷。茫茫水气覆村而来，把修竹身上的腻香和春粉涵润得更加均匀，借助春天的阴气把苔藓的绿色渲染得更加浓郁。帘外的微光使人分不清是天晓还是日暮，我顺着柳梢平望，楼台消失在迷茫的雾气中。谁能分辨出，是暗淡的桃花，还是明亮的李花？南浦送别后，我的帆船在烟波中缓缓驶回。

## 赏析

岭南的春天，常常有弥漫的湿气、雾气，似雨而非雨，似烟而非烟，黎简称它为“微雨”。这首诗不着一个雨字，只是借助周遭相关的事物以及人的主观感受来表现微雨的形态，紧紧抓住这个“微”字下功夫。这微雨初时是江上飘浮的云气，云气中裹挟着雷声，暗示着雨气的蓄积。然后这微雨是茫茫的水气，由远及近覆盖过来。它并不能打湿修竹，只是使其香气和春粉散得更为均匀；它也不能浸湿苔藓，只是借助阴气渲染出苔藓的浓绿；它使帘外的光线变得黯淡，混淆了天晓与日暮；它使楼台消失在迷雾中；它使人连暗桃明李都无法分辨；它使帆船如行驶在浩渺烟波之中。在诗人笔下，这微雨其实只是云气、水气、阴气、雾气、烟气，微到并不能称其为雨。它飘忽迷离、如梦似幻，美得不可方物。诗人观察细致、刻画入微、用典贴切、属对工巧、格调秀美，其写作方法明显是学习李商隐《微雨》《细雨（萧洒傍回汀）》《细雨成咏献尚书河东公》等诗作，描画出一幅温暖、湿润、迷蒙、秀丽的岭南水乡春景图。

# 金花庙[1]仿李长吉

## 题旨

这首诗作于乾隆五十二年（1787）。诗人模仿李贺“长吉体”的风格，吟咏广州金花庙（白鹅潭附近）中女子前来求子的故事。

鹅潭[2]烟平月如梦，云车[3]轧波玉颜[4]冻。贝宫宴罢夜来归，神鸦[5]衔火照空帏[6]。绿波映髻迎桃叶[7]，桃叶渡江不用楫[8]。灵衣[9]生暖烘香丝[10]，夫人有心谁得知。红巾裹谶[11]得好语，春风醉人难自持。妾家南隔碧城[12]中，花深梦妥曲屏风[13]。人间茫茫夜气浓，踏云行雨[14]遥相通[15]。晓来江白天一幅，庙门柳树含情绿。

## 注释

[1] 金花庙：奉祀金花夫人的庙宇。金花夫人是中国民间信仰的送子女神。此诗诗题自注：“金花神，相传南汉时女巫溺死于官池，今人祀以求子，甚验云。”屈大均《广东新语·神语》：“广州多有金华夫人祠。夫人字金华，少为女巫不嫁，善能调媚鬼神。其后溺死湖中，数日不坏，有异香，即有一黄沉女像容貌绝类夫人者浮出。人以为水仙，取祠之，因名其地曰仙湖，祈子往往有验。”拜金花夫人求子有

别于中国传统公认的拜送子观音，堪称为广州以至广东一大地方特色。昔日广州最著名的金花庙位于现今广州市海珠区南华西路鳌洲大街口。［2］鹅潭：即白鹅潭，详见第87页注释［9］。［3］云车：传说中仙人的车乘。仙人以云为车，故称云车。［4］玉颜：形容美丽的容貌。多指美女。［5］神鸦：指在庙里吃祭品的乌鸦。［6］空帏：指空床。［7］桃叶：原指晋王献之爱妾名。这里指前来拜金花夫人以求子的女子。［8］“桃叶”句：桃叶渡江不用舟楫。王献之《桃叶歌》：“桃叶复桃叶，渡江不用楫。但渡无所苦，我自迎接汝。”［9］灵衣：神灵的衣裳。［10］香丝：这里指祭拜的香飘出丝丝缕缕的烟气。［11］谶：指将要应验的预言、预兆。［12］碧城：元始天尊居紫云之阙，碧霞为城。后因以“碧城”为仙人所居之处。［13］曲屏风：一种可折叠的屏风，也叫“软屏风”。［14］踏云行雨：这里暗示男女欢会。宋玉《高唐赋》：“妾在巫山之阳，高丘之阻，旦为朝云，暮为行雨。朝朝暮暮，阳台之下。”［15］遥相通：即心心相印、情感相通。

## 今译

白鹅潭上烟雾笼罩，月色美如梦幻。仙人的车子碾着水波，女神的容颜冷如冰冻。她只身一人赴宫宴，结束后深夜归来，神鸦口衔火烛照亮空床。绿波倒映着发髻，她在江边迎接桃叶，桃叶渡江不用舟楫。祭拜的香飘出丝丝香气，烘暖了女神的衣裳。夫人的心思有谁能知？红巾里的谶言皆是吉语，春风令人醉，心绪难自持。妾家在南隔碧城中，曲屏挡住了风，安睡在深花丛。待到茫茫夜气浓，男女欢会情相通。晓色渐白，水天一色，有如画幅，庙前柳树越发翠绿，似乎也脉脉含情。

## 赏析

此诗从题目即可看出是对李贺的模仿。李贺诗最大的特点就是造境，或者造鬼境，或者造仙境，都能以丰富的想象力创造出神异奇崛的感觉。黎简的这首诗也是这样。此诗描写白鹅潭附近的金花庙里，一位女子深夜独自前来祭拜求子的过程。这本身就是为了造境而想象出来的故事。祭拜金花夫人一般都是在白天，哪有半夜三更来的？清代学者梁绍壬的《两般秋雨庵随笔》记载："广东金花夫人庙最多……乾隆间，翁覃溪学士方纲视学粤东，适至仙湖街，见男女谒拜，肩舆不能过，怒命有司毁之，于是复奉祀于石鳌村。四月十七日神诞，画舫笙歌，祷赛极盛云。"可见，无论是哪个金花庙，都拜祭繁盛，热闹非凡。可黎简偏偏描写一个凄迷朦胧的深夜，金花女神孤独而冷艳，想象出只有一人前来拜祭的场景，而且还求得了谶语，整个故事给人以神秘梦幻的感觉。这应该是黎简受到李贺《贝宫夫人》《兰香神女庙》的影响。同时黎简又引入王献之爱妾桃叶的传说，据传桃叶一生未生养，所以虚构她来求子，增加了诗歌香艳而凄清的氛围。整首诗歌呈现出浓郁的浪漫主义色彩，确实与李贺的"长吉体"神似!

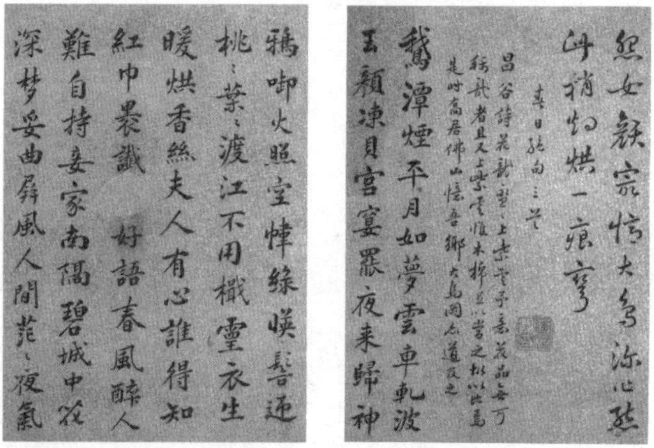

黎简《山水诗画十六开册页之十五》

# 春泛[1]词（其三）

## 题旨

这首诗作于乾隆五十二年（1787）春。诗人泛舟江上，望着春江美景，产生飞升上天再下望尘寰的奇思妙想。

**叠叠[2]江光出树梢，南溟[3]天地小堂坳[4]。虚舟[5]仙去容回首，十郡[6]如烟[7]一芥胶[8]。**

## 注释

[1] 春泛：春日泛舟。 [2] 叠叠：层层重叠的样子。 [3] 南溟：亦作“南冥”，指南方的大海。 [4] 堂坳：地上的低处，泛指低洼之处。 [5] 虚舟：原指无人驾御的船只，但从《春泛词》其一“不要兰桡不要帆，直停一叶帖春潭”一句来看，此处应指任其漂流的舟楫。 [6] 十郡：指南海十郡。汉武帝刘彻于元鼎六年（前111）灭南越国后，在南越国故地分设十郡，进行管辖，史称“南海十郡”。即南海郡、合浦郡、珠崖郡、儋耳郡、苍梧郡、郁林郡、象郡、交趾郡、九真郡、日南郡。 [7] 烟：烟尘。李贺《梦天》：“遥望齐州九点烟，一泓海水杯中泻。” [8] 芥胶：小草也会被粘住不动，这里指水浅。《庄子·逍遥游》：“覆杯水于坳堂之上，则芥为之舟；置杯焉则胶，水浅而舟大也。”

## 今译

江面的水光从重重叠叠的树梢倒影外露出来，南方的大海是天地间的低洼处。如果乘坐这艘任其漂流的小舟飞升到天上再回首人寰，南海十郡将如点点烟尘，而我现在泛舟的地方也浅得连小草都会被粘住。

## 赏析

明媚的春天，诗人泛舟江上，任一叶扁舟随意漂流，感受自由与美好。诗歌第一句乃实写春江倒影，岸边层层叠叠的树梢倒映江中，在树梢外才有江光露出，江面被分割成两部分。此句“叠叠”是形容“树梢”，而非形容“江光”，这里改变了语言次序，产生陌生化效果。后面三句非实写。诗人由眼前之景联想到宏大宇宙。在偌大的宇宙间，这大海不过是个蓄了点水的低洼处而已。然后诗人又想象如果飞升上天，下望尘寰，那就和李贺《梦天》“遥望齐州九点烟，一泓海水杯中泻”中写的一样，南海十郡也不过是十点烟尘，而此刻泛舟的地方，水也浅得连芥草都无法漂浮，只能粘在那里不动。此诗最大的特点是视野开阔、画面空灵、联想丰富、用典贴切。

# 木棉花[1]

**题旨**

这首诗作于乾隆五十二年（1787）春。诗人奉父亲之命作禁体诗一首咏木棉花。

**沧洲[2]开木棉，开处掩春天。粗野何论态，纵横不受怜。极南[3]宜正色[4]，壮观殿[5]诸妍。碧嶂[6]来仙客[7]，朱衣薄装绵[8]。**

**注释**

[1] 诗题自注："家君子命作禁体诗。"禁体诗，一种遵守特定禁例写作的诗。其禁例大略为不得运用通常诗歌中常见的名状体物字眼，如咏雪不用"玉""月""梨""梅""练""絮""白""舞""鹅""鹤""银"等字，意在难中出奇。 [2] 沧洲：滨水的地方。古时常用以称隐士的居处。 [3] 极南：最南端。 [4] 正色：纯正的颜色，指青、黄、赤、白、黑等色。相对于间色而言。《礼记·玉藻》："衣正色，裳间色。" [5] 殿：收尾、结束。 [6] 碧嶂：如屏障般高耸的青绿色山峰。 [7] 仙客：古人对某些动植物的称谓，如鹿、鹤、琼花、桂花等，皆有"仙客"之称。这里指木棉花。 [8] 绵：指木棉树结出的棉絮。岭南人以木棉为絮，做

棉衣、棉被、枕垫。郑熊《番禺杂记》载："木棉树高二三丈，切类桐木，二三月花既谢，芯为绵。彼人织之为毯，洁白如雪，温暖无比。"

## 今译

滨水的地方生长着木棉，它盛开之处掩映着春天。它质朴粗野，没什么姿态；它交错纵横，不受爱怜。极南之地适宜最纯正之色，其势壮观，开在其他春花之后。它是高耸如屏障的碧绿山峰中的仙客，它是装入朱衣里的薄薄的棉絮。

## 赏析

这是一首禁体诗。禁体诗提倡作诗时在遣词造语方面要有独创性，初创于北宋。欧阳修曾作《雪》，题下自注云："时在颍州作。玉、月、梨、梅、练、絮、白、舞、鹅、鹤、银等字，皆请勿用。"后苏轼作《聚星堂雪》诗，咏雪而不使用前人用得俗滥的形容语及代字，"于艰难中特出奇丽"，提出"白战"，意思是写诗要丢掉人们惯用的武器——体物语，自出心裁，白手作战。黎简喜欢咏木棉花，但之前总脱不去用"红"字，如"四山纯碧木棉红"（《歌节》其一）、"日到木棉红处红"（《画二绝句》其二）等。此诗绝不用"红"字，而是用朴实的文字描写木棉开放的地点、盛况、姿态、气势、时节、功用等，颜色亦用"正色"来代替"红"字，脱去故常，避俗就新，给人新鲜感受。此诗乃黎简奉父命所作，可见黎简家族中的作诗传统。

# 在野[1]

## 题旨

这首诗是乾隆五十二年（1787），黎简客居佛山时所写。诗人抒发了自己以隐逸为高、以诗名传世的人生志向，确立了要努力赚钱、返乡购屋的短期目标。

在野吾甘作系匏[2]，百城南面[3]以书豪。多吟诗律相因细[4]，少事门风[5]转自高。受命[6]不疑抒《橘颂》[7]，必传无意解元[8]嘲。故园尚缺三楹[9]屋，早晚[10]磨镰归剪茅。

## 注释

[1] 在野：本谓庶民处于乡野，后用以称不居官当政，与“在朝”“在位”相对。《尚书·大禹谟》：“君子在野，小人在位。”

[2] 系匏：匏瓜味苦，故系置不用。后用“系匏”比喻隐居未仕或弃置闲散。匏，指匏瓜，一年生草本植物，果实比葫芦大，对半剖开可做水瓢。《论语·阳货》：“吾岂匏瓜也哉？焉能系而不食？”

[3] 百城南面：即成语“南面百城”，用以形容统治者尊贵富有。百城，上百座城市，指土地广大；南面，古以坐北朝南为尊，指地位崇高。也借指藏书数量之多，意思是有一万卷书，胜似做管理一百座

城的大官。魏收《魏书·李谧传》："丈夫拥书万卷，何假南面百城？" [4]诗律相因细：指作诗在声律上精心安排，并从严谨中求变化，变幻莫测而不离规矩。杜甫《遣闷戏呈路十九曹长》："晚节渐于诗律细，谁家数去酒杯宽。" [5]门风：这里指文学艺术方面家传的风格。 [6]受命：受天地之命，即禀性、天性。屈原《九章·橘颂》："受命不迁，生南国兮。" [7]《橘颂》：战国时期楚国诗人屈原的一首托物言志的咏物诗，表面上歌颂橘树，实际是诗人对自己理想和人格的表白。这里黎简以《橘颂》代指诗歌。[8]解元：指科举制度中乡试第一名。唐制，举进士者均由地方解送入京，后世相沿，乃有此名。 [9]楹：量词，为古代计算房屋的单位。一说一列为一楹；一说一间为一楹。 [10]早晚：时时，天天。

## 今译

身在乡野，我甘愿作闲置的匏瓜，我以坐拥万卷藏书自豪，胜似管理百城的大官。吟诗多，诗律越发精细；俗事少，家传诗风自然转高。我不怀疑自己是禀受天命抒写诗歌，相信必将传之后世，并无意以此嘲讽中举之人。故园尚缺三间房屋，我天天磨着镰刀准备回家修剪茅草。

## 赏析

黎简身处的康乾盛世，书生们都在忙着研习制艺时文，求取科考功名。而黎简却甘愿在野，他在吟诗中找到了自己禀受的天命，相信自己的诗歌必将传之后世，名气必将胜过那些考中科举的尊贵富有者。在佛山客居期间，黎简的社会交往越来越多，名气也越来越大，经济条件慢慢好转。这些都给了他更多的信心，其诗歌中的自信、从容、平和之气渐渐增多。他研习诗律，故律诗创作渐多，大有杜甫“晚节渐于诗律细”（《遣闷戏呈路十九曹长》）的境界。从此诗即可看出，黎简的诗歌诗律精细、对仗工整，用典贴切、浑然无迹，有杜甫“老去诗篇浑漫与”（《江上值水如海势聊短述》）的率性而为、自然为工的感觉。

# 我家

## 题旨

这首诗作于乾隆五十二年（1787）春。诗人客居佛山，暂返家乡，写诗描写一路舟行所见之美景，表达神清气爽、自得其乐的心情。

窈然[1]九江[2]底，俱是西樵[3]青。舟行惜山色，不觉棹自停。抽帆[4]信[5]微风，碎浪玻璃声[6]。转折傍沙嘴[7]，诸村来送行。我家面灵岳[8]，仄[9]掩落日明。西风皱江天，飞翠入柴荆[10]。三年客饥馑，梦馁[11]形神清。昨夜村口月，千顷海雪[12]平。鲥鱼[13]长尺半[14]，媚我老瓦瓶。梦中吾自歌，世外无人听。

## 注释

[1] 窈然：深远貌，幽深貌。　[2] 九江：地名，在西樵山下，西江和北江之间，曾隶属广州府南海县。九江之名，一说取自西江下游九江大洋河段，一说因境内有九条河涌流入西江而得名。这里指流经九江的一段西江江面。　[3] 西樵：山名，位于佛山市南海区西南，近九江。风景清幽秀丽，有七十二峰以及众多奇崖怪

壁、瀑布、山洞，为广东名山之一。　[4]抽帆：收起帆篷，不再航行。　[5]信：任由，听任。　[6]玻璃声：这里形容波浪声。[7]沙嘴：一作“沙咀”。指一端连陆地、一端突出水中的带状沙滩。　[8]灵岳：灵秀的山岳，这里指西樵山。　[9]仄：倾斜。[10]柴荆：用柴荆做的简陋门户，借指村舍。　[11]馁：饥饿。[12]海雪：指月光照耀下的江面。　[13]鲥鱼：详见第59页注释[5]。　[14]尺半：一尺之半，即半尺。

## 今译

幽深的九江中，满是西樵山青翠的倒影。舟行其上，我爱惜山色，不自觉停下了船桨。我收起帆篷，任由微风吹送，波浪互相撞击，发出敲玻璃的声音。我转过弯来，依傍沙滩，各村之人前来送行。我家面对着西樵山，山斜斜地遮住了西边明亮的落日。西风吹皱了江中的天影，翠绿的水色直吹入柴门。客居佛山的我忍受三年饥馑，梦中常感到饥饿，但身心却很清爽。昨夜我梦见村口月光照耀，千顷的江面如雪般银光闪闪，半尺长的鲥鱼在老瓦瓶中献媚。梦中我唱起歌来，身在尘世之外，无人来听。

## 赏析

生在河道纵横的岭南水乡，黎简对山水之美极其喜爱，尤其是那水中倒影，剔透玲珑，既真实又虚幻，常常引得诗人怜惜。此诗一开头就描写了江中的西樵山倒影，青翠而深邃。为了不破坏它的美，诗人自觉地停止了划桨，然而还是有外物破坏了江面的平静。一阵西风吹来，吹皱一池春水。这引发了诗人的想象，仿佛这阵风把翠绿的水色吹入了家门，可见此时诗人人还在路上，心却已飞回“柴荆”。然后诗歌由“柴荆”二字自然过渡到昨夜梦境中的家乡小村。诗歌看似信手写来，实则章法井然，顺叙与倒叙相结合，现实与梦境相结合，日景与夜景相结合，自然美与人情美相结合，写景、叙事、抒情相结合，力图多维度地表达对家乡的热爱。

# 寄周编修[1]

## 题旨

这首诗作于乾隆五十二年（1787）。黎简的诗、画传到北京，受到很多人欣赏。周永年就是其中之一。他曾多次梦到黎简，并手抄过他的诗集。此诗是黎简寄给他的作品。

狂简[2]疏狂[3]也自容[4]，自矜[5]柔翰[6]劲于风。一时脱帽传张旭[7]，直似横刀揖董公[8]。甘制短衣看射虎[9]，误操长技事雕虫[10]。不知骨相[11]南天外，到得瀛洲[12]北梦中[13]。

## 注释

[1]周编修：即周永年，字书昌，一字书仓，自号林汲山人。清代著名学者、藏书家。山东历城（今山东济南市郊）人，祖籍浙江余姚。乾隆三十六年进士，被征修《四库全书》，负责《永乐大典》的辑校工作，授翰林院编修。　[2]狂简：黎简的自号。[3]疏狂：豪放，不受拘束，狂放不羁。　[4]自容：自己得以容身。　[5]自矜：自负，自夸。　[6]柔翰：指毛笔。左思《咏史八首》其一："弱冠弄柔翰，卓荦观群书。"　[7]张旭：字伯高，一字季明，苏州吴县（今江苏苏州）人。唐代书法家，擅长草书，喜欢饮

酒，喝醉时就草书，挥笔大叫，甚至将头发浸入墨汁中用头发书写，世称“张颠”“草圣”。其书法风格最突出的特点是“狂逸”。［8］董公：指董卓。字仲颖，陇西临洮（今甘肃省岷县）人。东汉末年权臣，受大将军何进征召，进京为乱，废汉少帝立汉献帝并挟持号令，东汉政权从此名存实亡。此句用的是袁绍引刀横揖的典故。《三国志·魏书六·董二袁刘传第六》裴松之注引《献帝春秋》：“卓谓绍曰：‘竖子！天下事岂不决我？我今为之，谁敢不从？尔谓董卓刀为不利乎！’绍曰：‘天下健者，岂唯董公？’引佩刀横揖而出。”［9］短衣看射虎：穿短衣射猎。杜甫《曲江三章，章五句》其三：“短衣匹马随李广，看射猛虎终残年。”短衣，指带短下摆或短后摆的紧身上衣，古代为平民、士兵等所服。射虎，《史记·李将军列传》：“广出猎，见草中石，以为虎而射之，中石没镞，视之石也。因复更射之，终不能复入石矣。广所居郡闻有虎，尝自射之。及居右北平射虎，虎腾伤广，广亦竟射杀之。”　［10］雕虫：比喻微不足道的小技艺，常用来谦称自己写的诗作或文章。扬雄《法言·吾子》：“或问：‘吾子少而好赋？’曰：‘然。童子雕虫篆刻。’俄而曰：‘壮夫不为也！’”　［11］骨相：骨骼相貌。古人认为人的骨相可以决定人的命运。　［12］瀛洲：传说中的东海仙山。士人得到荣宠，如登仙界的被称作“登瀛洲”。李肇《翰林志》：“唐兴，太宗始于秦王府，开文学馆，擢房玄龄、杜如晦一十八人，皆以本官兼学士，给五品珍膳，分为三番更直，宿于阁下，讨论坟典，时人谓之‘登瀛洲’。”这里以“瀛洲”比喻翰林院。　［13］梦中：指周编修梦到黎简之事。黎简《赵渭川索观予近诗一本，遂携至燕，作诗寄之》自注云：“周编修书仓数梦见予，而为药房言之，药房有句云：‘或言夙昔梦见之，山肩双耸衣穿肘。’”

## 今译

我狂放不羁也能容身，自负文笔强劲于风。一时之间人们传言，说我像脱帽挥毫的张旭，又说我像横刀揖董卓的袁绍。我甘愿自制短衣随李广射虎，却误用自己所长从事雕虫小技。想不到我这远在岭南的微贱骨相，竟入到您这北方翰林公的梦中。

## 赏析

这是一首寄给翰林院编修的诗。黎简一介布衣，与周永年地位有差，然此诗绝无半点自轻，相反却颇为自负。整首诗可以说是黎简的一幅自画像。首先黎简评价自己“疏狂”。他日与酒徒醉饮，自称“狂简”，自制图章曰“小子狂简”。《顺德县志·黎简传》曾记载黎简绘画出名后，登门“求书画者趾相接，意稍不合，虽巨金必挥去”。袁洁《蠡庄诗话》记载：“广东拔贡黎简简民，才情骏发，狂率不羁。入乡闱时，以搜检太严，慨然曰：‘未试以文，而先以不肖之心待之，吾不愿也！’遂掷笔篮而去，从此不复应试。”身为诗坛领袖的袁枚，游广东时以七十岁高龄慕名求见黎简，可竟然被拒之门外，且被致函痛骂，致使袁枚败兴北归。这是黎简的“狂”。然而虽然如此之狂，黎简却也自容于世。与他同时代的很多名人都极为爱护他。广东诗人张锦芳、黄丹书、吕坚，大学者李调元、翁方纲、黄仲则、洪亮吉、伊秉绶等都与他订交结友，诗画唱和，不少人还是他的生死之交。这是他的“自容”。诗人拿的虽是“柔翰”，却比风还要强劲。诗歌前二句皆以极富张力的转折句式表现诗人的自负；第三句借张旭的典故夸耀诗人的狂放；第四句借袁绍的典故赞美诗人的气概；第五句化用杜甫的诗句表明诗人甘于隐居的志向，但又以李广射虎的典故表明诗人虽甘于隐居而依然心有豪气；第六句以扬雄雕虫的典故表达诗人看似自谦实则仍然自负的心理；最后两句诗人以自己微贱的骨相与周编修登得瀛洲的地位相对比，以自己身在岭南与入北人之梦相对比，语气仍然非常自负。所以此诗通体上下都是文人的一身傲骨，读来令人钦佩不已！

# 西潦[1]涨甚即消，喜其大助田壤，晚丰可知

## 题旨

这首诗作于乾隆五十二年（1787）暮春。从西江上游来的洪水涨起又迅速消退，滋润了珠江两岸的土地。黎简料定今年的晚季作物会丰收，喜悦地写下此诗。

西潦源高云脚黄，人烟万里晓苍凉[2]。泊田吠蛤[3]多浮月[4]，踏水寒禽[5]独警霜[6]。迷路渔船依港[7]树，胶杯[8]村舍坐坳堂[9]。昆明[10]春暮天西雨，远粪[11]天南晚作[12]秧。

## 注释

［1］西潦：指西边来的洪水，在广东特指西江的洪水。［2］苍凉：凄凉、寒凉。作者自注：“盛暑潦涨，四五更时凄然似秋。”［3］吠蛤：蛙鸣。屈大均《广东新语·介语》：“蛤生田间，名田鸡。……三月三日，农以其声卜水旱，声小水小，声大水大。谚曰：‘田鸡声哑，田好稻把。田鸡声响，田好荡桨。’又‘田鸡上昼鸣上乡熟，下昼鸣下乡熟，终日鸣上下齐熟。’”苏轼《宿余杭法喜寺寺后绿野亭望吴兴诸山怀孙莘老学士》：“稻凉初吠蛤，柳老半

书虫。”　[4] 浮月：浮在水面的月影。骆宾王《望乡夕泛》：“落宿含楼近，浮月带江寒。”　[5] 寒禽：感到寒意的禽鸟，指鹤。[6] 警霜：指鹤看到月色，以为是霜露，便警觉起来。周处《风土记》：“鸣鹤戒露，此鸟性警，至八月白露降，流于草上，滴滴有声，因即高鸣相警，移徙所宿处。”　[7] 港：与江河相通的小河，即江河的支流。　[8] 胶杯：详见第117页注释 [16]。　[9] 坳堂：地上的低洼处。　[10] 昆明：指西江源头。西江发源于云南曲靖，近昆明，故以昆明代西江源头。　[11] 粪：施肥。　[12] 晚作：即晚造，指晚季作物。作者自注：“作音佐，广州音转为造，曰早作、晚作。”

## 今译

洪水从西江上游奔流而来，把天边低垂的云脚都映黄了。由于潦涨，凌晨时处处寒凉如秋。田里的蛙对着水面的月影鸣叫，踏在水中的鹤看到月色如霜，独自警觉起来。迷路的渔船依傍着小河边的树木行驶，大水包围的村舍就像粘在水洼里的水杯。暮春时节西江上游的雨水，在为远在岭南的晚季秧苗施肥。

## 赏析

黎简有很多写雨的诗，大部分与农业生产有关。他以博爱之心牵挂着天气、庄稼和农业生产。当无雨旱灾时，他会祈雨；当暴雨伤农时，他会叹雨；当好雨助农时，他又会喜雨。此诗就是一首喜雨的诗。从西边来的洪水涨起又迅速消退，这对农业非常有利。洪水带来的淤泥可以极大地肥沃两岸的土地，使土地显现出旺盛的生机。黎简的《西潦三首》其二云：

“三月四月交，薄潦田转肥。天地之于人，厚薄各有宜。西蛮水不东，是使西人饥。西流不以候，亦令东人啼。所贵潦归海，宜速无宜迟。”其反映的就是西潦水势的消长与珠江沿岸农田丰歉的关系。此次西水涨起又迅速消退，诗人料定今年的晚季作物会丰收，于是心情喜悦，以一种审美的心态描写水涨后的乡村。西潦从高高的云贵高原奔涌而来，珠江两岸万里浸泡水中，虽为盛暑，却让人感到清凉。田蛙对着水面上的月影鸣叫，这可是丰收的信号，听着让人开心。白鹤误把月色当成霜降，那警觉的样子让人会心一笑。还有渔船迷了路，村舍变胶杯，这有什么关系呢？只要庄稼丰收，这些都是美好的画面。最后，诗人忍不住感谢西江上游的春雨，造福了岭南的土地和庄稼。

# 过渡书事

## 题旨

这首诗作于乾隆五十二年（1787）。诗人在佛山乘船过渡口的时候买鱼放生，不料刚放生，鱼又被人抓住，由此诗人联想到政府救灾却有灾民被踩死的事件，心中哀叹，写下此诗，以作记录。

佛山江水如渠沟，行船壅塞成急流。我来三年始一过，赤日灼波横渡头[1]。中流回首万瓦顶，尘气炎炎动光景[2]。谁将一撮柳梢青，意到行人眼中冷。渔罶[3]赤鲤尾血赪[4]，呀口[5]向人怜物情[6]。岂知金紫不自闷[7]，穿荇[8]嚼花增眼明。倾囊买此急放去，放鱼不料得鱼处。转惭爱物径一心[9]，安得仁[10]民尽千虑。传闻平粜[11]开四厂[12]，践踏饥人死中路。贤明为政应不尔[13]，隶胥[14]得事元善怒。生万死一[15]功已多，鱼放旋烹不予恶。渡头叶飞风雨斜，屋上乌鸟声呀呀[16]，渡人亦各归其家。我独湿衣望江口，江云覆我村中花。

## 注释

[1]横渡头：横水渡的渡口。横水渡，一种水路运输的客运交通工具，常设于较为狭窄及平静的河流或水道之上。　[2]光景：

阳光。 [3] 罶（liǔ）：捕鱼的竹篓子。 [4] 血赪（chēng）：血红色。 [5] 呀口：张大口。 [6] 物情：事物的情状。这里指鲤鱼的可怜相。 [7] 闭（bì）：原义为掩门躲藏，引申义为隐匿。 [8] 荇：多年生草本植物，根生水底，叶略呈圆形，浮在水面，夏天开黄花，结椭圆形蒴果。全草可入药。 [9] 径一心：只得一心。 [10] 仁：用作动词，指施惠行仁。 [11] 平粜：官府在荒年缺粮时，将仓库所存粮食平价出售。 [12] 厂：这里指出售粮食的地方。 [13] 不尔：不如此、不这样。 [14] 隶胥：官府中的小吏。 [15] 生万死一：救活一万，死去一个。 [16] 呀呀：这里形容乌鸦的叫声。

## 今译

佛山水道纵横如沟渠，行船时拥堵阻塞，水势湍急。我来这里三年才第一次经过这里，赤日炎炎，灼烤着水面，我乘船横渡渡口。行至中流，我回望万屋瓦顶，尘雾在炎热的阳光中浮动。谁家房顶露出一撮青色的柳梢，在行人眼中显得分外清凉。鱼篓里一条赤色的鲤鱼尾巴血红，向人张着大嘴，露出可怜相。你哪里知道，都是因为你满身金紫却不知道隐匿，非要穿过荇草去嚼食落花，自然被人发现。我倾尽所有买下它赶紧放生，不料刚刚放生，它又被人抓去。我转而惭愧自己爱惜生物也只得一心，怎样才能想出千万计策施惠于百姓？传闻为了平粜赈灾，政府开了四个卖粮的地方，却造成饥民被踩死于路上的事件。贤明的长官应该不会这样，差役接到差事总爱发怒。救活一万，死去一个，功德已多；我那条鱼放生后旋即被烹，它应该不会憎恨我吧。此时渡口斜风细雨，树叶飘飞，屋上乌鸦发出呀呀叫声，渡河的人亦各自回家。我独自一人淋湿了衣服，遥望江口，远处的江云正覆盖着我村里的花。

## 赏析

这是一首记事诗，主要记录两件事。一件是诗人渡河时看到一条被捕捉的鱼，于是买来放生，但刚放生，鱼又被抓住，被烹的命运难以改变。另一件是政府平粜救灾，但没想到灾民在买粮的路上被踩踏而死，无论如何，悲惨的命运也没有改变。诗人以一颗悲天悯人之心怜惜着这世上的生命，体现了博大的仁爱精神。该诗写作上的主要特点是记事与写景、抒情完美融合。诗人写景时特别注重描写不同的颜色带给人的不同的感觉，比如“赤日”让人感觉“炎炎”，“柳梢青”让人感觉“眼中冷”。诗人在描写鲤鱼的时候，以“赤”“血赪”这种刺激性很强的颜色字带给人感官上的不适，引发读者对这条受侵害的鲤鱼的同情。在抒情上，诗人使用意识流的手法，比如由鱼儿难以摆脱被抓的命运转而联想到灾民的悲惨境遇，表达对灾民的同情；由看到别人回家自然联想到自己的家乡，表达对家乡的怀念。意识流手法的使用使诗歌叙事流畅、转折衔接自然，有一气呵成之感。整首诗随着叙事与抒情的需要，四次换韵，平仄韵交替出现，又增强了诗歌节奏的抑扬顿挫和抒情效果。

# 竹诗

## 题旨

这首诗作于乾隆五十二年（1787）秋。诗人客居佛山，回忆家中院子里种的竹子，以竹起兴，表达对亡妻的怀念之情。

樵夫初栽竹三竿，逾月夸示[1]张花田[2]。明年已进阶下石，夕日[3]不到堂东垣。美人倚病觯[4]翠袖[5]，人影竹影瘦可怜。指痕遍捻落箨粉[6]，药气重湿啼枝烟。几年别日均有梦，梦在雨黑灯青间。万花围村竹覆屋，竹隙佛火天女[7]禅。斋心[8]着我故有病，怨绪托物难为言。秋风萧萧零露泠[9]，慈乌[10]夜啼桐树颠。落月珮声归弱魂，偻指去汝今四年。占地烂漫千龙孙[11]，邻人入来窥锁门。不悭抉笋与汝饱，菜色[12]可更充清寒。我今曷不归故园，故园故物犹平安。石鼎[13]夜呼蚯蚓窍[14]，檀像[15]净供琉璃泉[16]。凉风吹衣日车[17]短，落叶过墙邻女叹。勿云故鬼只旧迹，新泪暗冰青琅玕[18]。

## 注释

[1] 逾月夸示：指乾隆四十二年（1777）黎简从张锦芳家中得竹

数竿，种于庭院，逾月迸笋，于是写诗向张锦芳夸耀一事。其《种竹已长，作长句寄张药房》云："南风昨夜吹屋角，始觉萧萧凉有声。去年五月无处立，赫赫赤日行中庭。是时与君居府城，君家天井接檐楹。墙根约略有数个，不得过人头上青。今年园翁遗十茎，逾月迸笋已怒生。海风吹云四天阔，海月挂在长条明。山人诗骨如竹清，不着点墨知画情。夜潮入篱三寸平，倒影入水深亭亭，孤云自来枝上行。今君苦热应未睡，安得来步藻荇横。朝来忽复作小雨，呼儿开轩眠独听。中林幽幽人语绝，但闻深碧棋子鸣。" ［2］张花田：张锦芳，详见第65页注释［3］。 ［3］夕日：夕阳。 ［4］觯（duǒ）：下垂。 ［5］翠袖：青绿色衣袖。杜甫《佳人》："天寒翠袖薄，日暮倚修竹。" ［6］箨（tuò）粉：竹皮上的粉末。 ［7］天女：原是印度佛教中传说的女神，经常飞舞在天上。这里代指诗人的妻子。 ［8］斋心：涤虑清心，专一其志。这里指一心向佛。 ［9］漙（tuán）：形容露水多。《诗经·郑风·野有蔓草》："野有蔓草，零露漙兮。" ［10］慈乌：体形较小的一种乌鸦，有母慈子孝的美德，故称慈乌。 ［11］龙孙：泛指竹。 ［12］菜色：因饥饿而营养不良的脸色。 ［13］石鼎：诗人自称。黎简号石鼎道人。 ［14］蚯蚓窍：蚯蚓藏身的洞穴。 ［15］檀像：檀香木刻的释迦牟尼像。 ［16］琉璃泉：清如琉璃的泉水。琉璃，佛教七宝之一，是佛教消病避邪的灵物，寄托了人们的美好心愿，也是人格、精神、境界的象征。 ［17］日车：指太阳，亦指神话中太阳所乘的六龙驾的车，引申为时光。 ［18］青琅玕：比喻竹。

## 今译

我最初栽了几竿竹，一个月后向张锦芳夸耀。第二年竹子已迸裂台阶下的石头，夕阳照不到东边的矮墙。生病的美人倚着修竹，垂着衣袖，人影和竹影都清瘦得惹人爱怜。我用手指捻落竹皮上的粉末，药气加重了湿气，竹枝上凝结的水滴如啼哭的眼泪，竹林里漂浮着烟气。这几年分别的日子里我都有做梦，梦中细雨昏暗，灯光清冷。万花围绕着村落，竹林掩映着小屋，隔着竹间缝隙，我看到妻子点燃香火参禅拜佛。妻子一心向佛，都是因为太爱我才生病，她的一腔哀怨无处寄托，难以言说。秋风萧瑟，零露浡浡的夜里，慈乌在桐树上啼叫。月落时，环佩叮咚，妻子柔弱的魂魄回来了，屈指而数，你离开我已经四年。现在竹子已繁衍茂盛至少千竿，邻居进来看到我紧锁的家门。他一定不会吝啬掘笋给你充饥，你脸上的菜色更增加了天气的清寒。我为什么还不回去呢？故园与故物都平安无事。我每夜对着蚯蚓藏身的洞穴呼唤，每日用琉璃般的泉水供奉佛像。凉风吹拂衣襟，时间过得真快，妻子的魂魄悄然离去，一片落叶飘过短墙，引起邻女的感叹：不要说这里只有故鬼留下的旧迹，冰凉的翠竹上有新滴的眼泪。

## 赏析

此诗名为《竹诗》，从题目看应该是一首咏物诗，然细读却发现并非如此简单。这首诗写于乾隆五十二年（1787），当时已是黎简妻子死后的第四年，他在佛山秋官坊坐馆，回忆弼教家中的竹子。而这些竹子还是乾隆四十二年（1777）张锦芳家中的园翁送给黎简的，当时他还写有《种竹已长，作长句寄张药房》一诗记录此事。此诗开头四句即回忆此竹的由来。再往下读，发现这首诗最大的特点就是善于转换场景，就像电影中蒙太奇镜头的剪接一样。诗人从第五句到第八句转写妻子。镜头由回忆中的竹子切换到回忆中的妻子，回忆生病的妻子真如竹子一样清瘦，惹人怜爱。这是第一次蒙太奇镜头的剪接。接下来从第九句到第十二句是第二次镜头的切换，诗人由回忆切换到梦境，写诗人这些年总是梦回故乡，看到妻子点燃香火参禅拜佛。第十三、十四句是第三次镜头的切换，诗人从梦境切换到现实。现实中的诗人感叹妻子向佛都是出于太爱他，一腔哀怨无法化解，积爱而成疾。接下来第十五到十八句是第四次镜头的切换，诗人由现实中的感叹转而想象妻子的魂魄归来。接下来第十九到二十二句仍然是诗人的想象，镜头第五次切换，切换到老屋院落里，邻居进来掘笋给妻子充饥。接下来第二十三句到二十六句，镜头第六次切换，诗人由想象又转回现实。现实中的诗人自问：既然这么想念妻子，为什么还不回去呢？对于这个问题诗人并未做出回答，但答案不言自明，一定是出于生活的迫不得已。最后四句镜头第七次切换，诗人由现实又切换回想象中的家乡，想象妻子的鬼魂吃饱后悄然离去。整首诗三十句共进行了七次镜头的切换，诗歌在回忆、梦境、想象、现实之间，在佛山、弼教之间来回穿梭，跨越时空，荡气回肠。这种写法分明是老杜《秋兴八首》的写法。诗中竹子的作用非常重要，不仅有起兴的作用，还有隐喻、象征的作用，更有贯穿始终、成为连接各个镜头之间线索的作用。诗歌意境迷离，风格奇峭，诗人明显学习李贺的“长吉体”。同时，邻人、邻女角色的加入，又使诗歌带有戏剧构思的特点。不得不说，这是一首奇诗，诗人用心良苦，匠心独运，构思奇特，令人掩卷叹息！

# 秋雨叹五首（其一）

## 题旨

这首诗作于乾隆五十二年（1787）秋。三年旱灾后，突然在此年秋天庄稼成熟的时候连降大雨，造成涝灾。诗人为此心痛不已。

云中飕飕[1]鸣落木[2]，水气作云低压屋。三年不见十日雨，一雨偏当九秋[3]熟。苍天作意[4]何太酷，不令人喜令人哭。水田要使禾生耳[5]，草食真无苋[6]充腹。君不见垄头[7]白骨夜有声，路傍[8]白骨行无肉。

## 注释

［1］飕飕：象声词，形容风雨的声音。［2］落木：落叶。［3］九秋：指秋天。［4］作意：起意，用心。［5］禾生耳：谷物经雨而长芽，庄稼顶部出芽就报废了，此为灾年的征兆。［6］苋：一年生草本植物，茎细长，暗紫色或绿色的椭圆形的叶子，茎和叶常作蔬菜食用。［7］垄头：田中高丘，高地。［8］傍：同“旁”。

## 今译

云中风雨飕飕，落叶萧萧而下。水气凝聚为云，低压着房屋。三年来总共也没下过十天的雨，现在下一次雨却偏偏下在秋天庄稼成熟的季节。苍天用心何其残酷！不令人喜，反令人哭。田里的水使谷物都长芽了，动物想吃草，却连充饥的苋菜也没有了。你难道听不见垄头埋着的白骨夜间传出哭声，看不见路边行走的饥民只剩骨头没有肉吗？

## 赏析

黎简继承了汉乐府的现实主义精神，以反映社会现实和百姓疾苦为己任。据（光绪）《广州府志》卷八十一记载："乾隆五十一年广州旱，大饥，斗米五百钱。五十二年岁复饥，民多饿殍。"此诗就是以歌行体的形式描写连续三年的旱灾之后，好不容易到了秋天庄稼成熟，却连遭大雨，庄稼被淹，谷物生芽，眼看又是一个灾年的情景。诗歌开头两句就营造了"无边落木萧萧下"（杜甫《登高》）、"雨声飕飕催早寒"（杜甫《秋雨叹三首》其三）的萧瑟和"黑云压城城欲摧"（李贺《雁门太守行》）的压抑氛围。诗人愤怒地指责苍天太过残酷，对受灾的百姓表达同情。最后两句描绘了一幅百姓挨饿后的凄惨画面，让人仿佛看到了"君不见，青海头，古来白骨无人收。新鬼烦冤旧鬼哭，天阴雨湿声啾啾"（杜甫《兵车行》）的场景，让人们了解到乾嘉盛世背后真实的民生到底有多艰苦。可以说诗歌真实地还原了历史事实，具有"诗史"的精神，从中我们看到了黎简那为民哀叹、大声疾呼的身影。

# 夜将半，南望，书所见

## 题旨

这首诗作于乾隆五十二年（1787）初冬。诗人客寓佛山，一个夜晚，他突然看到发生了火灾，由此联想到岭南广大地区十室九空的社会现实，表达了对人民疾苦的深切同情。

乍冷初冬密云黑，忽惊万丈曙霞红。远知何处中宵[1]火，低拜[2]前头北海风[3]。五岭[4]三年千里内，多时十室九家空。已怜泪眼啼饥尽，更使无归作转蓬[5]。

## 注释

[1] 中宵：中夜，半夜。 [2] 低拜：指叩拜祈祷降雨灭火。《后汉书·刘昆传》：“刘昆……除为江陵令。时，县连年火灾，昆辄向火叩头，多能降雨止风。” [3] 北海风：从北而来、呼啸的海风。《庄子·秋水》：“风曰：‘然，予蓬蓬然起于北海而入于南海也。’” [4] 五岭：指在湖南、江西南部和广西、广东北部交界处的越城岭、都庞岭、萌渚岭、骑田岭、大庾岭，是长江水系与珠江水系的分水岭。这里指五岭山脉以南的地区，即岭南。 [5] 转蓬：随风飘转的蓬草，比喻飘零无定。

## 今译

初冬乍冷的夜晚，乌云密布，一片漆黑。突然，万丈火焰冲天而起，像朝霞一样映红了天空。远处不知哪里半夜失火，我低头叩拜从北而来、呼啸的海风，祈祷能降雨灭火。岭南地区三年来数千里的土地上（连年受灾），早已十室九空。那些因为饥饿哭干了眼泪的人，已经够可怜的了，现在更要像随风飘转的蓬草一样，无家可归，漂泊无依了。

## 赏析

此诗记录了一次火灾的情景。前四句诗人写眼中所见：时间是初冬的一个夜晚；地点是不知具体何处的远方；当时的情景是在暗黑的乌云密布的天幕下，突然蹿起万丈通红的火焰，像朝霞一样染红了天空。这一黑一红浓重的色彩渲染了火灾的阴森和恐怖。诗句中“乍”“忽”“何”等虚字的使用，使叙事一气流转，顺势而下，自然流畅。后四句诗人写心中所想。诗人由这场火灾联想到三年来广大岭南地区的各种灾害导致的十室九空的惨状，以史家之笔揭露了乾隆盛世掩盖下的人民苦难和社会疮痍。“五岭三年千里内，多时十室九家空”一句，与李商隐《行次西郊作一百韵》“依依过村落，十室无一存”异曲同工，都具有“诗史”的性质。此诗篇幅虽然短小，但含意极其丰富。联系当时的时代背景来看，诗人对百姓苦难的同情至少有十层：之前连续三年的旱灾是一层；此年秋天的涝灾是一层；“五岭”“千里”，受灾面积之大是一层；“三年”“多时”，时间之久是一层；“十室九家空”，受灾群众之多是一层；如今难民遭遇火灾又是一层；难民挨饿是一层；难民“无归”“转蓬”流离失所又一层；又值“乍冷初冬”，难民要受冻又是一层；乾隆后期吏治的腐败和对农民的压迫，又是一层。这样看来，黎简此诗的凝练程度几乎能与杜甫的《登高》比肩了。

# 佛山秋杪[1]绝句六首（其三）

## 题旨

这首诗作于乾隆五十二年（1787）暮秋。诗人居于佛山，凝视廊壁上斑斑藓痕，犹如欣赏山水名家笔下的天然画卷，为清寒孤寂的客居生活平添了几分高雅的情趣。

**老树西风送浅寒，风廊[2]云篆[3]藓痕干。鹤樵[4]山势营丘[5]树，画本天真面壁看。**

## 注释

[1] 秋杪：暮秋，秋末。 [2] 风廊：通风的穿廊。 [3] 云篆：道教中有一种非常独特的文字，字体似篆，而笔画回曲如云状。 [4] 鹤樵：王蒙，字叔明，自号黄鹤山樵，浙江吴兴（今浙江湖州）人，元末明初著名山水画家。其作品以繁密见胜，重峦叠嶂，长松茂树，气势充沛，变化多端。 [5] 营丘：李成，字咸熙，号营丘，京兆长安（今陕西省西安市）人。五代宋初画家，擅长山水画，绘画山石如卷动的云，人称“卷云皴”；绘画寒林，开创“蟹爪”法，对山水画的发展有重大影响。代表作有《读碑窠石图》等。作者自注：“王蒙山如层云，李成树多盘屈。”

## 今译

秋日的西风吹着老树，送来浅浅寒意，通风廊壁上干枯的苔藓形成了回曲多姿、如云似篆的图案，就如黄鹤山樵的画中那卷曲如层云的山势，如李营丘画中那盘曲如蟹爪的树枝。我面对着墙壁欣赏着这天然的图画。

## 赏析

黎简之所以能成为大画家，是因为他能广泛学习和模仿自六朝以来那些重要的绘画技巧以及最著名的画家，如董源、李成、范宽、米芾、黄公望、吴镇、倪瓒、王蒙、林良、徐渭、石涛等人的画法，从他们身上吸取营养，融会贯通，然后形成自己的画风。他的诗集中有大量题画诗、咏画诗，诗中谈及对这些大师的评论。他也创作过很多模仿他们作品的画作，对他们每个人的特点都了如指掌。画家不同于常人之处就在于他们对美的捕捉非常敏锐，能发现常人发现不了的美，然后沉浸、陶醉其中，产生审美愉悦感和满足感。这首诗就描写诗人以画家独具的慧眼欣赏墙壁上干枯的苔藓的痕迹，以王蒙和李成这些大画家的手笔来形容这些天然的图画，勾勒出一位画家悠闲自得、情趣高雅的日常生活图景。

# 复寄石崖[1]（其一）

## 题旨

这首诗作于乾隆五十二年（1787）。诗人寄诗给好友左雄，诗中不仅传神地描绘了左雄的形象，字里行间也透露了对左雄的同情、赞赏和怀念之情。

**饥能鸾啸[2]病凫伸[3]，归似鸿飞出犬狺[4]。万户冷眠琴独语[5]，东城风雨杳[6]怀人。**

## 注释

[1]石崖：黎简的朋友。姓左，名雄，字石崖，顺德人。处士，善弹琴，工于写真。　[2]鸾啸：指志趣高。啸，撮口发出清脆而悠长的声音，打口哨。《晋书·阮籍传》："籍尝于苏门山遇孙登，与商略终古及栖神导气之术，登皆不应，籍因长啸而退。至半岭，闻有声若鸾凤之音，响乎岩谷，乃登之啸也。"后遂以"鸾啸"喻志趣高。　[3]凫伸：古人模仿野鸭子舒展肢体动作的一种健身体操，可除疾，使身体轻便。凫，野鸭。　[4]狺（yín）：犬吠的声音。　[5]琴独语：这里指石崖善弹琴。此诗之前，黎简还写有《左处士石崖弹琴诗》。　[6]杳：本义是昏暗，引申为极远，寻不到踪影。

## 今译

饥饿时发出鸾凤般的啸声，生病时像野鸭一样舒展肢体。归家时疾如鸿飞，出门时遭遇犬吠。千家万户已在寒冷中睡下，你却独自弹琴倾诉，在东城的风雨中怀念着远人。

## 赏析

这是一首寄赠诗，写得别具一格，重在替朋友写照传神。诗的语言极其生动，富有表现力。首二句写石崖的生活，又“饥”又“病”，非常清贫。然而，这位处士以“鸾啸”疗“饥”，以“凫伸”治“病”。“啸”是古代高人雅士的一种生活艺术，被视为“离俗”的表现。晋代的阮籍、王徽之、孙登等都留下了善啸的故事。“凫伸”，是古人模仿野鸭舒展肢体动作的一种健身体操，是五禽戏中的一个动作，可除疾，使身体轻便。此诗十分传神地写出了石崖安贫乐道的生活态度。他归家时急急“似鸿飞”，为什么呢？因为外部世界太功利。他出门时被“犬狺”，为什么呢？因为不同于流俗，得罪了小人。诗人在这里连用两个比喻，非常形象地写出石崖孤高离群的处世风

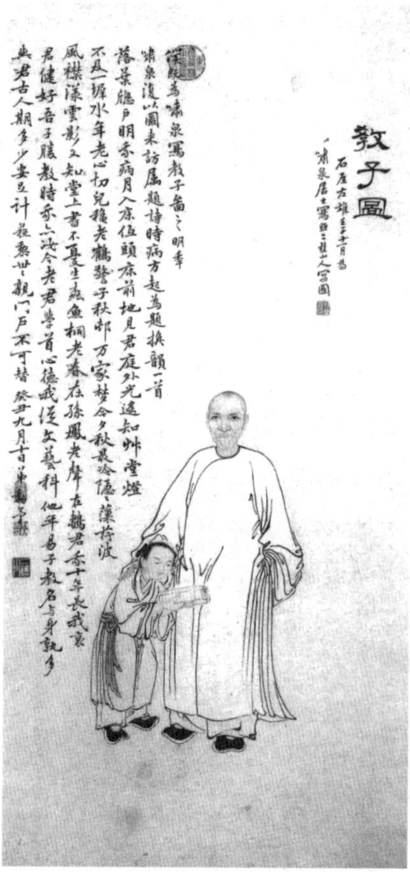


黎简《教子图》（与左雄合作）

格。三、四句通过石崖雨夜弹琴、倾诉心灵、杳怀远人，进一步表现他高雅的意趣和幽独的情怀。“琴独语”与“万户冷眠”形成对照，有一种“举世皆浊我独清，众人皆醉我独醒”（屈原《渔父》）的味道，突出了石崖高蹈遁世的隐者形象。诗歌在刻画石崖形象的同时也透露出诗人对老友的同情、赞赏和怀念之情。诗人之所以有此情感，是因为二者同样清贫、孤高，故引为知音，心灵相通。

# 志喜[1]

## 题旨

这首诗作于乾隆五十二年（1787）。乾隆五十一年（1786）台湾彰化人林爽文反清作乱。乾隆五十二年清廷派出大学士福康安率军平定林爽文的作乱。黎简朋友谢苳臣之弟谢少白以虎门副总兵官前赴戎幕，凯旋。黎简写下此诗表达喜悦之情。

十万楼船[2]碧海边，海风旗影奏歌旋。王师一熟崆峒麦[3]，旅谷[4]三穰[5]畏垒[6]年。今日濒陬[7]要龚遂[8]，敢窥溟渤[9]笑苻坚[10]。圣人天上垂衣[11]坐，宇宙清平九点烟[12]。

## 注释

［1］志喜：表达、记录喜事。　［2］楼船：雄伟的战舰，因船高首宽，外观似楼，而得名。刘禹锡《西塞山怀古》："王濬楼船下益州，金陵王气黯然收。"　［3］崆峒麦：指崆峒地区成熟的小麦。杜甫《送高三十五书记十五韵》："崆峒小麦熟，且愿休王师。"崆峒，山名，在今甘肃省平凉市。《旧唐书·哥舒翰传》："吐蕃每至麦熟时，即率部众至积石军获取之，共呼为'吐蕃麦庄'。前后无敢拒之者。至是，翰使王难得、杨景晖等……设伏以待之。……杀

之略尽，……吐蕃屏迹不敢近青海。” [4]旅谷：野生的谷物。[5]穰：庄稼丰收。 [6]垒：通“累”，连续。 [7]澥陬：这里指台湾。陬，隅，角落，边远偏僻的地方。 [8]龚遂：字少卿，山阳郡南平阳县（今山东省邹城市）人，西汉官员。汉宣帝即位后，渤海郡及其相临地区闹饥荒，盗贼四起，太守不能制止。丞相御史推荐了龚遂，宣帝任命龚遂为渤海太守。龚遂以安抚的方式很快平息了盗贼，并鼓励农桑，政绩斐然。 [9]溟渤：溟海和渤海，泛指大海。 [10]苻坚：字永固，小字文玉，略阳郡临渭县（今甘肃省秦安县）人，氐族。前秦第三位君王。曾发动淝水之战，意图消灭东晋，最终败给东晋谢安、谢玄率领的北府兵。 [11]垂衣：谓定衣服之制，示天下以礼。指称颂帝王无为而治。 [12]九点烟：九州小得就像九点烟尘。《尚书·禹贡》言中国有九州。李贺《梦天》：“遥望齐州九点烟，一泓海水杯中泻。”

## 今译

十万雄伟的战舰停泊在碧海边，海风吹拂，旗影翻飞，像是奏着凯旋的歌。天子的军队一出马就保住了崆峒成熟的小麦，百姓害怕连年的战争导致人口减少，进而会让野生谷物丰收。今日那边远角落的台湾需要龚遂这样的太守，笑话苻坚胆敢挑战大海（最终兵败淝水）。圣上只需在朝廷垂拱而治，宇宙间九州已经清平安定。

## 赏析

黎简虽甘心隐居，但对世事绝不是漠不关心。曾有人评价他生活面狭窄，作品缺乏气势磅礴的历史风云记录，其实不然。黎简一生布衣，但他交友广泛，不仅结交文士，也结交武将，对时政相当关心。这首诗就是反映乾隆年间台湾林爽文造反事件的。黎简的好友谢苳臣乃广州守备，驻防西关汛。其弟谢少白升任虎门副总兵官，参与平定林爽文造反。造反平定后，黎简非常高兴，写下此诗，对成功平叛极尽赞美。有人评价他是敌视农民起义，这首诗是诗中糟粕，这个评价是不恰当的。诗歌首句出现的“十万楼船”，让人想到刘禹锡《西塞山怀古》“王濬楼船下益州”中西晋水师讨伐东吴摧枯拉朽的气势和“四海为家日”理想的实现，从中体现出黎简国家大一统的思想。“王师一熟崆峒麦”一句，诗人借哥舒翰赶跑吐蕃侵略者，保护了崆峒小麦的典故和杜甫《送高三十五书记十五韵》“崆峒小麦熟，且愿休王师”的典故，表达保护人民财产、息兵弥兵的愿望。“今日濒陬要龚遂”一句，诗人借西汉名臣龚遂治理渤海盗贼的典故，表达要通过安民抚民的方式来治理民变的思想。最后两句“圣人天上垂衣坐，宇宙清平九点烟”直接表达诗人对皇朝的恭颂是非常自然的，毕竟清朝已经建立接近一百五十年，并开创了乾嘉盛世的局面，承平日久，普通百姓禁不起战争的伤害。这首诗体现了黎简热爱和平、反对战争、仁厚爱民、呼唤贤能、维护国家大一统的进步思想。诗歌对仗工整、用典恰切、节奏明快，洋溢着自信、雍容的气度，在黎简诗中是很独特的。

# 复题寄正夫[1]二首

## 题旨

这首诗作于乾隆五十三年（1788）春。此年黎简与友人李正夫之间酬答寄赠之作较多。这两首诗描写佛山横水渡和广州花药洲的美景，把这两处的水影之美描写得如诗如画，令人神往。

渡头[2]微雨笼斜阳，一个雷峰凝水光[3]。尽沤[4]空青[5]染江色，横波人影绿衣裳。

花药洲[6]边飞鹭明，鹅潭[7]水气暮山青。碧天一点镜[8]中雪[9]，点破黑松烟雨亭[10]。

## 注释

[1] 正夫：即李始大，字正夫，别名耻大，南海县（今属广东）人。住广州城西药洲旁，喜藏书画法帖。 [2] 渡头：指佛山横水渡。作者自注："佛山横水渡有雷峰。" [3] 水光：是指水面映现出的光色。 [4] 沤：原指长时间地浸泡，这里指倒映在水中。[5] 空青：原指青绿色。这里指青绿色的江水。 [6] 花药洲：又名九曜园。五代十国时期，南汉开国皇帝刘龑定都广州城时，在今西湖路、教育路一带利用天然池沼开凿长湖五百丈，史称"西湖"或"仙湖"。湖中有一沙洲，用于种植花药、炼丹制药，而得名"药

洲”。沿湖有亭、楼、馆、榭，风景甚美。［7］鹅潭：即白鹅潭。详见第87页注释［9］。［8］镜：这里指如镜的水面。［9］雪：指白鹭在水面划过的倒影如雪。［10］烟雨亭：这里指广州的一座亭。作者自注：“羊城西有花药洲，南有烟雨井，井上有亭。”

## 今译

横水渡头的微雨笼罩在斜阳中，水面的光色中凝结着雷峰的倒影。所有的景物似乎都浸泡在青绿色的江水中，还被斜阳染上了红色。在横流的水波中出现了一个穿着绿衣裳的人影。

花药洲边飞翔的白鹭颜色明亮，白鹅潭上水气弥漫，暮霭中的山峦呈现一片青色。映在如镜的水面中的青碧天影，突然划过了一点雪白，点破了黑松林和烟雨亭静穆深沉的倒影。

## 赏析

此诗前有《丁未十二月为李正夫书“则经堂”堂额，开春作诗寄之》，故此诗名为复题。李正夫乃黎简友人，喜藏书画法帖，想必艺术审美水平也很高。黎简寄给他的这两首诗，其实也没什么要紧事要说，不过就是描写佛山横水渡头和广州花药洲边的美景，但非常独特的是，两首诗关注的都是水影之美。可见，水影的美应当是这二人都非常热爱的，所以成为连接二人友谊的桥梁。同时，水影的玲珑剔透也象征着二人友谊的美好与纯粹。作为画家的黎简，特别注重描写水影的色彩之美。江水的“空青”、斜阳的红、衣裳的“绿”、飞鹭的“明”和“雪”、暮山的“青”、天空的“碧”、松树的“黑”，各种冷暖、虚实、深浅、明暗色调的对比和映衬，使画面层次丰富、色彩绚丽。同时，诗人还注重描写水影的动态之美。比如横流的水波中出现了一个绿衣裳的人影，水波是流动的，人影是行走着的；还有飞翔的白鹭倒映在平滑如镜的水面，就像那翻飞的雪花，也是动态的，增加了水影灵动多变的美。正是因为水影是虚像，它的美虚幻而朦胧，随时都有可能发生变化，转瞬即逝，才让人更加痴迷与陶醉。

# 泊都宁[1]

## 题旨

这首诗作于乾隆五十三年（1788）。此年四月，黎简应友人香山县（今广东省中山市）县令彭翥的邀请，赴香山做客，七月返回佛山途中，泊于顺德都宁岗下，即景赋诗。

**十年[2]今夜忽都宁，柳直山横小驿亭[3]。云脚电明[4]分雨黑[5]，涛头[6]江压饱帆[7]艋[8]。花农晚渡时相值[9]，渔女歌音近可听。转去他乡[10]问家室[11]，木棉郙口[12]送扬舲[13]。**

## 注释

［1］都宁：村名，在顺德，北倚顺德北滘最高的山岗都宁岗，潭洲水道沿村西堤围向南流去。据《顺德县志》载，宋帝昺于南宋祥兴二年（1279）在崖门投海后，宋军苏刘义率残部到达潭洲水道河岸岗边安营，拟继续匡扶宋室，反攻中原。而后在军中又拥立将士中一位宋室的宗亲为帝，就地建都，称“都宁”，取“定都于此，永得安宁”之意。后来他们遭元军追剿，壮志未酬，但其义举得到村民敬重，沿用“都宁”为村名。作者自注：“西去十里即吾乡也，香山还佛山经过。”　［2］十年：指距离上次诗人经过都宁已十年。考乾隆

四十三年（1778），黎简曾赴大良见好友苏其詹。都宁正好位于诗人家乡和大良之间，诗人来往定经过都宁。［3］驿亭：古代驿站所设的供行旅止息的处所。［4］电明：电闪。［5］分雨黑：把漆黑的雨幕分成两半。［6］涛头：浪涛前端，潮头。［7］饱帆：原指受风而鼓起的船帆，这里指受风而鼓起船帆的鱼船。作者自注：“潭洲洋鱼舶。”潭洲洋，又名潭州海，今名潭州水道，是珠江支流，上接北江，在顺德。［8］鯹：鱼腥味。［9］相值：相遇。［10］他乡：指佛山。［11］问家室：探望家眷。［12］木棉邨口：指作者家乡村口有一株高大的木棉。黎简《杂忆绝句十首寄故乡诸子》其四：“上下江乡三十里，都见村头高木棉。”（《诗钞》卷十六）［13］扬舲：犹扬帆。舲，有窗户的小船。

## 今译

已经十年了，我今夜忽然又经过都宁。小驿亭外柳树直立，山岗横卧。低垂的云脚下，电光一闪，把漆黑的雨幕撕成两半。潭洲洋的潮头拍击着饱帆的鱼舶，散发出鱼腥味。我与晚渡的花农正好相遇，听到近处渔女歌唱的声音。我还要转去他乡探望家眷，看到村口木棉了，却还要继续扬帆前行。

## 赏析

十年前，黎简往来于家乡弼教与大良或广州与大良之间。大良是顺德县城所在地，是学子们追求仕进的第一站。从乾隆三十八年（1773）黎简从广西回到家乡第一次参加县试，到乾隆四十三年（1778）被李调元补县学弟子员的这几年，黎简经常奔赴大良。同时，他的好友黄丹书、苏其詹都居于大良，他们也经常见面。弼教与广州都在大良的北边，人们来来往往都会经过两地中间的都宁。所以，此诗首句诗人就说“十年今夜忽都宁”，这绝不仅仅是简单地陈述时间和地点，而是充满了深沉的人生感慨。十年前，诗人还斗志昂扬，追求梦想。可是这十年，诗人经历了太多的人世沧桑。灾荒、饥饿、疾病、贫穷、生离、死别，特别是至爱的离去，这种种痛苦忽然涌上心头。哪里还有心思追求功名？只要活着就好。“柳直山横小驿亭”，看似宁静而祥和，可是诗人的心中已是电闪雷鸣、惊涛骇浪、五味杂陈。“云脚电明分雨黑，涛头江压饱帆艎。”这哪里是实景，分明是诗人心中之景。那被撕开的雨幕难道不是他被撕裂的心吗？那咸腥的气味难道不是他的心滴出的血泪的味道吗？然而所有的痛苦都交给时间来治愈。当一切风平浪静，诗人看到了晚渡的花农，听到了渔女的歌声。只要活着，就要热爱生活。人生的航船还要继续前行，只是诗人遗憾此次将要返回的并非故乡，而是他乡。此诗最大的特点是句句都饱含深情，但却含蓄内敛，生出沉郁顿挫的风格。

# 期以八月十日还家，二日作诗留别佛山交游[1]

## 题旨

这首诗作于乾隆五十三年（1788）八月。此年秋天，黎简终于结束了四年的佛山流寓生活，准备返乡，离开前作诗留别佛山的朋友，表达内心的不舍和忧伤。

月照一邨花，携家人到家。水光知木落[2]，竹影转灯斜。三载[3]经炊玉[4]，今秋得及瓜[5]。吾生半流寓[6]，兹别倍堪嗟。

## 注释

[1]交游：朋友。　[2]木落：树叶凋落。　[3]三载：三年。因“三”在文言中多是虚指，故也指多年。这里指诗人寓居佛山时经历的三年饥荒生活。黎简《归心》：“四载离乡三载饥，廿家为里十家非。”（《诗钞》卷十八）　[4]炊玉：以昂贵如玉的米、粟做饭。形容物价高、生活困难或饭食珍贵。　[5]及瓜：到瓜熟时节。指任职期满。　[6]流寓：流落他乡居住。

## 今译

月亮照着满村的鲜花，我携家人回到家乡。从水面反射的倒影，我得知有树叶凋落，竹影随着手提灯的移动而倾斜变化。三年的艰难生活，今秋终于期满。我半生漂泊他乡，此一别倍感忧伤。

## 赏析

乾隆四十九年（1784）四月二十一日，黎简的妻子梁雪过世。五月，黎简即离开家乡赴佛山秋官坊谋生，到写作此诗时已整整四年。虽然两地相隔不远，都是在省内，但内心的沧桑使他无时无刻不在思念家乡。写作此诗时，黎简人还在佛山，心却早已飞回弼教。最让他想念的，当然是弼教的花和弼教的水了，那有一种熟悉的感觉、亲切的滋味。“月照一邨花”，满村的花已经很美了，更何况还有月光的照耀；“水光知木落”，树叶飘落的样子已经很浪漫了，更何况还倒映在水光中；“竹影转灯斜”，竹影的姿态已经很婀娜了，更何况还随着灯光的移动变化倾斜，似乎在调皮玩闹，又似乎在紧紧相随。诗人沉浸在这美好的思绪中。接下来，“三载经炊玉”是诗人对这四年佛山生活的总结，“今秋得及瓜”是对结束这段生活如释重负的感叹，“吾生半流寓”是对自己四十二年生命的回顾，“兹别倍堪嗟”是对此段生活和佛山朋友的不舍。人到中年的黎简，诗歌用词越来越平易，然而感情却越发深沉了。正如他在《五百四峰堂诗钞自叙》中说自己的诗集：“少而壮，其渐以老，可概其心力之利钝也，体格之仍变也。”

# 细竹

## 题旨

这首诗作于乾隆五十三年（1788）秋。诗人回到家中，看见园中细竹生出许多琐碎的枝丫，勾起许多琐碎的回忆，于是写下此诗，表达对妻子深切的思念。

**细竹初生琐碎[1]枝，故穿鞋印[2]故当墀[3]。旧揩春粉[4]人何见，小和秋声[5]汝岂悲。写影[6]新传铁钩锁[7]，招魂留制玉参差[8]。纤纤约素[9]亭亭立，却似当时无语时。**

## 注释

[1]琐碎：细小而繁多。 [2]鞋印：当指妻子生前穿的竹鞋的鞋印。苏轼《记岭南竹》："岭南人，当有愧于竹。食者竹笋，庇者竹瓦，载者竹筏，爨者竹薪，衣者竹皮，书者竹纸，履者竹鞋，真可谓一日不可无此君也耶？" [3]墀：台阶上的空地，亦指台阶。 [4]春粉：竹节上布满的白色粉末。 [5]秋声：详见第173页注释[6]。 [6]写影：画像，作画。 [7]铁钩锁：详见第173页注释[12]。 [8]玉参差：镶玉的无底排箫。一说玉笙。 [9]约素：形容女子腰身细圆美好，宛如紧束的白绢。曹植《洛神赋》："肩若削成，腰如约素。"

## 今译

细竹新长出细小而繁多的枝丫，故人的竹鞋印还印在台阶上。过去那个手揞春粉的人去了哪里？那与秋声应和的低音，难道是你在表达悲伤？我用了新学的技法铁钩锁为它作画，把它留下制成笙箫为你招魂。它细圆美好、亭亭玉立，真像你当时无言站立的模样。

## 赏析

黎简携家人回到了家乡。家中院落的细竹生出许多琐碎的枝丫，勾起他许多琐碎的回忆。虽然黎简的妻子过世已四年，但家中还留有她的痕迹、她的气息：她曾经把竹鞋印印在台阶上；她曾经手揞竹皮上的春粉；她曾经低声吟唱，应和着风吹竹林的秋声；她曾经默默无语站在竹林边，和竹子一样修长。只要一看到竹子，诗人就会想起她，故多次在诗中以竹喻妻，在其他诗中还有“人影竹影瘦可怜”（《竹诗》），“亭亭新竹矜风格，瘦约烟绡似故人”（《新竹二首》其一）等句。纵观古今，诗人多以“芙蓉”“荷花”“梨花”“柳眉”“月眉”“玉人”“秋水”“横波”“珠钗”“翠钿”等形容妻子，而黎简皆不取，除了不落俗套之外，还可以看出黎简更倾向于对妻子精神气质、品格风骨的赞美。诗人新近学会了以铁钩锁的技法画竹，那一笔一势，往来勾画，如用铁丝纠缠，就像诗人与妻子的生命，一旦纠缠在一起，就再也难以分离。诗人在画竹时，每勾一笔，都会勾起心里的思念。思念无从寄托，就把细竹制成笙箫，为妻子演奏招魂之曲。人就是这样，当此生的情爱难以圆满，就会希望有鬼魂的存在，可以跨越阴阳生死的界限，与爱人再相见。此诗中的“细竹”与前面《竹诗》一样，都是起到起兴、比喻、象征和线索的作用。诗歌深情绵邈、哀婉凄美，有很强的艺术感染力。

# 独步村口成咏

## 题旨

这首诗作于乾隆五十三年（1788）秋。黎简携家人回到家乡后，独自在村中漫步，看到农村深秋的景色，深感百无一用是书生，对自己一事无成、养家艰难的现状感到惭愧。

万树干红[1]似夕阳，天阴寒浪揭湖光。霜黏雁背菰蒲[2]白，村少禽声罢亚黄[3]。散木[4]拳挛[5]回匠石，病驹㦬悷[6]负孙阳[7]。苦心诗卷多何补，不及支离[8]播粃糠[9]。

## 注释

[1] 干红：即“乾红”，指深红色。无名氏《大唐传载》：“李昌夔为荆州，打猎大修妆饰，其妻独孤氏，亦出女队二千人，皆著乾红紫绣袄子。” [2] 菰蒲：菰与蒲。这是两种植物。菰，多年生草本植物，生在浅水里，嫩茎称“茭白”，可做蔬菜。秋季结实，称“菰米”“雕胡米”，为六谷之一，可煮食。蒲，又称“香蒲”，多年生草本植物，生池沼中，高近两米。根茎长在泥里，嫩的可食。叶长而尖，可编席、制扇。 [3] 罢亚：通作“罢亚”，稻名。杜牧《郡斋独酌》：“罢亚百顷稻，西风吹半黄。” [4] 散木：原指因无用而享天年的树木。后多喻无才之人或全真养性、不为世用之人。

《庄子·人间世》载：有个叫石的木匠到齐国去，见到一棵参天大树，说："散木也，以为舟则沉，以为棺椁则速腐，以为器则速毁，以为门户则液樠，以为柱则蠹。是不材之木也，无所可用，故能若是之寿。" ［5］拳挛：屈曲不伸。 ［6］儱（lǒng）悷（lì）：原义是凶猛而多恶，难以驾驭。这里形容行路艰难的样子。 ［7］孙阳：伯乐的原名。相传为秦穆公时的人，善相马。这里比喻那些称许提携过诗人的人。 ［8］支离：指支离疏，《庄子》寓言中一位肢体畸形，于世无补，而坐受赈济的人。他可以呼气如播米，去粗存真。《庄子·人间世》："支离疏者……鼓筴播精，足以食十人。" ［9］粃糠：糠里的粗屑，粗劣的食物。

## 今译

万树深红，色如夕阳，天气阴沉，寒浪掀起波光粼粼的湖水。雁背上粘上了秋霜，水边的菰与蒲也已泛白。村中很少鸟叫，禾稻已经金黄。我是屈曲无用的树木，木匠见了请回吧。我是行路艰难的病马，辜负了伯乐的好意。我苦心写出的诗篇有什么用呢？还不如支离疏可以簸米扬糠，养家糊口。

## 赏析

乾隆五十三年（1788）八月，黎简携家人回到家乡，短暂的喜悦之后，感到空虚。乡村的秋天，是丰收的季节，菰蒲成熟，禾稻金黄，这是典型的广东农村深秋的景象。乡村是农人大展拳脚的地方，黎简一个文人，感到英雄并无用武之地。黎简的曾祖、祖父都是国子监生，父亲乃处士，能诗，早年在两广之间贩米为业。他们家世世代代都不会种地。黎简待在乡村，深为自己的无用而恼恨。他比喻自己是“拳挛”的“散木”，是“懭悷”的“病驹”，面对木匠、面对伯乐感到惭愧。李文藻早在十几年前就称誉黎简的诗乃“必传之作”，列其为“岭南四大家”之一，劝其就试；李调元视学广东时，以古学试士，得黎简《拟昌黎石鼎联句》诗，称为奇绝，取置第一，补弟子员；翁方纲尝梦与黎简交游，并亲手点评他的诗集，写诗“寄语二樵圆夙梦，苏门学士待君来”，希望他考取功名出仕；南雄太守邱学敏曾录黎简诗集寄往北京……可是诗对诗人而言有什么用呢？还不如《庄子》里那个肢体残缺的支离疏可以养家糊口。从这首诗来看，为了生存，黎简不久后将会再次流寓他乡。

# 初夏野瞩[1]与[2]谢苳臣[3]

题旨

这首诗作于乾隆五十四年（1789）初夏。诗人于前一年十二月，出广州，于此年四月，由广州还村庄。诗人在野外远望，描写所见之景并寄与广州的好友谢霱，表达开朗的心情以及回首十年的感慨。

山田新绿水田黄，高有凉云[4]下日光。忽地阴晴走中野[5]，一团风雨搅斜阳[6]。诗人南极[7]心情阔，老吏西津[8]日月长。回首十年[9]谁好在，两番门外好垂杨[10]。

注释

［1］野瞩：即野望，在野外远望。 ［2］与：赠与，寄与。 ［3］谢苳臣：黎简的朋友。《岭南画征略》卷五：“谢霱，字苳臣，广州人。官守备。工墨竹。” ［4］凉云：阴凉的云。［5］中野：原野之中。 ［6］风雨搅斜阳：指岭南夏日多见的“白雨”现象。白雨，详见第123页注释［4］。 ［7］南极：指岭南。［8］老吏西津：指谢苳臣驻防西关汛已近二十年了。黎简《诗钞》卷十七《南村老将》：“南邨老将西津吏，柳似寒云署似冰。”自注云：“驻防西关汛已近廿年矣。” ［9］十年：黎简于乾隆四十五年

（1780）秋居于谢莀臣的居所——广州城西柳波涌旁的柳丝书馆。到写作此诗时已十年之久。［10］好垂杨：指柳丝书馆在珠江河畔。珠江两岸多栽杨柳。

## 今译

山上梯田颜色新绿，水中稻田颜色金黄，高处有凉云笼罩，低处是日光照耀。行走在原野，突然天气阴晴变化，一团风雨搅扰了斜阳。岭南诗人心情开朗，西关老吏任职已久。回首往事，十年已过，谁能永葆青春？只有门外垂柳，两番来访都青葱依旧。

## 赏析

乾隆五十四年（1789）春，黎简客居广州，正值为官选拔之期。画家关槐任广东学政。黎简被选拔为贡生。做了贡生，黎简就有了到北京参加朝考的资格，合格后可分等级录用。初夏，黎简返回家乡，心情非常开朗。他来到野外，以一种轻松审美的眼光欣赏着远处的风光。田野里庄稼长势良好，又逢“一团风雨搅斜阳”。这里“团”字、“搅”字用得好，形象地描写出岭南夏天典型的天气现象，就是有时只有头顶一团云，云下面风雨交加，而其他地方日光还在照耀，这叫“白雨”或“白撞雨”。屈大均《广东新语·天语》云：“子瞻诗：‘夏畦流膏白雨翻。’……谚曰：‘早禾壮，须白撞。’”可见白雨预示着早禾丰收，这就更让诗人高兴了，隐隐生出凌云之志，于是调侃谢霭在西关汛的位置上快二十年了，还没升迁，语气的轻松见出二人关系的亲近。然而，随即诗人又想起十年前坐馆于柳丝书馆的情景，感叹衰老已至，物是人非。不过，诗人的感叹是浅淡的、轻盈的，有哀而不伤之感。句法上，诗歌前三联皆对，前四句又句内对。“山田”对“水田”，“绿”对“黄”，“高”对“下”，“凉云”对“日光”，“阴”对“晴”，“风”对“雨”，“风雨”又对“斜阳”。这种句法使诗句读起来音情顿挫，愉快轻灵。第三联两句因平仄的需要皆用倒装，造成陌生化效果。最后一联句式不对但句意对，以垂杨之“好”反衬人之“不好”。所以，此诗虽短小简单，但亦匠心独运，有一种“老去诗篇浑漫与”（杜甫《江上值水如海势聊短述》）的随意与工巧。

黎简《山邨晴霭》

# 移居[1]

## 题旨

这首诗作于乾隆五十四年（1789）五月十五日。诗人新买了邻屋，于五月十五日移居，写诗记录此事，并表达满意的心情和隐居学道的愿望。

取容[2]师子座[3]，聊得[4]鹊巢居[5]。地近竹[6]来笋，堂凉虫[7]避书。鸡栽[8]鸣子舍[9]，燕且传蘧庐[10]。拟筑三层阁[11]，吹笙[12]近太虚[13]。

## 注释

［1］诗题自注：“新买邻屋，五月十五日移居。” ［2］取容：讨好别人以求自己安身。 ［3］师子座：释迦牟尼的座席，或寺院中佛、菩萨的台座以及佛教高僧说法时的座席。《大智度论》卷七：“佛为人中师子，佛所坐处，若床若地，皆名师子座。” ［4］聊得：暂且得到，勉强得到的意思。 ［5］鹊巢居：即鹊巢鸠居的简称，本喻女子出嫁，住在夫家。后比喻强占别人的房屋、土地、妻室等。 ［6］地近竹：黎简老房子的院中种有竹子，故曰“地近竹”，同时也暗用王徽之爱竹的典故。《世说新语》：“王子猷尝暂寄人空宅住，便令种竹。或问：‘暂住何烦尔？’王啸咏良久，直指

竹曰：‘何可一日无此君？’” ［7］虫：即书虫。指长在破旧的书籍里、啃食纸张的蛀书虫，也指一切咬书的昆虫，包括蛀书虫、白蚁、蟑螂等。 ［8］裁：古通“才”。 ［9］子舍：指小房、偏室，非正堂也，这里指黎简之前的小房子。 ［10］蘧庐：古代驿传中供人休息的房子。犹今言之旅馆。 ［11］三层阁：这里用南朝时陶弘景于山中筑三层楼的典故表达自己想要归隐的意图。《南史·陶弘景传》：（弘景）“永元初，更筑三层楼，弘景处其上，弟子居其中，宾客至其下。” ［12］吹笙：这里借用弄玉吹笙引得箫史吹箫来和，后二人结为夫妻，乘龙凤飞天仙去的典故（见刘向《列仙传》），表达诗人也想学道求仙的愿望。 ［13］太虚：指天，天空。

## 今译

讨得高僧的座席，暂得别人的住房。位置靠近竹林，掘笋方便，厅堂内凉爽，可以避开各种书虫。鸡刚刚还在小房中鸣叫，燕子又要飞到驿传中的旅舍。我也想筑起三层楼，吹奏笙箫飞升入天。

## 赏析

四年客居佛山，黎简应该攒下一些积蓄，加之拔为贡生，生活得到资助，经济上也宽裕了一些。黎简之前的房子非常小，被称作丈室，现在他买了邻居的房子搬过去，确实是一件大喜事。诗人以一种非常轻松愉快的心情写下此诗。此诗的最大特点是善用比喻和典故。诗人把邻居的房子比作师子座；把自己移居此比作鹊巢鸠居；把自己比喻成鸡，由此之前住的小房子（子舍）就被暗喻成鸡笼；又把自己比喻成燕，由此现在要搬去的邻屋（蘧庐）就被暗喻成鸟巢。同时，诗人说新买的房“地近竹”，则暗用王徽之“何可一日无此君”（《晋书·王徽之传》）的典故，强调文人的高雅；又说“虫避书”，不失文人爱书的天性。最后一联中的“三层阁”是诗人暗用南朝“山中宰相”陶弘景的典故，“吹笙”暗用箫史弄玉飞升成仙的典故，表达自己虽满腹诗书但只想做个“山中宰相”，想隐居求仙的愿望。这首诗看似简单，没有什么晦涩的字词，但确乎有“老杜作诗，退之作文，无一字无来处”（黄庭坚《答洪驹父书》）的境界。

# 骤雨篇

## 题旨

这首诗作于乾隆五十四年（1789）盛夏。诗人用如椽巨笔描绘九江江面上一场骤然而至又悄然离去的暴风雨，突出风势之大、雨势之急，同时又不忘突显江面上色彩、倒影的神奇变化，表现出大自然的雄奇壮丽。

炎天[1]石尤[2]起西北，忽到东南波面黑。西樵破碎[3]下九江[4]，片片飞涛有山色。江皋亭子立骨格[5]，编茅吹起轩[6]两翼[7]。有似黄鹄[8]负大力[9]，忽然断散[10]收不得。插沙饮海[11]万矢直，要与雨势争相射。万家村瓦一霹雳，雨点星明重如石。仰视嵯峨[12]大铁围[13]，太山[14]急作鸿毛[15]掷。我从静中视吹息[16]，帽檐载[17]风身倒侧。寥天[18]一角蛟龙[19]气，断虹[20]千丈玄黄[21]迹。沧江[22]返照扶桑[23]枝，烂银堆[24]里三山[25]碧。

## 注释

[1] 炎天：指夏天，炎热的天气。也指南方。 [2] 石尤：亦作“石邮”，即石尤风。逆风、顶头风的俗称。 [3] 西樵破碎：这里指西樵山在九江中的倒影因风吹而破碎。 [4] 九江：详见第

198页注释［2］。　［5］骨格：这里指江边亭子的骨架和主体。［6］轩：这里用作动词，指高扬、飞扬。　［7］两翼：指覆盖着茅草的飞檐像两只翅膀。　［8］黄鹄：神话传说中的大鸟，能一举千里。　［9］负大力：指被大风托举着翅膀。《庄子·逍遥游》："风之积也不厚，则其负大翼也无力。"　［10］断散：指编茅被大风吹散。　［11］饮海：原指饮马于海，谓军队进攻达到海边。这里形容茅草射入水中像军队进攻到海边。　［12］嵯峨：形容山势高峻。　［13］大铁围：即大铁围山，佛教专有名词。佛教认为南赡部洲等四大部洲之外，有围绕世界的铁山，云铁围山，周匝如轮，故名。有大小之分。围绕大千世界者，云大铁围山。传说中的地狱在大铁围山里面。　［14］太山：即泰山，比喻非常大、非常重的东西。［15］鸿毛：鸿雁的毛。比喻非常轻的东西。泰山、鸿毛一起出现，比喻轻重悬殊。司马迁《报任少卿书》："人固有一死，或重于泰山，或轻于鸿毛，用之所趋异也。"　［16］吹息：即以息相吹，指生物的气息相互吹拂。息，指风。《庄子·逍遥游》："野马也，尘埃也，生物之以息相吹也。"　［17］载：充满。　［18］寥天：辽阔的天空。　［19］蛟龙：古代神话中的神兽，龙属，水中龙，是向真龙进化过程中的一个物种，渡过劫难可化为真龙。古籍记载不一，一说似蛇四足，一说母龙，一说无角龙。　［20］断虹：一道彩虹，残虹。　［21］玄黄：指天地的颜色。玄为天色，黄为地色。也指天地。　［22］沧江：江流，江水。以江水呈苍色，故称。　［23］扶桑：古代神话中海外的一种神木，长数千丈。传说日出于扶桑之下，拂其树杪而升，因谓为日出处。亦代指太阳。　［24］烂银堆：指阳光照耀下的江浪灿烂如银。烂银，灿烂如银。　［25］三山：中国神话传说中的海上三神山，蓬莱、方丈、瀛洲，乃神仙居住的地方。这里用来指代西樵山。

## 今译

南方夏天的石尤风起于西北，突然向东南刮去，水面的波浪也随即变黑。九江中西樵山的倒影被风刮得支离破碎，每一片飞起的波涛中都映着山色。江边亭子的骨架挺然站立，覆盖着茅草的飞檐像翅膀一样在风中高扬，如同被大风托举着的黄鹄。忽然茅草被大风吹散，收不回来。茅草就像万根利箭直直地插入沙土里、射进江水中，要与雨势一争高低。村中万家笼罩在霹雳下，屋瓦上星星一样明亮的雨点如石头一样重重地砸下来。仰视天空，乌云如高峻的大铁围山，哪怕如泰山一样重的东西，现在也变得像鸿毛一样被急速掷出去。我静下心来观察事物以息相吹的情形，帽檐下灌满了风，身体被吹得倾斜歪倒。辽阔的天空一角升腾起蛟龙之气，一道千丈残虹挂在天地之间。此时太阳照耀在江流之上，层叠的水浪灿烂如银，碧绿的西樵山倒映其中。

## 赏析

这首诗写南方盛夏的暴风雨。诗歌起首突兀，直接写巨大的石尤风突然从西北向东南刮来，江面瞬间变黑，可以想象当时狂风裹挟着漫天乌云翻滚而来，天地突然变色，景象雄奇壮阔。黎简特别喜欢观察倒影，他看到九江中西樵山的倒影被风刮得支离破碎，却写下“西樵破碎下九江”，好像是西樵山被这狂风刮破碎了，然后倒映在九江中，突出风之大，这比常规的写法要新奇。诗人对倒影的观察很细致，他写“片片飞涛有山色”，每一片飞起的波涛上都倒映着西樵山的山色，这就更加奇丽了。接下来，诗人又通过大量的比喻继续描写着暴风雨。江边亭子上的编茅被吹得有如黄鹄的两翼；被风吹散，插入沙中、水中的茅草像利箭；砸落下来的雨点像星星一样明亮、像石头一样沉重；天上的乌云像峥嵘高峻的大铁围山；本来重如泰山的东西也变得轻如鸿毛，被狂风掷来掷去。诗歌气势恢宏，想象奇特，绘声状形，手法夸张。盛夏的雨来得快，去得也快。不久，雨停了，天地之间出现一道千丈彩虹，就像水中升腾起来的蛟龙，神奇壮观，色彩也渐次明丽起来。随即太阳又返照江面，把江面照得波光粼粼、灿烂如银，而西樵山碧绿的身影再次倒映在波光中，整个画面耀眼夺目起来。整首诗歌描写暴风雨骤然而至又悄然离去的过程，注重江面光线、色彩、倒影的变化，突出一个“奇”字，笔力雄健，气势磅礴，豪迈奔放，奇情异彩，很有艺术感染力。

# 己酉龙眼诗

## 题旨

这首诗作于乾隆五十四年（1789）的闰五月。自离家赴佛山到此年，已整整六年，黎简才又一次吃到家乡的龙眼，感慨地写下此诗，表达契阔已久的心情。

**年年[1]园果误归人，龙眼初黄颗颗匀。此别扳枝[2]出手远，六年时荐[3]饤盘[4]新。辞乡[5]荔紫梅黄后，去岁秋分白露旬[6]。是日归舟挈鸡犬，过时嘉树感风尘。**

## 注释

［1］年年：黎简居佛山期间，其实年年也都有短暂返乡，但都因时节不对，没吃上龙眼，故曰“年年”。　［2］扳枝：攀折树枝。扳，古通“攀”，攀折。　［3］荐：进献。　［4］饤盘：果物盛放于盘中。饤，堆放在器皿中的蔬果食品。　［5］辞乡：黎简在乾隆四十九年（1784）妻子死后的五月辞家赴佛山。　［6］秋分白露旬：指白露与秋分之间的十日，即八月十日。秋分，二十四节气中的第十六个节气，此日昼夜相等，同时也平分秋季九十天。白露，二十四节气中的第十五个节气，这个节气表示孟秋时节的结束和仲秋时节的开始。旬，指每月逢十这天。作者自注：“予以甲辰五月去家，戊申八月挈家还里，至今己酉闰月始一尝故园龙目，故云尔。”

## 今译

年年归家我都错过龙眼丰收，每次看到的都是龙眼刚刚泛黄、颗颗均匀。这次我别后回来，再次攀枝摘果已时间久远。时隔六年，我才又尝到这应时的佳果。我是在甲辰五月荔枝泛紫、梅子泛黄时辞乡，直到去年白露与秋分之间的八月十日，才携带家人乘舟归来，那时已过了佳果成熟的时节，龙眼树空感我风尘劳累却也无法慰问我。

## 赏析

黎简的家乡顺德陈村镇，是著名的龙眼之乡。屈大均《广东新语·地语·陈村》曰："居人多以种龙眼为业，弥望无际，约有数十万株。……比屋皆焙取荔枝、龙眼为货，以致末富。"在黎简心中，家乡的龙眼就像自己的老朋友。不仅诗人对它充满感情，它对诗人也同样充满感情，大有"我见青山多妩媚，料青山见我应如是"（辛弃疾《贺新郎》）的天真与多情。此诗用了三个拟人化的动词来描写龙眼的多情。第一个是第一句的"误"字，错过之意，明明是诗人每次回去都错过龙眼成熟的季节，但却偏偏说"园果误归人"，是龙眼错过了诗人，好像感到遗憾的不仅是诗人，还有龙眼。第二个是第四句的"荐"字，龙眼把自己刚刚成熟的果子摆好盘进献给诗人。瞧，这龙眼是不是有情有义？第三个是最后一句的"感"字，写龙眼树感慨诗人风尘仆仆归来，想要慰劳一下诗人，却无奈时令不对，无法贡献佳果，只能空自感慨而已。这龙眼知人情、知人性。诗人之所以为诗人，是因为永远保留一颗天真又多情的赤子之心。故而，万物在其眼中皆有情。这样的人才能成为诗人！

# 夜景即目[1]

## 题旨

这首诗作于乾隆五十四年（1789）中元节的夜晚。诗人坐在家门口观赏夜景，沉醉其中，不知不觉到达坐忘的境界，直至破晓。此诗描写了诗人即目所见之景、物我两忘之境，表达了诗人对自然之道的体悟。

竹扉[2]风碧隔溪灯[3]，露野湿明黏树萤。不辨海含何处雨，渐窥云敛半池星。坐忘[4]眼界吾丧我[5]，吟破豪芒[6]天选形[7]。忽听曙禽流软语，山光凉泼满湖青。

## 注释

[1]即目：眼前所见。　[2]竹扉：用竹子编造的门。　[3]溪灯：也叫河灯。放河灯是一种古老的传统民俗文化活动，夜晚把有底座的灯盏或蜡烛放在江河湖海之中，任其漂泛，用以祭神、祭祖或祈福，一般在中元节举办。　[4]坐忘：本是老庄哲学用语，指人有意识地忘记外界一切事物，甚至忘记自身形体的存在，达到与“大道”相合为一的得道境界，也指人在修炼中控制意志、排除杂念的内修方法。典出《庄子·大宗师》。　[5]吾丧我：我忘记了自己，处于忘我的至高境界。形容人臻入一种形如槁木、心如死灰的境

界。典出《庄子·齐物论》。　［6］豪芒：毫毛的尖端，比喻极细微。豪，通“毫”。典出《庄子·知北游》。　［7］天选形：自然授予的形体。《庄子·德充符》：“道与之貌，天与之形，无以好恶内伤其身。今子外乎子之神，劳乎子之精，倚树而吟，据槁梧而瞑。天选子之形，子以坚白鸣！”

## 今译

坐在竹门边，我感到风都是碧绿的，隔着溪中河灯，看到天降露水，萤火虫粘在树丛，野外潮湿而明亮。不知海上何处在下着雨，渐渐地，天上的云收敛起来，露出半池的星星。坐忘眼前的一切，我处于忘我的境界。上天授予我自然的形体，我竟然用以苦吟细微。忽然听到破晓的禽鸟发出流丽的软语，而清凉的山色已泼洒得满湖青绿。

## 赏析

此诗描写中元节的夜晚，诗人家门前的小溪中漂着河灯，远处树丛中萤火虫星星点点，照亮了夜晚。诗人坐在竹门边，有清凉的风吹来，一切都是那么和谐宁静。这么美好的夜晚，诗人沉浸其中，舍不得睡去，直至天明。此诗最大的特点有三：一是写景时善用通感的修辞手法。比如第一句的“风碧”。风是有颜色的吗？没有。可是因为风是清凉的，又吹过翠竹编造的门扉，仿佛染上了碧色。这是触觉向视觉的转移。还有最后一句“山光凉泼满湖青”。山光是青色的，属冷色调，故给人凉的感觉，这是视觉向触觉的转移。二是喜欢写倒影。比如第四句“渐窥云敛半池星”。天上本有浓重的雨云，遮住了星空，故诗人推测附近有地方在下雨，写道“不辨海含何处雨”。但渐渐地乌云收敛，露出半个星空，所以门前池水中映现出半池的星。还有最后一句“山光凉泼满湖青”，也是写水中倒影。三是诗人不仅写景，还写出自己在这样的美景中体悟到的人生哲理。诗人受庄子影响很深，曾撰《南华辨韵》一书，并为《庄子》作注，惜不存。颈联两句“坐忘眼界吾丧我，吟破豪芒天选形”中，诗人有四处使用《庄子》的典故，表达自己在物我两忘的境界中体悟到上天授予人自然的形体，人应该顺应自然，不应苦吟细微、追求细枝末节，那是耗费精力、伤害本性、自寻烦恼的事。黎简晚年的诗越来越趋于圆融自然，想必也是受此思想的影响。等诗人一切都想明白了，天已破晓，诗人听到鸟儿发出流丽的软语，看到山光异常青绿。当人以温柔的心对待外物时，外物也同样以温柔相待。这应该就是这首诗想要表达的人生境界。

# 庚戌三日至六日，风雨甚寒，时俶装[1]已迫

## 题旨

这首诗作于乾隆五十五年（1790）初春。前一年，黎简被广东学政关槐选为拔贡。此年初，准备进京赴试，朝考合格可被授予官职。此诗写于诗人临行前，表达自己并不想赴试，但迫于父命又不得不北上的矛盾心情。

欲息劳身假[2]暖春，春来风雨更劳神。天南梦夜先愁雪，岭北花时亦作尘[3]。不厌蹇驴[4]驱贱子[5]，恐虚连骑[6]误慈亲。行藏[7]镜里看头脑，可称[8]冬烘[9]一解巾[10]。

## 注释

[1] 俶（chù）装：整理行装。俶，整理。 [2] 假：凭借。 [3] 作尘：指花被风雨侵凌，凋残零落，化为尘泥。 [4] 蹇驴：跛蹇驽弱的驴子。 [5] 贱子：位卑者自谓，这里是作者自称。 [6] 连骑（jì）：一人一马结伴而行。骑，一人一马的合称。 [7] 行藏：指出处或行止，出仕与退隐。杜甫《江上》："勋业频看镜，行藏独倚楼。" [8] 称：适合，称职。 [9] 冬烘：糊涂懵懂，迂腐浅陋，旧多讥讽乡村塾师或不通世俗的读书人。赵璘《因话录》："主司头脑太冬烘，错认颜标作鲁公。" [10] 解巾：除去头巾，谓出任官职。

## 今译

想要借着暖春好好休息一下疲惫的身体，可是春来后风雨交作，让我倍加劳神。我在岭南的夜里做梦，先发愁的是北方的风雪会使岭北的花儿零落成泥碾作尘。卑贱的我不厌烦驱使跛足的驴子（赴京应试），害怕不去会辜负双亲的期望。要决定出仕还是退隐，可以在镜子里照照自己的脑袋，这个冬烘先生是否适合出仕？

## 赏析

中国古代的科举考试，考的不仅仅是脑力，也是体力。从岭南到北京，长途跋涉，一走要走数月，加之北方的寒冷，对南方人来说，是难以忍受的。黎简一直有气虚病，肺不好，对天气的寒与热都比常人敏感。前一年春天，黎简被广东学政关槐拔为贡生，有了保送入京的资格，经朝考合格，可以充任京官、知县或教职。可以说，黎简离出仕做官仅一步之遥。可是此时的黎简已四十四岁，经历了沧桑，看惯了生死，父母年迈，自己又拖着病体，加之岭南人、艺术家自由不

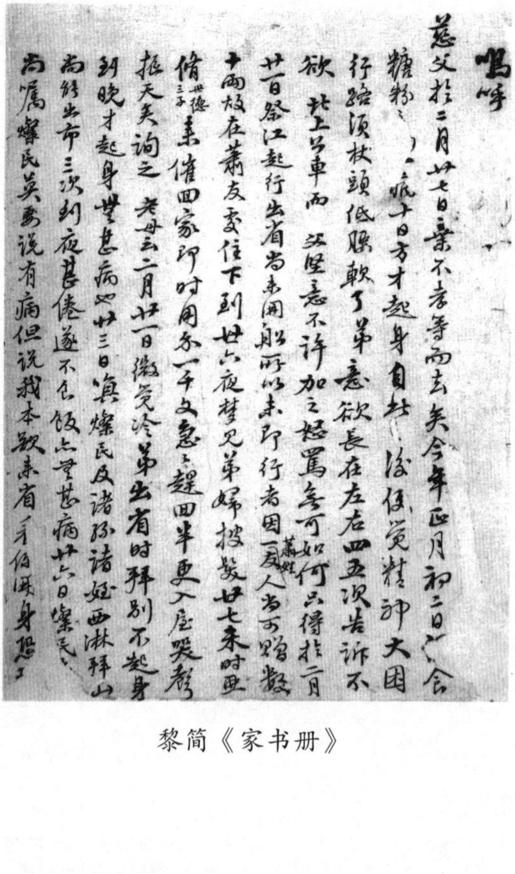

黎简《家书册》

羁的天性，他根本不想去应试。黎简在此年给哥哥的信中说："慈父……精神大困，行路须杖，头低腰软了。弟意欲长在左右，四五次告诉，不欲北上公车，而父坚意不许，加之怒骂，无可如何，只得于二月二十一日祭江起行。"（黎简《致海潮兄书》）这段文字表现了他当时矛盾和无奈的心情。不料，诗人刚走几天，父亲就离世了，黎简只得立即返家治丧，从此再也没有北上。于是，清代历史中少了一位名不见经传的七品芝麻官，而多了一位个性独特的诗坛巨匠。

# 雨一首咏怀寄同年[1]诸公

**题旨**

这首诗作于乾隆五十五年（1790）盛夏。与黎简同年被选拔的贡生们都赴京参加廷试了，黎简因为父丧和生病被迫留在家乡。他借着几近一个月的雨期，咏怀并寄诗给同年们，表达内心抑郁、惭愧、羡慕、惋惜、无奈等等交织在一起的复杂心情。

江县[2]几一月，日日西北雨。疑从玄冥[3]天，撇捩[4]万猛弩。势吹铁围[5]颓[6]，气待海潮鼓[7]。潮光渟[8]诸郡，云脚塞四堵。行人雨外望，雷叫日卓午[9]。过顶忽一扫，脚热灼干土。但见雨与日，散漫[10]无处所[11]。四郊[12]上野气[13]，浮浮若炊釜[14]。我屋翳林木，层叶荫廊庑[15]。续续接残滴，幂幂[16]延阴昈[17]。谢客[18]似仲蔚[19]，披卷[20]如向诩[21]。郁郁平生病，清泠袭肺腑。北想中原路，沙碛[22]正夏五[23]。歔叹空低垂，不得试辛苦。忸怩[24]君亲[25]间，所学无小补。忽忽过四十，养疴恋林莽[26]。千秋[27]千叟宴[28]，万古万寿[29]主。希有[30]今大礼[31]，胸中浩撑拄[32]。身生圣明世，无由眼亲睹。以兹转悒快[33]，幽独[34]惭仰俯[35]。京华多故人，得意不知暑。南望云雾中，少微[36]近牛女[37]。绿蓑湿飕飕，烟艇[38]钓风渚[39]。

## 注释

［1］同年：科举时代称同榜或同一年考中者。 ［2］江县：指诗人的家乡，江边小县顺德县。 ［3］玄冥：深远幽寂。 ［4］撇捩：亦作“撇捩”，迅疾貌。 ［5］铁围：指铁围山，详见第247页注释［13］。 ［6］颓：崩坏，倒塌。 ［7］海潮鼓：浮海而至的铜鼓。屈大均《广东新语·器语》：“南海庙有二铜鼓，大小各一，大者径五尺，小者……其声闉鞈铿鍧，若行雷隐隐，闻于扶胥江岸二十余里，近则声小，远乃声大，神器也。……有老父云：‘此铜鼓昔浮海至，其鸣应潮，自为大盗所移，灵蛙残缺，遂不复自鸣。’……大抵粤处处有铜鼓，多从掘地而得，其状各异，皆伏波所瘗以镇蛮者。每遇风雨辄有声，诸蛮于深溪邃峒之间，循其声之所自，往往求得铜鼓。” ［8］渟：水积聚不流。 ［9］日卓午：指正午太阳当顶。 ［10］散漫：弥漫四散。 ［11］无处所：飘忽不定。 ［12］四郊：泛指郊外。 ［13］野气：野外的雾霭。 ［14］炊釜：古代炊具中的蒸煮器。 ［15］廊庑：堂前的廊屋。 ［16］幂幂：覆盖笼罩貌。 ［17］岈：红色光纹，红光。 ［18］谢客：谢绝会客。 ［19］仲蔚：即张仲蔚，东汉隐士，平陵人，擅长诗词，隐居在嵩阳。皇甫谧《高士传·张仲蔚》：“张仲蔚者，平陵人也，与同郡魏景卿俱修道德，隐身不仕。明天官博物，善属文，好诗赋，常居穷素，所处蓬蒿没人，闭门养性，不治荣名，时人莫识，唯刘龚知之。” ［20］披卷：打开书卷，指看书。 ［21］向诩：即向栩，字甫兴，东汉时期河内朝歌人。《后汉书·独行列传》：“向栩字甫兴，河内朝歌人，向长之后也。少为书生，性卓诡不伦。恒读《老子》，状如学道。又似狂生，好被发，著绛绡头。常于灶北坐板床上，如是积久，板乃有膝踝足指之处。不好语言而喜长啸。宾客从就，辄伏而不视。

［22］沙碛：沙漠。 ［23］夏五：夏五月。 ［24］忸怩：羞愧、退缩不前、局缩不伸貌，犹辗转之意。 ［25］君亲：这里用作偏义副词，只取“亲”之意。 ［26］林莽：草木深茂的地方，泛指乡野。［27］千秋：旧时称人寿辰的敬辞。 ［28］千叟宴：清代宫廷的大宴之一，因赴宴者均为老人，故有此称。最早始于康熙，盛于乾隆，是清代宫廷中规模最大、与宴者最多的皇家御宴，在清代共举办过四次。［29］万寿：长寿。祝福之词。封建时代也指皇帝、皇太后的生日。［30］希有：即稀有，很少有。希，同“稀”，少。 ［31］大礼：指庄严隆重的典礼。 ［32］浩撑拄：以浩然之气支撑。 ［33］悒怏：忧郁不快。 ［34］幽独：独处于僻静之地。 ［35］仰俯：头仰起又低下。指施礼应酬。 ［36］少微：星座名。共四星，在太微垣西南。古代星象家认为，太微星的外围，西面有南北排列而垂下的四颗星，称“少微星”。少微星是世间人在天上的星宿，主要象征在野的处士，也兼指在位的士人，故称“处士星”，又称“士大夫”。 ［37］牛女：谓牛女分野。指广东、福建及浙江部分地区。 ［38］烟艇：详见第97页注释［8］。 ［39］风渚：有风的洲渚。

## 今译

江边小县几乎一个月中，天天都有西北来的雨，不禁让人怀疑它是从那深远幽寂的太空迅疾射出的万根利箭。那威力简直要把铁围山吹塌，那气势就像浮海的铜鼓奔腾而来。潮水积聚到村子里流不出去，低垂的云塞满了四方的天空。行人在雨中张望，雷声在正午太阳当顶的时候响起。雨云飘过人头顶的时候，忽然一阵急雨扫射，溅起的干土灼热了人的脚面。雨与阳光混在一起，弥漫四散，飘忽不定。郊野外的雾霭之气向上升腾，飘浮在空中，就好像炊釜中冒出来的蒸汽。我的屋子隐藏在林木之下，层层的树叶荫蔽着廊屋。屋顶断断续续接着残留的雨滴，水汽覆盖笼罩着背阴处的红光。我像张仲蔚一样谢绝会客，像向栩一样打开书卷读书。令人郁闷的是，我的老毛病正冰冷无情地袭击着我的肺部。想想北方中原的道路，那正值盛夏五月的沙漠，我叹息自己只能空自低垂着白头，却无法亲自尝试赶考的辛苦，只能局促蜷缩于亲人身边，所学于世无任何补益。匆匆已过四十岁，因为养病，我怀恋乡野。皇上寿辰时宫中举办千叟宴，祝福皇上万古长寿。很少有如此庄严隆重的典礼，胸中被浩然之气撑满。可惜我生在圣明之世，却无法亲眼目睹。想到这，我的心情变得抑郁，独处偏僻之地的我惭愧于自己不懂施礼应酬。我在京城有很多老朋友，人生得志并不觉得暑热。望向南方的云雾，有一位在野的处士生活在牛女分野的广东。他穿着绿色的蓑衣在湿漉漉的风雨里，乘着烟波中的小舟垂钓于有风的洲渚。

## 赏析

自古以来，“学而优则仕”。如果可以，哪一个读书人不愿意出仕为官，赢得功名利禄，过上光宗耀祖、荫庇子孙的世俗人生？黎简迫于父命，还是北上了，可刚刚出省，就接到父丧的消息，于是立即返家，为父亲治丧。同年们都走了，带着每一个士子最真切的梦想走了。难道黎简真的不为之所动吗？当然不是。这首诗就真实地表达了他对同年们可以去追逐理想的羡慕，对自己无能为力的郁闷、惭愧和对盛世隐遁的惋惜、无奈等错综复杂的情感。诗歌前十六句都在写雨，但写雨并非诗人的真实目的，而是起到起兴的作用。那连续一个月的雨，迅疾猛烈的雨势、乌云四塞的天空、飘忽不定的日光、蒸郁闷热的浮烟共同营造了一个压抑闭塞、阴郁沉重、散乱不宁的环境和氛围，象征了诗人郁闷煎熬、飘忽难安、交错杂陈的心绪，为接下来诗人的直抒胸臆奠定了情感基调。想到北行的同年们，诗人遗憾不能亲自感受一下赶考路途的艰辛，不能在圣明之世得见朝堂的威严，不能去京城与故旧施礼应酬……不过还好，取而代之的是诗人可以穿着绿色的蓑衣在风雨里，乘着烟波中的小舟在洲渚垂钓。诗人以此安慰自己，以求得片刻的内心宁静。

# 风劲拗[1]我墙头竹

## 题旨

这首诗作于乾隆五十五年（1790）秋。前一年，诗人拔贡，此年本应赴京廷试，但因父丧，半路而返，此后由于体弱，再无北上。秋天到来，强劲的秋风折断了诗人家墙头上的竹枝。诗人感到非常惋惜，故借竹自喻，表达自己仕途受挫的无奈、孤独和萧条冷落的心情。

**本以孤难立[2]，非关绝地高。可怜青眼[3]内，相望白云劳[4]。爱我同乌屋[5]，终朝损风毛[6]。溪门绿波影，花月夜萧骚[7]。**

## 注释

[1] 拗：拗折、弄弯。 [2]“本以”句：这里指竹枝难以挺立。李商隐《蝉》：“本以高难饱，徒劳恨费声。” [3] 青眼：黑色的眼珠在眼眶中间。青眼看人表示对人的喜爱或重视、尊重。魏国诗人阮籍能作青、白眼，青眼对人表示好感，白眼对人表示蔑视。这里指京城中那些欣赏诗人、热切盼望诗人出仕的友人，比如翁方纲、周兴岱等人。 [4]“相望”句：这里指诗人只能与青睐自己的人相望于白云中。李峤《送光禄刘主簿之洛》：“别后青山外，相望白云中。” [5]“爱我”句：爱我及屋之意，指因为爱我而连带爱我

的屋子。 [6]凤毛：原指人的华美风度和杰出才华，这里用来形容漂亮的竹枝，实则是诗人自比。李白《感时留别从兄徐王延年、从弟延陵》：“令弟字延陵，凤毛出天姿。” [7]萧骚：形容风吹树木的声音，也形容景色萧条凄凉。祖咏《晚泊金陵水亭》：“江亭当废国，秋景倍萧骚。”

## 今译

竹枝本来就难以挺立，并非仅仅因为处于绝险的高处。可惜那些青睐我的人，现在却只能与你们相望白云中。墙头竹因为爱我而兼及爱我的屋子，终于还是折损了漂亮的竹枝。望着门前小溪碧绿的水波中，花月之影摇曳，这夜晚分外萧条凄凉。

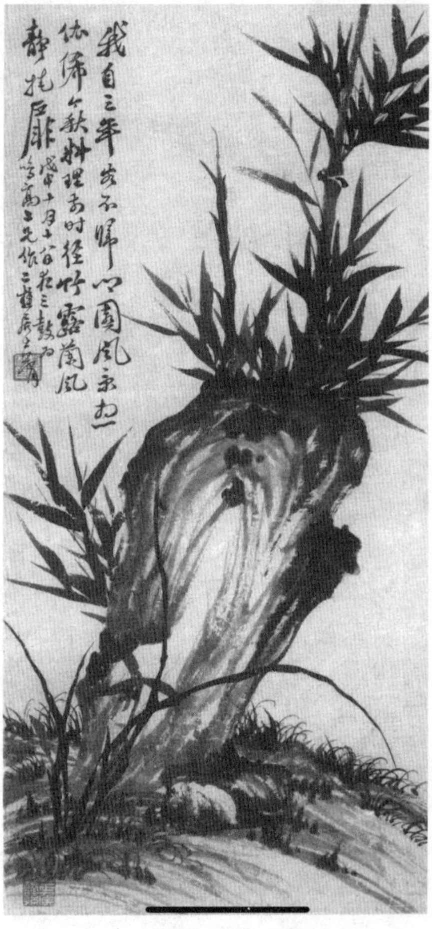

黎简《竹石图》

## 赏析

此诗开头两句模仿李商隐的咏物名篇《蝉》。“本以孤难立，非关绝地高”，其实诗人想说的是“本以孤难立，况兼绝地高”。本来这根竹子在风中就难以直立，更何况还处在那么高的墙头，当然难以抵挡劲风的摧残，以此暗喻诗人的孤独和清高。此诗最大的特点是用典巧妙，当中的暗用或反用，有化用无迹之感。除了开头两句的用典，此诗还有第三句的“青眼”，第四句的“相望白云”，第五句的爱屋及乌，第六句的“凤毛”也都各有出处。更有第七句的“溪门绿波影”暗用陆游“伤心桥下春波绿，曾是惊鸿照影来”（《沈园二首》其一）的诗句，第八句“花月夜”则暗用《春江花月夜》的意境。所以，此诗在看似很简单的诗句中运用典故，融入了很复杂的情感。诗人的孤独不仅仅因为清高，还因为仕途受挫，无法赴京城科考，有一种被世界抛弃了的感觉。这根被劲风拗断的竹子就是诗人自身形象和命运的真实写照。

# 独立

## 题旨

这首诗作于乾隆五十五年（1790）秋。诗人独立在水边，孤独地欣赏着水中的倒影，感叹苦吟作诗徒劳无功，并通过回忆梦境来表达内心深处想要积极入世的精神。

水光摇独立，桥底见青袍[1]。杖影陂龙[2]化，肩寒渚鹤高[3]。物情[4]秋不俗，诗苦自徒劳。昨梦征尘里，看云抚大刀[5]。

## 注释

［1］青袍：这里借指寒士。 ［2］陂龙：即葛陂龙，源见“杖化龙”。指仙道出行所持的拐杖。《后汉书·方术列传下·费长房》载，费长房向一卖药老翁学道，“长房辞归，翁与一竹杖，曰：‘骑此任所之，则自至矣。既至，可以杖投葛陂中也。’……长房乘杖，须臾来归，自谓去家适经旬日，而已十余年矣。即以杖投陂，顾视则龙也”。 ［3］“肩寒”句：此句正常语序应为“寒渚鹤肩高”。鹤因寒冷而肩膀高耸。黎简的《寒鸦》“我自竦肩鹤一只，苦吟咢咢杂叹息”（《诗钞》卷二十一）以一只肩膀高耸的鹤来形容自己苦吟时的样子。 ［4］物情：物的情状。 ［5］抚大刀：这里比喻诗人还

有雄心壮志报效祖国。张宪《临安军前》："不堪屡作还家梦，起向西风抚大刀。"

## 今译

我独自站立的身影在水光中摇漾，青袍的影子出现在桥底。我手持的竹杖倒映在水中化作一条龙，我在寒冷的洲渚边像鹤一样高耸着肩膀。秋天之物情不同流俗，我作诗苦吟只是徒劳无功。昨夜我梦见自己外出征战，手抚大刀看风云变幻。

## 赏析

谁说黎简只甘心做个诗人和隐士？从这首诗中可以看出黎简内心深处真正的情怀。拔贡后同年们都进京赶考了。虽不愿意赴试，但当真的无法北上，当看到同年们都已远行，黎简还是控制不住心中的失落。他独自一人站在水边，陪伴他的只有自己的倒影。青袍是古代学子、寒士、贫者、下层官吏穿的衣服，所以首联的"独立"和"青袍"已经表现出诗人浓浓的落寞和悲哀。颔联"杖影陂龙化"乃道家求仙学道的典故，"肩寒渚鹤高"是诗人苦吟的样子。黎简在水中看到这些，仿佛一个外人在冷眼嘲笑着自己。故颈联以"自徒劳"彻底否定了自己。而诗人内心深处真正想做的事情则通过尾联"昨梦征尘里，看云抚大刀"表达出来，大有班超投笔从戎和杨炯"宁为百夫长，胜作一书生"（《从军行》）的豪迈，只是表达方式较为含蓄隐晦。

# 廉甫[1]、楚园[2]坐石床[3]论诗，予掌檠[4]入，乃见之

## 题旨

这首诗作于乾隆五十五年（1790）秋。黎简与村中两位诗友论诗，对自己中年以后学诗路子的变化进行了总结。诗人早年学习李贺诗风，喜用鬼神表达悲苦，可后来学习对象越来越多，风格也越来越多样，离李贺越来越遥远了。

不省[5]苔垣[6]夕日移，藤阴香暗动秋篱。苍凉花影青灯外，凌厉[7]诗心白露[8]时。前辈流风[9]何李[10]远，悲歌结习鬼神疲。后贤[11]亦自多岐[12]在，转恐多师失我师[13]。

## 注释

[1]廉甫：张潽泉。　[2]楚园：伍尚材。伍尚材、张潽泉都是黎简的同乡、发小、同学兼诗友。他们关系密切，黎简与二人多有诗歌往来。　[3]石床：黎简故宅桐树下的一块石头。黎简有诗《题石床》：“书展风翻尽，杯空雨过留。兰泉四角转，花月曲篱秋。故宅悲桐下，佳人拂石头。归魂爱吟弄，新得此林丘。”（《诗钞》卷二十）　[4]檠：指灯或灯台。　[5]不省：不理会。　[6]苔垣：长着苔藓的矮墙。　[7]凌厉：指凌空高飞，意气昂扬，气势

猛烈。 [8]白露：二十四节气之一，乃秋季的第三个节气。至此节气，暑热基本结束，秋意渐深，昼夜温差加大，清晨露水加重。 [9]流风：前代流传下来的风气。多指好的风气。 [10]李：指李贺。黎简早年特别喜爱李贺，诗歌风格多类似。 [11]后贤：后世的贤人，这里指诗人自己。 [12]多岐：亦作“多歧”。谓多岔道。 [13]“转恐”句：这里化用杜甫“别裁伪体亲风雅，转益多师是汝师”（《戏为六绝句》）的诗句，担心学习对象太多，而失去自己的老师。

## 今译

不理会长着苔藓的矮墙上夕阳已经移走，藤萝的阴影下香气渐渐消散，篱笆在秋风中动荡。青灯外花影苍凉，白露时节你们诗心勃发。前辈李贺流传下来的诗风已经多么遥远了，结撰悲歌的习气，连鬼神都感到疲劳。我还有很多诗风可学，转而担心太多学习的对象使我失去了原本的老师。

## 赏析

黎简的家乡弼教不仅是水村、花村，还是个诗村。村中不少人喜欢作诗，经常与黎简一起论诗，廉甫和楚园就是其中的两位老朋友，黎简有多首诗与其往来应酬。秋天白露的这一天，两位老朋友又来到黎简旧宅，坐在石头上聊诗，一直聊到夕阳西下、夜幕降临，黎简举着一盏灯加入了他们的讨论。黎简早年主要学李贺诗，爱李贺尤甚，“案头不可一日无长吉集”，还曾手批《李长吉集》，自述：“余幼好长吉，非长吉诗不读，且学为之，甚肖也。”（黎二樵批点《李长吉集》）然而，现在他却惊讶地感叹：李贺的诗风已经离我多么遥远了呀，总是用鬼神来表现悲苦，已经审美疲劳了！诗人又表示自己的学习对象非常之多。确实如此。纵观黎简的两千多首诗，可以看出他除了学习李贺，还学习《诗经》、《楚辞》、汉乐府、魏晋古诗、南朝民歌、李白、杜甫、韩愈、孟郊、贾岛、李商隐、苏轼、黄庭坚、范成大等众多风格和诗人，可以说是融汇古今，才成就了大家风格。

# 村中送客

## 题旨

这首诗作于乾隆五十六年（1791）秋。黎简在横江渡口送别友人，落花恋舟，潭心明月，秋意浓郁。诗歌通过这美得令人心醉的水村景色表现了诗人对家乡弼教的热爱。

**君爱横江[1]邨渡头，落花依桨送君舟。娟娟[2]新妇潭[3]心月，狼籍[4]邨眉[5]数寸秋。**

## 注释

[1]横江：详见第60页注释[9][10]。 [2]娟娟：姿态柔美、明媚的样子。 [3]新妇潭：弼教附近的一个潭名。 [4]狼籍：即“狼藉”，纵横散乱貌。这里有随意画成之意。杜甫《北征》：“移时施朱铅，狼藉画眉阔。” [5]邨眉：这里形容月亮映照潭中，如同村庄的眉毛。

## 今译

你喜欢弼教的横江渡口，落花随着船桨一起送你的舟出村。新妇潭心的月亮柔美明媚，就像随意给村庄画成的数寸长的眉毛，带着醉人的秋意。

## 赏析

这首小诗写得多情而美好。弼教村那小小的横江渡口，在花丛的掩映中，每日迎来送往，目睹了多少相见离别、浅愁轻恨。诗人于此送别友人，那画面充满了诗情画意。落花似乎也不舍友人，依恋追随着船桨，代替诗人将朋友送往远方。诗人移情于物，故落花有意、船桨有情。潭水美名曰新妇，新妇即新娘，这名字的由来定是因为潭中常有新娘嫁娶的船只。这“新妇”二字勾起诗人不少甜蜜浪漫的幻想。弯弯的月亮映照潭心，就像给弼教村随意画成的眉毛。这个比喻灵动鲜活，就好像村子是一位成熟的妇人，眉毛上凝结的淡远秋意让人沉醉着迷。怪不得诗人的朋友喜爱这个渡口，相信每一位读过此诗的人都会爱上这个渡口，还有这湾潭水和潭心的明月。

# 夜过孙平叔[1]

## 题旨

这首诗作于乾隆五十六年（1791）秋。黎简时在广州，经过新结识的好友孙尔准寓居之地，写下此诗，表达对朋友的欣赏和将要分别的惆怅。

**月午[2]大城秋，潮光一郡浮。此人如此夜，应在庾公楼[3]。地暖忘迟暮[4]，天空有别愁[5]。江南他夕梦，梅月[6]北枝[7]头。**

## 注释

[1]孙平叔：即孙尔准，字平叔，又字莱甫，号戒庵。江苏金匮（今江苏无锡）人。嘉庆十年（1805）进士，授编修。道光元年（1821）任广东布政使，累官至闽浙总督。工诗词，长于书法。有《泰云堂诗集》。其远祖孙继皋，是明万历年间状元，吏部侍郎。其父孙永清，清乾隆年间曾入值军机处，后擢为广西巡抚，于乾隆五十五年（1790）逝世。乾隆五十六年秋，平叔始与黎简相交，二人酬唱颇多。 [2]月午：月至午夜，即半夜。 [3]庾公楼：即庾亮楼，又称“南楼”，位于湖北省鄂州市（古武昌）。庾亮，字元规，颍川郡鄢陵县（今河南省鄢陵县）人，东晋名臣、名士，丞相军咨祭酒庾琛之子、明穆皇后庾文君之兄。据记载，庾亮在武昌时，曾

登南楼赏月，后人便以“庾公楼”为咏月夜、赏月的典故，亦以咏主客欢娱相得。《晋书·庾亮传》：“亮在武昌，诸佐吏殷浩之徒，乘秋夜往共登南楼，俄而不觉亮至，诸人将起避之。亮徐曰：‘诸君少住，老子于此处兴复不浅。’便据胡床，与浩等谈咏竟坐。” ［4］迟暮：比喻晚年，暮年。 ［5］别愁：因孙尔准不久就要离粤返乡了，故诗人有别愁。 ［6］梅月：指疏梅映月的景色。也指腊月。农历十二月，梅花陆续开放，成为冬春之际最美的景色，因此被称为“梅月”。［7］北枝：北向不朝阳的树枝。北枝受寒。李峤《鹧鸪》：“南枝日照暖，北枝霜露滋。”

## 今译

午夜，月下的广州城一派秋色，仿佛整个南海郡都漂浮在波光闪闪的潮水之上。此人在这样的夜晚，应该在庾公楼上赏月吧。地气和暖让人忘记了人已迟暮，天空中弥漫着离别的愁绪。分别后，他日我夜里梦到江南，一定是疏梅映月、北枝生寒的景色了。

## 赏析

孙尔准是乾隆五十六年秋黎简结识的一位新朋友。孙尔准的父亲任广西巡抚，乾隆五十五年（1790）逝世。孙尔准经粤返乡，暂住广州，其间与黎简结识。黎简非常欣赏他，赞美他是“惊人如虎一如龙”（《赠孙上舍平叔二首》其二），并多次把他比喻成东晋名士庾亮，一则是因为二人都出身名门，二则都少有才华，个性坦率真诚。此年，黎简寓居广州伍氏园林，夜里经过孙尔准寓居的锦秋书馆，想到不久朋友就要离粤，不由生出别愁。诗歌首联实写月光照耀下的广州夜景，仿佛偌大的城市漂浮在波光闪闪的潮水之上，类似杜甫《登岳阳楼》“乾坤日夜浮”的博大意境。颔联虚写，诗人想象如孙尔准这般的文人雅士在这样明朗壮阔的月夜一定在高楼赏月。颈联抒情，表达诗人迟暮之感和离愁别绪。尾联又虚写，诗人想象分别后夜里梦见江南吴地，一定是疏梅映月、北枝生寒的景色。此诗写景开阔、虚实结合，含蓄蕴藉、余味无穷。

# 中夜[1]

## 题旨

这首诗作于乾隆五十六年（1791）秋。诗人描写半夜花村小溪的静谧美好。夜色中流动着月光，宁静中充满了生机，像谢灵运笔下的山水诗，像恽寿平笔下的山水画。

**潮满橹声圆，花溪出夜船。岸虚[2]波拍拍，襟动月涓涓[3]。安步[4]怜虫语，微吟稳鸟眠。幽思拟康乐[5]，园树亦南田[6]。**

## 注释

[1] 中夜：半夜。 [2] 岸虚：指堤岸被花草所掩。吕牧《泾渭扬清浊》："岸虚深草掩，波动晓烟轻。" [3] 涓涓：指细小的水流，形容细水缓流的样子。这里形容月光如水流涓涓。 [4] 安步：缓步徐行。 [5] 康乐：指南朝宋诗人谢灵运，名公义，字灵运，小名客儿，陈郡阳夏县（今河南省太康县）人，是第一位全力创作山水诗的诗人。曾袭封康乐公，故称谢康乐。辑有《谢康乐集》。[6] 南田：指清代画家恽寿平，初名格，字寿平，别号南田、白云外史等。江苏武进（今江苏常州）人。创常州画派，为清朝"一代之冠"。擅长以潇洒秀逸的用笔直接点蘸颜色敷染成画，讲究形似，但

又不以形似为满足，有文人画的情调、韵味。其山水画有很高成就，以神韵、情趣取胜，与王时敏、王鉴、王翚、王原祁、吴历并称“清六家”。

## 今译

潮水满涨，橹声圆润，花溪中有夜船在行驶。波浪拍打着被花草所掩的堤岸，我的衣襟上流动着如涓涓细流的月光。我缓步徐行，爱怜昆虫的低语，小声吟咏让鸟儿安稳睡眠。我思虑深沉，想要模拟谢康乐作诗，园中林木亦有恽南田画作的神韵。

## 赏析

水乡的白天，舟船往来，河道繁忙，热闹非凡，直到暮夜降临，才渐渐安静下来。特别是到了半夜，偶尔一艘夜船驶出，会让人真正体会到水乡的宁静。这宁静绝非死寂无声，而是充满了盎然生机。此诗最大的特点就是善于描写夜晚的声响，比如“橹声”“波拍拍”“虫语”，这些声响和“蝉噪林逾静，鸟鸣山更幽”（王籍《入若耶溪》）一样，反衬了夜晚的宁静。诗人在描写声音的时候善于运用通感、联想和想象。比如“橹声圆”，摇橹声因潮大水深而听起来圆润厚重，这是通感，是听觉向视觉的转移；“月涓涓”，月光如水，水涓涓流动，故月光也似乎在涓涓流动，这是联想；“鸟眠”，白天鸟声喧闹，现在如此安静，让人联想到鸟儿在睡觉，而且似乎还可以听到鸟儿睡着后发出的轻微呼吸声，这是想象。最后一句诗人总结道：这么美好的夜晚让人产生幽思，想要模拟谢康乐写一首山水诗，模仿恽南田画一幅山水画，把水乡中夜的情趣、韵味都描摹出来。其实这首诗本身就“诗中有画”“画中有诗”了。

# 白茶花

## 题旨

这首诗作于乾隆五十六年（1791）冬。白茶花于寒冬绽放，似玉如雪、洁白无瑕，惹得诗人写下这首咏物诗，对白茶花极尽赞美。同时，诗人也借物抒怀，表现自己的不同流俗和傲岸风骨。

剪雪[1]层层腻叶[2]盘，月光无色但增寒。朝来小玉[3]开屏[4]立，浴罢[5]昭仪[6]隔帐看[7]。解语[8]授经[9]应般若[10]，非珠明夜[11]定琅玕[12]。仙家品格[13]无柔骨，合咏[14]华山[15]女道冠[16]。

## 注释

[1] 剪雪：比喻白茶花像由雪剪刻而成。韩愈《李花二首》其二：“谁将平地万堆雪，剪刻作此连天花。” [2] 腻叶：叶之肥厚者。李贺《四月》：“依微香雨青氛氲，腻叶蟠花照曲门。” [3] 小玉：神话中仙人侍女名。白居易《长恨歌》：“金阙西厢叩玉扃，转教小玉报双成。”这里把初开的白茶花瓣比喻成亭亭玉立的小玉。 [4] 开屏：打开屏风。白居易《长恨歌》：“闻道汉家天子使……珠箔银屏迤逦开。” [5] 浴罢：这里暗用杨贵妃沐浴华清池的典故，把白茶花比喻成杨贵妃。白居易《长恨歌》：

“春寒赐浴华清池，温泉水滑洗凝脂。侍儿扶起娇无力，始是新承恩泽时。” ［6］昭仪：古代嫔妃封号。始设于西汉元帝时期，时为最高位嫔妃称号，仅次于皇后，后来地位下降，位于后妃之下。［7］隔帐看：这里暗用汉武帝为李夫人招魂的典故，把白茶花比喻成李夫人。《汉书·外戚传上》：“上思念李夫人不已，方士齐人少翁言能致其神。乃夜张灯烛，设帷帐，陈酒肉，而令上居他帐，遥望见好女如李夫人之貌，还幄坐而步。又不得就视，上愈益相思悲感，为作诗曰：‘是邪，非邪？立而望之，偏何姗姗其来迟！’”［8］解语：会说话，善解人意。司空图《杏花》：“解笑亦应兼解语，只应慵语倩莺声。”唐明皇曾说杨贵妃为“解语花”，即善解人意的花。解语花可用于比喻善解人意的美女，也可喻指美人聪慧可人。王仁裕《开元天宝遗事·解语花》：“明皇秋八月，太液池有千叶白莲数枝盛开，帝与贵戚宴赏焉。左右皆叹羡。久之，帝指贵妃示于左右曰：‘争如我解语花？’” ［9］授经：原意是讲授经书。这里是暗用佛教“拈花微笑”的典故说明此花可以用来讲授经义。《大梵天王问佛决疑经》：“尔时大梵天王即引若干眷属来奉献世尊于金婆罗华，各各顶礼佛足，退坐一面。尔时世尊即拈奉献金色婆罗华，瞬目扬眉，示诸大众，默然毋措。有迦叶破颜微笑。” ［10］般若：宗教术语，出自印度瑜伽，意为终极智慧、辨识智慧，专指如实认知一切事物和万物本源的智慧。 ［11］明夜：这里暗用韩愈咏李花的典故意指照亮夜空。韩愈《李花赠张十一署》：“白花倒烛天夜明，群鸡惊鸣官吏起。” ［12］琅玕：中国神话传说中的仙树，其果实似珠。 ［13］仙家品格：白茶花独自绽放在寒冬，不与百花争奇斗艳，体现出一种超脱世俗的精神品质，故诗人赞其有仙家品格。［14］合咏：即用诗钟的两联去共同表达题意。诗钟是中国古代文人的一种限时文字游戏，要求限一炷香工夫，吟成一联或多联，香尽鸣钟，是为“诗钟”。相比较于一般对联来说，诗钟要求更严格，格律更工整，内容更含蓄，甚至类似于谜语，即联句不见题字，尽在余韵之中。［15］华山：古称“西岳”，雅称“太华山”，道教名山，为五岳之一，位于陕西省华阴市，近长安。郦道元《水经注》：“远而望之，又若华状。”故又称“花山”。［16］女道冠：即女冠，亦称女黄冠、坤道、女道士。唐代女道士皆戴黄冠，因俗女子本无冠，唯女道士有冠，故名。王建《唐昌观玉蕊花》：“一树笼葱玉刻成，飘廊点地色轻轻。女冠夜觅香来处，唯见阶前碎玉明。”唐昌观，唐道观名，在长安安业坊南，以玄宗女唐昌公主而得名。观中有玉蕊花，传为公主手植，唐宋诗人多有吟咏。此句作者自注：“华字去、平二声皆可用。”

## 今译

它层层叠叠的花瓣像是由雪剪刻而成，肥厚的叶子像托盘一样托举着花朵。月光在它面前都黯然失色，徒增清寒。早上它如玉一般洁白的花瓣纷纷张开，像仙人身边打开屏风的侍女小玉一般亭亭玉立，那姿态既像刚刚沐浴完的杨贵妃，又像隔着帷帐隐约可见的李夫人。它既善解人意又可以讲授经义，应该已经达到了般若的境界；它并非明珠却可以照亮夜空，一定是神话传说中的琅玕仙树的果实。它具有超凡脱俗的仙人品格，没有争奇斗艳与迎合世俗的媚骨，引得华山女道士们纷纷前来合咏。

## 赏析

黎简晚年，其咏物诗已经到达很高的艺术水准，就如这首《白茶花》，写得精妙绝伦。诗歌运用大量的比喻、拟人、夸张、典故，糅合了许多与花有关的故事和诗句，使诗歌呈现出构思缜密、精致深细、华丽富艳、用典绵密等美学风格，可与韩愈、李商隐等大诗人的著名咏物诗相媲美。首联二句写其颜色和形状：色如白雪，花瓣层层叠叠，下面有肥厚的叶子托举，又以皎洁的月光在它面前都黯然失色来烘托它的纯洁无瑕。颔联写其气质与姿态：它的花瓣张开，如仙人的侍女小玉一般亭亭玉立。它妩媚而高贵，像刚出浴的杨贵妃一样娇艳迷人，像帷帐后面的李夫人一样风姿绰约。诗人以两位倾国倾城的绝世佳人来烘托白茶花那国色天香般的美。颈联写白茶花的智慧和明亮：它像解语花一样善解人意，可以通过“拈花微笑”传授经义，是智慧的代名词；它的亮度可以照亮夜空，它是神话传说中的琅玕仙葩。尾联“仙家品格无柔骨”一句赞美白茶花的精神品质：它独自绽放在寒冬，不与百花争奇斗艳，具有不卑微、不谄媚、不同流俗的铮铮傲骨。这当中诗人把自我形象融合进去，表现了诗人的人生态度和志向趣味。最后一句“合咏华山女道冠”则暗用唐代长安唐昌观玉蕊花引来女道士的典故烘托白茶花的无穷魅力。整首诗句句在赞美白茶花，但又完全避免出现“白茶花”这三个字，如同一首禁体诗，又像一首多联的诗钟，又像一个以诗的形式结撰出来的谜语。从中可以看出，黎简已经把文字游戏玩到炉火纯青的境界了！

# 寒月[1]怀周生[2]

## 题旨

这首诗作于乾隆五十六年（1791）冬。仲冬的月夜凄寒而唯美，诗人想念此年刚结识的两位忘年好友，并想象他们也在月下怀念着自己。

**虚白[3]凝寒[4]阔[5]冰眸[6]，中冬[7]圆象[8]厉[9]于秋。檐枝映地花如写[10]，露瓦霏霜[11]水欲流。雪在岭南杨子[12]宅，人谁天末[13]庾公楼[14]。知君[15]高下[16]亭台[17]夜，官树[18]啼乌晓不休。**

## 注释

[1] 寒月：指清冷的月亮，清寒的月光，也指寒冷的月令，冬天。　[2] 周生：许宗彦，原名庆宗，字积卿，号周生，浙江德清（今浙江省德清县）人。嘉庆四年（1799）进士，官至兵部主事。好藏书，擅诗古文词。精天文、历算，有《鉴止水斋集》。其父许祖京任广东布政使时，他随父入粤，和黎简结识，于乾隆五十九年（1794）随父离粤。两人多有诗歌酬唱往来。　[3] 虚白：即虚室生白，原义是指心无任何杂念，就会悟出“道”来，生出智慧，后来常用以形容清澈明朗的境界。这里指月色。《庄子·人间世》：“虚室生白，

吉祥止止。” [4]凝寒：严寒。 [5]阔：使……开阔起来。 [6]冰眸：清澈明净的眼睛。 [7]中冬：即仲冬。冬季的第二个月，对应农历十一月。因其处冬季之中，故有此称。 [8]圆象：天象。 [9]厉：凌厉，猛烈。 [10]写：这里是画的意思。 [11]霏霜：浓霜、厚霜。霏，霜雪很盛的样子。 [12]杨子：指杨孚，字孝元，东汉时南海郡番禺县（今广东省广州市）人，举“贤良对策”入选而获授为议郎，官至临海太守。他是岭南文化的开拓者，著有《南裔异物志》《临海水土志》。相传，杨孚宅在广州珠江南岸，退休时其尝移洛阳松柏植宅前，隆冬飞雪盈树。此异事广为传播，人们就把杨孚所居之地称“河南”，渐而又把整个珠江南岸称为“河南”。作者这里暗以杨孚自比。 [13]天末：天的尽头，指极远的地方。 [14]庾公楼：详见第273页注释[3]。此句诗人自注：“谓平叔。”平叔，详见第273页注释[1]。诗人写作此诗时孙平叔已返江苏。 [15]君：这里指许宗彦。 [16]高下：反复地上上下下（登楼）的意思。 [17]亭台：亭台楼阁。 [18]官树：官道旁所植的树。

## 今译

凝寒的月色清澈明朗，令人视野开阔，仲冬的天象比秋天更为凌厉肃杀。屋檐外树枝的影子映在地上，花影如画。滴满露水的屋瓦上凝结了浓霜；在月光照耀下，浓霜如水般流动。洒满庭院的月光，仿佛当年杨孚宅前的积雪，此时在极远的天边是谁在庾公楼上赏月？我知道在这样的夜里，你一定是反复地登楼，惊扰得官道旁树上的乌鸦一直啼叫到天明。

## 赏析

乾隆五十六年秋，黎简认识了两位忘年之交，一为许宗彦，小黎简二十一岁；一为孙尔准，小黎简二十三岁。他们虽然年龄相差很多，但感情却很深。黎简对二人评价很高，说他们是“平叔文豹变，周生祥凤仪。此后吴越间，夜气光陆离。恐有干莫精，化为雄与雌”（《六月廿七日周生侍尊人方伯归里，书来告别，涨甚，道阻旬日，作诗追饯之，并呈平叔八十二句》）。孙尔准与黎简相识于此年七月，百日后即离粤返乡。而许宗彦住在广东布政司的藩府内，三年后随父离粤。此诗写于乾隆五十六年十一月，当时孙尔准已经返乡。故此诗不仅是怀周生，也是怀平叔。诗歌首四句写景。仲冬的月夜虚室生白、冰眸凝寒、露瓦霏霜，是那么凌厉肃杀。院落内檐枝映地、花影如画、浓霜如水，又是那么如诗如画。这样清澈澄明的境界象征了诗人冰清玉洁的品格和与朋友之间真挚纯粹的友谊。诗歌后四句怀人。洒满庭院的月光，仿佛当年杨孚宅前的积雪。此情此景，不由得使人升起凄凉的美感，诗人对朋友的思念涌上心头。诗人想象此时孙尔准一定在天边的庾公楼上望着月亮，而许宗彦也一定在藩府内反复地上下登楼，望月怀人，直到天明。这真是“一种相思，三处闲愁”！

# 风夜

## 题旨

这首诗作于乾隆五十七年（1792）春。诗人描写有风的夜晚，整个村庄都动荡不宁。多日阴风，空气湿寒，令诗人心绪难安。

竹影春灯乱，春江涌夜寒。卧闻禽湿缩[1]，梦入雨汗漫[2]。窗纸裂明水，邨花翻暗澜[3]。三旬晴十日，五日贱躯安。

## 注释

[1]禽湿缩：这里形容夜里家禽声渐小，好像是被湿气打湿了而发不出声音似的，故有“湿缩”。 [2]汗漫：水大、渺茫无际的样子。 [3]翻暗澜：波澜翻卷。

## 今译

风吹春灯，竹影凌乱，春江涌动，夜寒袭来。我在床上听到家禽声渐小，做梦时就梦见了渺茫无际的大雨。窗户纸被吹裂，如水面裂开一般，村中的花像波澜一样在暗处翻卷。三十日中只晴十日，只有五日身体稍安。

## 赏析

这首小诗写有风的夜晚，最大的特点在于造境。诗人以村中各种景物：竹影、春灯、春江、窗纸、村花展现了一个个动态十足的画面，即竹影被吹得凌乱、春灯被吹得摇摆、春江被吹得涌动、窗纸被吹得裂开、村花被吹得翻卷，共同营造了一个动荡不安、暗潮涌动的环境和氛围，表现了诗人波澜起伏、振荡不宁的心绪和情感。同时，诗人以各种不同的感觉，如视觉、触觉、听觉以及感觉的推移强化风的威力。视觉上以动词“乱”“涌”“裂”“翻”来表现，触觉上通过“寒”来表现，听觉上通过“禽湿缩”来表现。这里“禽湿缩”还使用了感觉的推移，即通感的方法。因风吹来江上的湿气，诗人听到家禽声音渐渐变小，好像是被湿气打湿了而发不出声音。听声音靠的是听觉，而潮湿是触觉，这是听觉向触觉的转移。除此之外，诗人还运用了倒装、比喻等多种手法，到最后推出“三旬晴十日，五日贱躯安”一句就显得水到渠成、顺理成章。由此可见造境的重要性。当然，此诗中最可圈可点的是“卧闻禽湿缩，梦入雨汗漫”一句，与黄庭坚《六月十七日昼寝》“马龁枯萁喧午枕，梦成风雨浪翻江”一句有异曲同工之妙。

黎简《湖上秋光图》

# 赠玉溪生[1]绝句

## 题旨

这首诗作于乾隆五十七年（1792）春。黎简热爱李商隐，写一首绝句赠给他，热情地赞美他才情双绝，是人间的二月、三月。

**晚天花上碧云[2]明，云碧天深[3]春水平。有此人间二三月，才情双绝玉溪生。**

## 注释

[1] 玉溪生：李商隐，字义山，因曾隐居永乐玉溪，故自号玉溪生，又号樊南生，怀州河内（今河南省沁阳县）人。晚唐著名诗人，其诗构思新奇，风格秾丽，缠绵悱恻，优美动人，广为传诵。有《樊南文集》《李义山诗集》等。 [2] 碧云：青云，碧空中的云。[3] 天深：这里指天空在水中的倒影深邃。

## 今译

傍晚的花海上空，天宇湛蓝、碧云明媚；平静的春水中，云影青碧、天影深邃。才情双绝的玉溪生呀，就如这人间的二月、三月一样美好。

## 赏析

晚唐的李商隐，相信没有人不爱。他才华横溢、深情绵邈，被黎简赞美为“才情双绝”。有才又有情，是成为一位优秀诗人的必备条件，缺一不可。黎简受李商隐的影响很大，除了对他热情赞美外，还进行同题仿写、诗句化用，并“取艳于玉溪”，并且他的很多诗歌带有与李商隐相似的感伤情调。在写作手法上，黎简还学习他的创意与构思、章法与句法、意象和词汇，并由此创作出不少艺术精品。此诗首二句描写了人间二月、三月的绚烂美景。傍晚时分，花村中繁花似锦，一片片五颜六色花的海洋，与湛蓝天空中明媚通透的碧云交相辉映。水村中春水平滑如镜，碧云倒映其中，不减其妩媚；天空倒映水中，更显得深邃。上下天地之间互相映衬。此景美不胜收，光彩照人，就像李商隐的诗歌，那深邃的柔情、叠加的典故、精工的对仗、绵密的修辞、华丽的词藻、细腻婉约的风格，令人目不暇接、心荡神驰。后二句诗人直抒胸臆，以灿烂美妙的二月、三月比喻李商隐的才华，真是再恰当不过了。就像林徽因的诗：“你是爱，是暖，是希望，你是人间的四月天！”

# 采珠词

## 题旨

这两首诗作于乾隆五十七年（1792）。诗歌以生动的画面展示了采珠人贫贱凄惨的生活和命运，揭露并讽刺了地方官吏掠买珠娘的荒淫无道和“以人命易珠”的贪婪残暴，表现了诗人对下层百姓的深切同情。

老夫[1]白首食珠瓤[2]，使君[3]红袖[4]出珠娘[5]。珠娘生好弄明月[6]，不喜内屏[7]灯烛光。

掌光如豆[8]白凄凄，潮沸声光火齐齐[9]。一时有胫[10]行珠母[11]，几番招魂哭鬼妻[12]。

## 注释

[1]老夫：这里指采珠老人。　[2]珠瓤：珍珠贝的肉，可食，但性寒，不宜多吃。屈大均《广东新语·地语》：“土人多以珠肉饷客，杂姜齑食之，味甚甘美，其细珠若粱粟者，亦多实于腹中矣。”屈大均《广东新语·货语》：“闻珠母肉作秋海棠或杏华色，甚甘鲜而性太寒。”　[3]使君：对州郡长官的尊称。　[4]红袖：指古代女子襦裙长袖，后来也用于代指美女。　[5]珠娘：这里指采珠人的女儿。屈大均《广东新语·货语》：“吾粤所宝者珠。在古时凡生男子多

命曰‘珠儿’，生女多曰‘珠娘’。” ［6］弄明月：在明月下侍弄珍珠。屈大均《广东新语·货语》：“涠蜯（同“蚌”）之精，孕为明月。又曰：蚌胎之珠，随月圆缺。予诗云：‘中秋月满珠同满，吐纳清光一一开。明月本为珠作命，明珠元以月为胎。’是也。” ［7］内屏：原义为古代诸侯府第在大门内筑小墙做的屏蔽。这里指官吏的府第内室。 ［8］掌光如豆：这里指采珠人掌中擎举的烛光只有豆粒那样大，形容灯光暗弱。掌光以下两句描写的是采珠人在采珠前祭祀海神的场景。一般采珠人下海前都要宰杀五牲，焚香点烛，燃放鞭炮，遥对珠池跪拜，祭祀海神。屈大均《广东新语·货语》：“凡采生珠，以二月之望为始，珠户人招集蠃夫，割五大牲以祷。稍不虔洁，则大风翻搅海水，或有大鱼在蚌蛤左右，珠不可得。又复望祭于白龙池，以斯池接近交趾，其水深不可得珠，冀珠神移其大珠至于边海也。” ［9］火齐齐：这里应该指的是祭祀的人众多，齐刷刷地都举着烛火。 ［10］胫：小腿。这里的意思是珠蚌有腿。据民间传说，如果地方官贪，珠蚌会迁徙，故曰有“腿”。屈大均《广东新语·货语》：“珠本神物善徙，太守廉则珠复还。” ［11］珠母：能产珍珠的蚌。 ［12］鬼妻：死者之妻，这里指采珠人之妻。古代采珠非常危险，采珠人常丧命。屈大均《广东新语·货语》引张惟寅上状言：“珠蚌生在数十丈水中，取之必以绳引而缒人而下，气欲绝，则掣动其绳，舟中人疾引而出，稍迟则七窍流血而死，或为恶鱼所噬。”

## 今译

白发苍苍的采珠老人吃着珠肉，州郡长官的筵席上唤出美丽的珠娘。珠娘天生就喜欢在明月下侍弄珍珠，不喜欢官府内室的灯烛光。

采珠人掌中的烛光微弱如豆，惨白凄凄；潮水声沸腾喧闹，众多火光齐齐闪烁。一时之间，珠蚌都像长了腿似的迁走了，有多少采珠人的妻子在哭着为死者招魂！

## 赏析

自古以来，珍珠珍贵，而采珠人贫贱。统治者贪婪残酷，横征暴敛，常常“以人命易珠”，造成采珠人葬身海底的人间惨剧。历朝历代反映这个题材的作品都为数不少，然而黎简的这两首小诗仍然有它与众不同的特色。不同于那些正面描写采珠人惨状或直接对官府进行批判的作品，黎简的作品擅长以戏剧画面和蒙太奇镜头剪接的手法冷静客观地讲述故事，自己不做过多的评判，而褒贬自在人心。两首诗各以四个生活场景连缀起来，通过两两对比，产生了很强的矛盾冲突性和生动的故事性，不动声色地展现了采珠人的悲惨命运和政府官吏的荒淫无道，有力地控诉了官府强逼采珠人冒死下海的暴政和罪恶。同时，诗歌巧妙的地方还在于画面与画面之间既变化跳跃又过渡自然，比如第一首从采珠老人的饭桌跳跃到使君大人的筵席，由筵席上的珠娘跳跃到以前在明月下侍弄珍珠的珠娘，由明月的亮光跳跃到如今深宅内屏的烛光，今昔、虚实之间切换自如。同样，从第一首诗官吏深宅内屏的烛光跳跃到第二首诗采珠人祭祀的烛光，从微弱凄惨的烛光特写到齐刷刷祭祀烛光的全景，衔接都非常自然，可以看出诗人的刻意安排和良苦用心。诗中的留白也较多，给了读者很大的想象空间，放到现在，完全可以衍生出一部宣传南珠文化的影视作品。

# 田家

## 题旨

这首诗作于乾隆五十七年（1792）初夏。黎简来到同村农家做客，受到真诚热情的款待。对比上流社会令人疲惫的繁文缛节，诗人深有感触，写下此篇，表达对乡村人单纯质朴的人情、人性的赞美与歌颂。

日落山阴多，山水冻户牖[1]。雨渠[2]引深竹，风蝉[3]静高柳。卅年[4]读吾书，今始亲垄亩[5]。全室喜我至，泥足笑奔走。白酒侑[6]鸡豚，在汝亦云厚[7]。苍然[8]古和气，乃非世情[9]有。平昔达者筵，屡忝[10]宾从[11]右[12]。但觉筋力[13]惫，转惧礼数苟[14]。内惭汝真意，欲说还闭口。虑汝闻此言，自疚[15]鄙野丑。惟当羡香粳[16]，粒粒出汝手。粪田[17]不卤莽[18]，宴客再淘滫[19]。客言饭香美，尚能加餐不。挥瓢翁迎面，掇[20]椀[21]孙掣肘[22]。欢颜谢田父，告归炬[23]枯朽[24]。导客沿芦湾[25]，风露浩[26]已久。回首芦中灯，烟扉[27]吠寒狗。

## 注释

[1] 户牖：门窗、门户。　[2] 雨渠：排泄雨水的渠道。

[3] 风蝉：风中的蝉鸣声。 [4] 卅年：即三十年。 [5] 垄亩：田亩、田野。这里指代农民。 [6] 侑：劝人吃喝。 [7] 厚：这里指农民对诗人的款待优厚、丰盛。 [8] 苍然：苍老、饱经沧桑的样子。 [9] 世情：世俗情态。 [10] 忝：有愧于，常用作谦辞。 [11] 宾从：宾客和随从。 [12] 右：指上位。古代崇右，故以右为上、为贵、为高。[13] 筋力：体力。 [14] 礼数苟：礼数不周。苟，随便，轻率。 [15] 自疚：自感惭愧和不安。[16] 香粳：一种有香味的粳米。屈大均《广东新语·食语》："东粤之稻多种，有曰香粳，粒小而性柔，甚香。" [17] 粪田：给田地施粪肥。 [18] 卤莽：即鲁莽，粗疏马虎。《庄子·则阳》："昔予为禾，耕而卤莽之，则其实亦卤莽而报予。" [19] 淘滫（xiǔ）：淘洗。 [20] 掇：通"辍"，停止、放下、搁下。 [21] 椀：同"碗"，木碗。 [22] 掣肘：拉住别人的胳膊肘。 [23] 炬：这里做动词，点着、点燃。 [24] 枯朽：枯草朽木。 [25] 芦湾：长满芦苇的河湾。 [26] 浩：水大，引申为大和多。 [27] 烟扉：烟雾笼罩的屋舍。扉，本义为门扇，引申为屋舍。

## 今译

日落后山中阴影渐多，山中水的寒气侵入门窗。排水渠引我步入竹林深处，高高的柳树上蝉渐渐安静下来。我读了三十年书，今日才开始与农民亲近。农人全家都很高兴我的到来，脚上沾着泥，笑着奔走忙碌，拿出白酒、鸡肉、猪肉款待我，这些对你们农家来说已经非常丰盛了。那苍老、古朴、温和的气息，是在世俗情态中体会不到的。平日在达官贵人的筵席上，我屡次忝列上宾，可是感觉身心疲惫，还害怕自己礼数不周。我心里感愧你们真诚的情意，想要表达又欲说还休，担心你们听到之后，会羞惭自己的乡野之气。我唯有赞叹这香喷喷的粳米，粒粒出自你们的手，给田地施肥从不马虎，宴请宾客时反复淘洗。“既然你说米饭香美，再加点可否？”老翁挥着饭瓢迎面问道。我刚想放下饭碗，就被他的孙子一把拉住胳膊。我欢笑着谢过农人，告辞时他们点起枯草朽木束成的火把，引导我沿着长满芦苇的河湾行走，这时野外早已风大露多。我举着灯在芦苇中回首，屋舍前烟雾笼罩，狗叫声中透着寒意。

## 赏析

这首诗记录了黎简去同村一户农民家中做客的经历，诗歌按照时间顺序依次叙述了诗人傍晚步入田家、田家热情款待、晚饭后夜归的过程，中间穿插山中景物描写，人物行为、动作描写，心理描写，语言及对话描写，有明显的散文化倾向。此诗氛围轻松欢快，感情真诚质朴。语言时而疏朗有致，比如“平昔达者筵，屡忝宾从右。但觉筋力惫，转惧礼数苟。内惭汝真意，欲说还闭口。虑汝闻此言，自疚郫野丑”这段话，大量使用虚词，使诗歌意脉贯注、转接自如，很好地展现了诗人心理活动的婉曲变化；时而意思绵密，比如“雨渠”“深竹”“风蝉”“高柳”“芦湾”“风露”“烟扉”“寒狗”，每个名词前面都有修饰，毫无虚浮松懈之处，产生多层次形容的效果，共同营造出山中朴野幽静、有如世外桃源般的感觉。诗歌通篇押上声韵，韵脚为：牖、柳、亩、走、厚、有、右、苟、口、丑、手、滫、不、肘、朽、久、狗，上声发音由高到低再到高，读起来曲曲折折，显得情意绵绵，特别适合表现喜爱亲密的情感。此诗表达的是诗人与田家之间真诚相待的欢快喜爱之情。这种感情，由上声表现出来就显得非常轻松愉快、恰到好处。

# 薇花[1]一株红白二种

## 题旨

这首诗作于乾隆五十七年（1792）秋。一株蔷薇花中有红白两种颜色的花朵，诗人写诗吟咏，句句用典，表现出斐然的文采。

暗桃明李[2]秋风里，一树春光绣作团[3]。赤为施朱白施粉[4]，日熏朝暖[5]露朝寒[6]。何郎[7]粟汗[8]融酥[9]落，紫玉[10]烟绡[11]映肉[12]单。又似中书[13]醉吟老[14]，吟时衰鬓[15]照酡颜[16]。

## 注释

［1］薇花：这里指蔷薇花。蔷薇花常有一株双色或多色的情况。　［2］暗桃明李：这里以暗桃形容红色蔷薇花，以明李形容白色蔷薇花。韩愈《李花赠张十一署》："江陵城西二月尾，花不见桃惟见李。"　［3］绣作团：这里比喻蔷薇花如一团团的锦绣。傅伯成《拟和元夕御制》："万户千门绣作团，未央宫阙耸巑岏。"［4］"赤为"句：这里以施朱形容红色蔷薇花，以施粉形容白色蔷薇花。宋玉《登徒子好色赋》："东家之子，增之一分则太长，减之一分则太短；著粉则太白，施朱则太赤。"　［5］日熏朝暖：这里

比喻红色蔷薇花让人感觉到被太阳灼烤的早晨的温暖。熏，本义是指火烟冒出，后引申为火烟熏炙、灼烧。 [6]露朝寒：比喻白色蔷薇花让人感觉到被露水浸湿的早晨的寒冷。朝寒，早晨的寒冷。 [7]何郎：何晏，字平叔，南阳郡宛县（今河南省南阳市）人。三国时曹魏大臣、玄学家。仪容俊美，平日喜修饰，粉白不去手，行步顾影，人称“傅粉何郎”。后即以“何郎”称喜欢修饰或面目姣好的青年男子。《世说新语·容止》：“何平叔美姿仪，面至白，魏明帝疑其傅粉。正夏月，与热汤饼。既啖，大汗出，以朱衣自拭，色转皎然。” [8]粟汗：像粟米一样大的汗珠。 [9]融酥：指融化脸上的脂粉。毛滂《菩萨蛮·定空赏梅》：“含章檐下眉如月。融酥和粉描疏雪。” [10]紫玉：干宝《搜神记》中的角色，亦名小玉，传说春秋时吴王夫差的小女儿，爱上家仆韩重，未嫁而死。《搜神记》卷十六：“吴王夫差小女，名曰紫玉，年十八，才貌俱美。……夫人闻之，出而抱之。玉如烟然。” [11]烟绡：如烟般的薄纱。 [12]映肉：形容红色蔷薇花的淡红浅晕。苏轼《寓居定惠院之东杂花满山有海棠一株土人不知贵也》：“朱唇得酒晕生脸，翠袖卷纱红映肉。” [13]中书：指中书省，是朝廷处理政务，代皇帝拟订诏令的机构。因省中多植紫薇，曾改名为紫薇省。 [14]醉吟老：指唐代诗人白居易，字乐天，号香山居士，又号醉吟先生。曾在任中书舍人时作诗《直中书省》（又名《紫薇花》）：“丝纶阁下文书静，钟鼓楼中刻漏长。独坐黄昏谁是伴？紫薇花对紫薇郎。” [15]衰鬓：年老而疏白的鬓发。 [16]酡颜：饮酒脸红的样子。

## 今译

秋风中盛开的蔷薇花，红色的像桃花，白色的像李花。这一树团团的锦绣仿佛是春天的景致。红色的像施了朱，白色的像敷了粉。红色的让人感觉到被太阳灼烤的早晨的温暖，白色的让人感觉到被露水浸湿的早晨的寒冷，像何郎大颗的汗珠融掉了脸上的脂粉而露出的洁白容颜，像紫玉化作的如烟的薄纱映出的一层淡红浅晕，又像中书舍人白居易吟诵《紫薇花》时相互映照的白发与红颜。

## 赏析

这是一首咏物诗，并无太多深意，只是诗人纯粹地觉得一株蔷薇花中有红白两种颜色，很奇特很美，所以要逞才吟咏一番。此诗最大的特点是句句用典，通篇比喻，准确恰当，不着痕迹。为了重点突出红白二色的不同，诗人以对比的方法结撰文字，极为巧妙。除了中间两联对偶外，诗人还大量使用句内对。如“暗桃”与“明李”对，“赤”与“白”对，“施朱”与“施粉”对，“朝暖”与“朝寒”对，“衰鬓”与“酡颜”对。此诗颜色艳丽、节奏明快、音节顿挫、构思缜密、文采斐然，与李商隐的咏物诗极相似。李商隐有一首《牡丹》也基本句句用典来形容牡丹花，工巧之至，可以拿来做对比阅读。

# 连日暖，可禅[1]袷

## 题旨

这首诗作于乾隆五十七年（1792）冬。那时诗人客居广州。入冬后天气和暖，人们甚至不用穿棉衣。这是来年春天寒冷阴雨的先兆。诗人开始暗暗担忧起明春的早禾。

梅花吾为汝储裘[2]，花暖香繁出手柔[3]。烟薄鸦恬[4]绪风[5]善，江明雁叫白云秋。即乘腊尽[6]还家艇，怕上春寒[7]梦雨[8]楼。泥[9]我看花期尚可，早禾秧冷[10]万人忧。

## 注释

[1] 禅（dān）：单衣，无衬里的衣裳。 [2] 储裘：准备好皮衣。裘，毛皮衣。 [3] 出手柔：比喻花儿抽出柔嫩的枝条。 [4] 恬：恬静、安静。 [5] 绪风：指残冬的余风。 [6] 腊尽：腊月过去，岁末年终。 [7] 春寒：春季出现的寒冷天气。作者自注："南土春寒则雨，冬不寒入春必寒。" [8] 梦雨：迷蒙细雨。 [9] 泥：泥滞，阻滞。 [10] 早禾秧冷：冻死早禾。作者自注："粤农谣：'大寒暖多，冷煞早禾。'"

## 今译

梅花呀，我已为了你准备好皮衣；花儿繁盛，香气温馨，花树抽出柔嫩的枝条。烟霭淡薄，乌鸦恬静，冬风柔和；明净的江面上，大雁鸣叫着飞向白云，还像秋天一样欢愉。我准备年底乘着小艇返回家乡，又怕赶上明年的春寒和迷蒙细雨。耽误我赏花倒是小事，真正让众人担忧的是“大寒暖多，冷煞早禾”。

## 赏析

黎简身上既有文人雅士对美的敏锐感受和高雅情趣，又有对民生疾苦的高度关注和忧虑。他时刻关注着自然天气，凡对庄稼有利的，他就高兴；对庄稼不利的，他则担忧。这首诗前四句描写了一幅如春天一样香暖、如秋天一样明净的冬日风光。眼前的一切虽然很美，但并不正常。这本应寒冷的腊月，却暖得只需穿单衣或夹衣，根本不需棉衣。后四句则表达了诗人面对这反常的天气，暗自担忧明春的早禾很可能要受寒遭殃，体现了黎简诗歌高度的人民性。

# 寄翁少宗伯[1]

## 题旨

这首诗作于乾隆五十七年（1792）。黎简虽足不出岭南，名气却早已传到了京城，有不少神交之友，翁方纲就是其中一位。他写信征求黎简对他所著《杜诗附记》的意见，黎简寄此诗作答。

公尝一使九年[2]归，归廿年[3]更拔士期[4]。不见二樵圆夙梦[5]，远来双鲤[6]访论诗。斯文[7]要得天地壮，此事诚非龟策[8]知。也喜将心寄北斗[9]，不然翕舌[10]似南箕[11]。

## 注释

［1］翁少宗伯：指翁方纲，详见第107页注释［11］。少宗伯，清代对礼部侍郎的称呼。翁方纲时任内阁学士兼礼部侍郎，故黎简称其少宗伯。　［2］九年：翁方纲于乾隆二十九年（1764）至乾隆三十六年（1771）三任广东学政。每任三年。　［3］廿年：二十年。黎简在乾隆五十四年（1789）被广东学政关槐选为拔贡，第二年本应北上赴试，后因父丧，没有成行。此时离翁方纲离粤刚好二十年。［4］拔士期：指选拔人才、朝考之期。　［5］夙梦：指翁方纲曾梦见与黎简交游。作者自注："见怀诗有'寄语二樵圆夙梦，苏门学士

待君来’之句。”此指翁方纲《送邱东河还南澳同知任二首》之二：“廿年岭树记谁栽，石路榕阴策骑回。人与梅花成旧诺，天教诗屋识奇才。归途仍结贫交伴，到日重将画卷开。寄语二樵圆夙梦，苏门学士待君来。”　[6] 双鲤：指代书信。纸张出现以前，书信多写在白色丝绢上。为使传递过程中不致损毁，古人常以鲤鱼形状的函套藏书信，因此文人常以鲤鱼指代书信。古诗《饮马长城窟行》：“客从远方来，遗我双鲤鱼。呼儿烹鲤鱼，中有尺素书。”作者自注：“先生将刻所著《杜诗附记》，欲征鄙论。”　[7] 斯文：指翁方纲的《杜诗附记》。　[8] 龟策：指龟甲和蓍草，古人用它们来占卜吉凶。屈原《楚辞·卜居》：“用君之心，行君之意。龟策诚不能知此事。”黎简借此以自谦。　[9] 北斗：这里指翁方纲。　[10] 翕舌：吸着舌头。翕，闭合，收拢。　[11] 南箕：星宿名，共四星。四星连成梯形，形似簸箕，俗称簸箕星，距离较远的两星之间是箕口。簸箕星底狭口大，好像向内吸舌若吞噬之状。《诗经·小雅·大东》：“维南有箕，载翕其舌。”

## 今译

您出使广东九年才北归，归去约二十年我才拔贡。始终不见我圆您的夙梦，您远远地寄来书信征求我对诗论的意见。您的《杜诗附记》得天地之雄壮，绝非我这才疏学浅的人能提出什么意见。但我仍然很高兴把心意寄给北方的您，不然就只能像南箕星一样吸着舌头沉默不语了。

## 赏析

翁方纲是清代著名的诗论家，提倡“肌理说”，是当时诗坛领袖之一。他曾在广东任学政九年，可惜那时黎简还未步入诗坛，也还未参加科考，否则，这样一颗闪亮的星星怎么会被翁方纲错过呢？但翁方纲还是发现了他。他曾在《题邱铁香所藏奚铁生画梅卷二首，卷后有广东黎生诗也，时铁香假守南雄》之二的自注中说："予在粤东，黎生尚幼，未及与试，后见其诗画而予去粤久矣。"（《复初斋诗集》卷三十八）自从见到了黎简的诗画，他就被深深吸引，对其一再称许，并从邱学勈处索得黎简诗集，手为点定，并表达希望黎简出仕的愿望，又寄信征求黎简对他所著《杜诗附记》的意见。此诗是黎简寄给他的回信，表达了对二人阴差阳错不曾谋面的遗憾，对自己无法入京赶考辜负了对方期待的内疚，对对方抬举、信任自己的自谦和心心相印的感情，对对方文章的赞美和恭维等丰富的内容。诗歌娓娓道来，质朴真诚，谦虚自慎，语言得体。此诗是研究黎简与翁方纲交游的重要资料。

# 中园[1]晴玩有作

## 题旨

这首诗作于乾隆五十八年（1793）初春。诗人描写春节过后十日，天始放晴，新居的花园中百花齐放、争奇斗艳的新春盛景。

残冬[2]曰[3]归早春雨，十日始晴春有芳。海棠日映玉肌紫，丛桂月垂金粟[4]黄。碧桃[5]欲轻绯桃[6]重，荷叶稍圆蕉叶方。柚树多花幔霜白[7]，蜜蜂成阵涌云香[8]。

## 注释

[1] 中园：黎简于乾隆五十四年（1789）买下邻人的屋子，移居进去。中园就是新居的园名。 [2] 残冬：冬季将尽之时。黎简于乾隆五十七年（1792）十二月二十六日自广州还乡度岁，当时作有《廿六日还家度岁舟行有作》。 [3] 曰：语气助词，无实义。 [4] 金粟：桂花的别名。因其色黄如金，花小如粟，故有此称。 [5] 碧桃：一种供观赏的小乔木，花有单瓣、半重瓣和重瓣，有白、粉红、红、红白相间等颜色。 [6] 绯桃：桃花的一种，花重瓣，鲜红色。 [7] 幔霜白：像覆盖了一层霜花一样洁白。幔，这里用作动词，指覆盖在上面。 [8] 涌云香：涌出如云一般浓郁的香味。作者自注："柚花最多，花时蜂又最多。"

## 今译

去年残冬我回到家乡，今年早春一直下雨，正月十日天开始放晴，中园里开满了芳香的花。海棠花在日光的照耀下如美人的肌肤白里透着紫红；丛生的桂树像从月亮中垂下来似的，那点点桂花金黄如粟。碧桃的颜色轻浅，绯桃的颜色浓重；荷叶浑圆，蕉叶长方。柚树上开满了柚花，像覆盖了一层霜花一样洁白；蜜蜂一阵一阵地飞来，涌出如云一般浓郁的香味。

## 赏析

在《论语·阳货》中，孔子说道："小子何莫学夫《诗》？《诗》，可以兴，可以观，可以群，可以怨。迩之事父，远之事君；多识于鸟兽草木之名。"黎简这首诗，确实让人体会到读诗是可以"多识于鸟兽草木之名"的。这首诗写于春节后的正月初十，正是岭南花海迎春、百花齐放的时节。身为顺德弼教村人，黎简对花的热爱非同一般，他的诗集中有大量咏花的诗。他只要看到稀奇的花就会想方设法弄来花种，种到自己的园中。可以想象，他的中园中花的品种之多。这首诗短短八句描写了七种花木：海棠、桂花、碧桃、绯桃、荷叶、蕉叶、柚花。它们的颜色、形状、气味、姿态各不相同。颜色有紫色、金黄色、浅红色、深红色、霜白色；形状有粟米状、圆形、方形；香味有幽香、清香、浓香；姿态有的像美人，有的像从月宫中垂下来，有的像帷幔，琳琅满目、生机勃勃。诗人的心就在这万木争荣的花海中得到了慰藉和治愈。

# 商榷[1]为小山[2]

## 题旨

这首诗作于乾隆五十八年（1793）。黎简精通园林设计艺术。这首诗就是他商量构建园林时给出的设计方案和思路，可见他多才多艺。

湖上万花围小山，周堂[3]激激[4]水三湾。棕榈[5]夜雨高弹瓦，杨柳春波矮设关[6]。骚客[7]薜萝[8]宜窈窕[9]，画师心手易孱颜[10]。要施匠意防伤巧，远割云根[11]不厌顽[12]。

## 注释

[1]商榷：商量、讨论。 [2]小山：指园林中用土、石头堆砌而成并配上植物以供欣赏的假山。 [3]周堂：环绕堂屋。 [4]激激：急流声，水势湍急的样子。 [5]棕榈：常绿乔木，高可达七米，树势挺拔，叶色葱茏，适于四季观赏。 [6]设关：指人为地设置水上关口。 [7]骚客：亦称骚人，是诗人的别称。源于屈原所作之《离骚》，后人多以骚客来形容诗人。 [8]薜萝：薜荔和女萝，两者皆野生植物，常攀缘于山野林木或屋壁之上。 [9]窈窕：深邃幽美的样子。 [10]孱颜：指高峻的山岭。 [11]云根：原义为深山里，云起之处。这里指山上的岩石、大石块。古人认为云触石而生，故称石为云根。 [12]顽：愚顽、愚钝。这里指坚硬、丑陋的石头。

## 今译

在湖上用万花围起一座假山，湍急的流水曲曲折折地环绕华堂。夜雨打在高高的棕榈树上，弹落到屋瓦，杨柳依依的春波上设置矮矮的水关。诗人的薜荔和女萝藤蔓要打造得深邃幽美一些，凭着画家的手眼，不难堆叠出高耸险峻的山峰。要巧施匠心，但也要提防过于纤巧；到远处去采割山石，不要厌弃那些丑石、顽石。

## 赏析

黎简诗书画印四绝，除此之外，还精通园林艺术。据《顺德县志》记载：“（黎简）贫未知名。偶为会城（指省会广州）富商购园林，使叠石作假山，见者知其能画。”这首诗就是黎简精通园林艺术的明证。根据这首诗可知，他设计的园林依傍于天然湖泊，华堂下三面环水，水流曲曲折折，还人造了水关，形成变化错落的水势，有万花围绕，有众多植物点缀，如棕榈、杨柳和各种藤蔓类香草，还有丑石、顽石堆叠出的高耸的假山。他的设计思路讲究自然与工巧的结合，秀丽与朴野的兼具。他把作为诗人和画家独特的审美情趣熔铸其中，既独具匠心，又杜绝过分的纤巧；既具有雅致的文人气，又充分利用自然之物的天然美。就如他作画一样，即便在方寸之间也要体现审美客体的“高远”“深远”和“平远”，营造高峻深邃、旖旎萦回的艺术意境，体现出典型的岭南园林所具有的轻盈、通透、朴实的特点。

# 其詹[1]寄笔

**题旨**

这首诗作于乾隆五十八年（1793）秋。诗人肺病加重，于家养病，好友苏其詹寄笔而来，诗人写诗表达思念之情。

**应想草堂[2]夜，灯深花影深。波澜云落爪[3]，幽怨月当心[4]。静者[5]妙清供[6]，秋江遥苦吟。兴来懒不得，弦我无弦琴[7]。**

**注释**

[1] 其詹：黎简好友苏赓瑞。（咸丰）《顺德县志》卷二十六："苏赓瑞，字其詹，又字啸泉。好吹篴，以一篴名斋。……弱冠应童子，双眸炯炯。简方同试。见而奇之，阅所作，益折服。……六十始就东安教谕。……著有《一篴诗钞》。" [2] 草堂：这里指黎简在弼教的居所，即五百四峰草堂。 [3] 云落爪：指云在波澜中的倒影。 [4] 月当心：指月亮在水中的倒影。这里暗用韩凭妻"日出当心"的典故表达朋友间对着日、月发誓永不改变的真情。干宝《搜神记·卷十一·相思树》："其雨淫淫，河大水深，日出当心。" [5] 静者：深得清静之道、超然恬静的人。多指隐士、僧侣和道徒。这里指苏其詹。 [6] 清供：清雅的供品。这里指苏其詹寄给黎简的

笔。　[7]无弦琴：没有弦的琴。《晋书·卷九十四·陶潜》："性不解音，而畜素琴一张，弦徽不具，每朋酒之会，则抚而和之，曰：'但识琴中趣，何劳弦上声！'"

## 今译

你一定会想到，今夜的我正坐在灯光暗淡、花影深邃的草堂。在翻腾的波涛中，云影好不容易落下脚来；月亮映照在水中央，一副幽怨的样子。你是超然清净之人，寄给我清雅之物，而我则在遥远的秋江边苦吟作诗。兴致已来，我不得偷懒，抚奏起无弦琴向你表达我的深情。

## 赏析

黎简与好友苏膺瑞早年相识于应县试时，彼此一见，倾心相交，这一交就是一辈子。两人感情极好，常诗文往来，并互赠礼物。写作此诗时，诗人肺病愈甚，于家中养病。其詹寄笔而来，诗人写诗表达思念与感激。但诗人先不从自己下笔，而是先从对方入手，想象对方一定知道自己正坐在灯光暗淡、花影深邃的草堂思念着对方。由此可见二人的友谊多么笃定、坚固，无任何猜忌和嫌隙。此诗中最奇警的一句是"波澜云落爪，幽怨月当心"，此句承接上一句而来，继续描写诗人的草堂之夜。门外的水波中，云影和月影倒映在动荡的波涛中，这本是每日常见景象，并不足为奇，但诗人想象奇特，造语新奇，把自己的主观情感融入其中，创造出生新的艺术效果。"落爪"二字不仅是写云影倒映水中，更写出了云影因波浪起伏而难以安定的状态，写出了自己收到朋友寄来的笔之后心潮起伏不定的感激之情。"月当心"也不仅是写月影倒映水中，而且巧妙地化用了韩凭妻“其雨淫淫，河大水深，日出当心”的典故，把自己思念友人，但无法相见，只有对月表白的幽怨之情融了进去。诗歌既情景交融，完美无间，又做到了“以正出奇”“诗境独造”。正如黄丹书《明经二樵黎君行状》对黎简的评价：“语皆深警。写物言情，时发前人所未发。”

# 有问简近不肯作长诗者，答五十六字

## 题旨

这首诗作于乾隆五十八年（1793）。黎简晚年多作短诗，少作长诗，有朋友询问原因，黎简写下此诗作答，道出自己晚年心境的变化和对人生哲理的思考。

微吟[1]新爱短歌行[2]，末坐[3]聊为后缓声[4]。来日大难当取乐[5]，中年渐过苦多情。天刑[6]猿狖肠须断[7]，风损江河气且平[8]。君悟真机[9]犹橐籥[10]，歙张[11]云雨[12]一虚盈[13]。

## 注释

[1]微吟：小声吟咏。 [2]短歌行：本来是一个乐曲的名称，乃汉乐府旧题，属于《相和歌辞·平调曲》。乐府中除了《短歌行》还有《长歌行》。唐代吴兢《乐府古题要解》引证古诗“长歌正激烈”，魏文帝曹丕《燕歌行》“短歌微吟不能长”和西晋傅玄《艳歌行》“咄来长歌续短歌”等句，认为“长歌”“短歌”是指“歌声有长短”。这里指的是篇幅短小的诗歌。 [3]末坐：座次的末位。这里指诗句的末尾。 [4]缓声：柔缓的乐声或歌声。白居易《小童薛阳陶吹觱篥歌》：“缓声展引长有条，有条直直如笔描。” [5]“来日”句：

语出乐府古辞《善哉行》："来日大难，口燥唇干。今日相乐，皆当欢喜。" [6]天刑：天降的刑罚。 [7]猿狖肠须断：形容极度伤悲。干宝《搜神记·卷二十·猿母哀子》："临川东兴有人入山，得猿子，便将归。猿母自后逐至家。此人缚猿子于庭中树上，以示之。其母便搏颊向人，若乞哀状，直是口不能言耳。此人既不能放，竟击杀之。猿母悲唤，自掷而死。此人破肠视之，寸寸断裂。" [8]"风损"句：意思是再大的风也有止息的时候。《庄子·徐无鬼》："风之过河也有损焉，日之过河也有损焉。"《道德经》第二十三章："飘风不终朝，骤雨不终日。孰为此者？天地。天地尚不能久，而况于人乎？" [9]真机：犹真理、天机。 [10]橐（tuó）籥（yuè）：古代冶炼时用以鼓风吹火的装置，犹今之风箱。《道德经》第五章："天地之间，其犹橐籥乎？虚而不屈，动而愈出。"意思是天地之间，岂不像个风箱一样吗？它空虚而不枯竭，越鼓动风就越多，生生不息。[11]歙张：关闭与张开。歙，收敛，收缩。《道德经》第三十六章："将欲歙之，必固张之。"指的是矛盾双方互相转化的辩证法思想，"物极必反""盛极而衰"等自然界运动变化的规律。 [12]云雨：云与雨，比喻事物的反复无常变化。杜甫《贫交行》："翻手作云覆手雨。" [13]虚盈：犹盈虚。盈满或虚空，比喻事物的盛衰、消长、兴亡等发展变化。《庄子·秋水》："察乎盈虚，故得而不喜，失而不忧。"

## 今译

我新近喜欢作短歌微吟的小诗，诗句的末尾姑且用柔缓的声调。以后即便有大的灾难降临，我也要把它当作乐事；人已渐过中年，苦于太过多情。如果天降刑罚，连猿猴都要断肠，更何况人呢？再大的风也会有止息的时候。我已悟透天机：天地之间就像风箱一样生生不息，自然界的歙张转化、云雨变幻，万事万物的盛衰兴亡自有其发展变化的规律。

## 赏析

黎简早年喜欢作古诗长篇，风格拗峭劲险，常用入声韵，音调短促急切，感情凄切悲苦。可是越到晚年，其短篇小诗越多，特别是律诗越来越多，而且其心态越来越平和从容，语气和声调也越来越温和平缓。这与他经历了太多与亲友的生离死别、已经看淡生死有关，也与他受佛道思想影响、已经参透天机有关。这首诗虽是为了回答友人为何最近长诗较少、短诗较多的询问，但其实更多的是诗人对自己人生观的自白。它更像一首哲理诗，主要表现的是对人生的苦与乐、多情与无情、盛与衰、盈与虚等问题的辩证思考。诗歌多处巧妙化用《道德经》《庄子》等道家经典当中的句子，表达诗人以后要以苦为乐、慎防多情，不再多情自苦、伤心断肠，以通透、达观、理智、辩证的态度看淡世间的生死轮回和盈虚盛衰的思想。

# 和区鮀滨[1]咏稻花[2]

## 题旨

这首诗作于乾隆五十九年（1794）初夏。稻花盛开，预示着庄稼丰收，更遇上宜于早禾的白撞雨，象征着丰收在望。诗人喜悦地与朋友区鮀滨唱和，吟咏赞叹稻花的美。

岭南初夏稻花明，映日行云白雨[3]横。凉合江光分野色[4]，低濛[5]村岸[6]出柴荆[7]。幽芳甘露茫茫重，静气祥风[8]裔裔[9]轻。便话晚禾[10]同一致，却宜秋夜雨香清。

## 注释

[1] 区鮀滨：塾师，名籍不详，号鮀滨山人。　[2] 稻花：稻子开的花，呈白色、浅黄色，一般于夏季开花。稻花在古诗词中一般象征着丰收。　[3] 白雨：详见第123页注释[4]。诗人自注："早禾宜白雨，俗呼白闯雨。"　[4] 分野色：山野景色被分开。[5] 濛：微雨。　[6] 村岸：村庄的沿岸，村边。　[7] 柴荆：详见第199页注释[10]。　[8] 祥风：即景风，夏至后和暖的风，长养万物、预兆吉祥的风。　[9] 裔裔：形容步履轻盈袅娜，引申为连绵不断的样子。　[10] 晚禾：晚稻。诗人自注："粤中晚禾贵夜雨。二造之性如此，反是皆致虫。"二造，指早、晚两造。屈大均《广东新语·天语》亦云："早禾宜朝雨，晚宜夜雨。"

## 今译

岭南的初夏稻花盛开，一片明亮的白色。太阳映照着行云，宜于早稻的白雨飘洒纵横。稻花与清凉的江光连成一片，将山野的绿色分开，微雨低低地沿着村边，一直延伸到村舍门口。甜美的雨露重重地滴落在茫茫无际的稻花上，散发着清幽的芬芳。恬静的气息、和暖的景风，连绵不断地轻拂。顺便说到，晚禾也是一样喜雨，只不过是喜欢秋季清香的夜雨。

## 赏析

稻花的美在于它的善。它的繁盛预示着庄稼的丰收，能够解决老百姓的温饱，这是它最大的善。它的美在于能带给人无限的踏实感与满足感。屈大均《广东新语·天语》云“子瞻诗：‘夏畦流膏白雨翻。’升庵云：‘俗以暑雨乍落乍晴，日光穿漏，谓之天笑。’即白雨也。白雨宜早稻。谚曰：‘早禾壮，须白撞。’”讲的是夏禾遇到白雨，将更加茁壮。这首诗描写的就是被一场纵横飘洒的白雨滋润后的稻花之美。它明亮耀眼，茫茫无际，点缀在碧绿的田野与天光水色之间，散发幽香，恬静祥和。诗人使用“幽芳”“甘露”“静气”“祥风”这些美好的词汇和“茫茫”“裔裔”这些叠词表达了自己喜悦的心情。诗人由此又联想到晚禾，希望晚禾能遇上宜于它的夜雨，那这一年老百姓的粮食就有着落了。这是每一位老百姓最朴实的愿望。

# 江南岸蕉园[1]歌

题旨

这首诗作于乾隆五十九年（1794）春。诗歌描写了岭南常见的芭蕉园与春江相互映衬的和谐画面，表达了诗人想要隐居于此的美好愿望，体现了诗人对家乡的热爱之情。

隔江绿断山影连，片帆镜中吹绿烟。饱饭信出[2]芙蓉湾[3]，吟诗坐见芭蕉园。周遭屏风[4]八尺翠，间插高柳青尖寒。柳阴时见亭角角[5]，蕉下定有莲田田[6]。春江色净极千里，鹭鸶[7]漾飞[8]如柳绵。此园始成无几年，初我乍逢疑一邨。其人富压千树橘[9]，而我愿止二顷田[10]。安得今日从兹役[11]，竟与比屋[12]还连阡[13]。不能小隐[14]愧云水，且恣[15]大嚼于屠门[16]。聊从江岸对结构[17]，卧受枕席摇风涟[18]。炎轮[19]照人赤兀兀[20]，病肺苏[21]我凉涓涓[22]。谬当[23]江湖夜见月，忽有风雨晴搅天[24]。远胜吾庐小窗底，独感桐竹秋声翻。霜寒[25]破苞[26]碧玉[27]重，露香登盘沉水斑[28]。市尝子敬渡江楫[29]，需种戴老买山钱[30]。如今且共南浦[31]草，映我十丈红木棉[32]。木棉花开绛霄[33]热，天清云白翔紫鸾[34]。水西赤栏[35]瘦窈袅[36]，江馆[37]白袷轻影翩[38]。谁能平远[39]写江景，写作樵客[40]丹青[41]间。

## 注释

［1］蕉园：芭蕉园。［2］信出：信步而出。［3］芙蓉湾：开满芙蓉花的水湾，在诗人家门外的小溪。黎简于乾隆五十六年（1791）从好友许宗彦的藩府中索要芙蓉花种，种在自家门外的溪曲东侧，有诗《后离居行从许周生索芙蓉种并寄平叔》（《诗钞》卷二十一），乾隆五十七年（1792）有诗《省视平叔辛亥冬道中所寄赠别短句四十韵，作长句寄之》："去年分根藩府种，深深已作芙蓉湾。"（《诗钞》卷二十二）［4］屏风：比喻蕉树如屏风林立。［5］角角：亭子的飞檐四角翘伸的样子。［6］莲田田：莲叶长得茂盛相连的样子。［7］鹭鸶：又称白鹭，在中国古代也称"丝禽"，天生丽质，浑身洁白，身材修长，随风起舞时，非常好看。［8］漾飞：轻缓地飞翔。［9］千树橘：比喻富有。《三国志·吴书三·三嗣主传第三》裴松之注引《襄阳记》："（李）衡每欲治家，妻辄不听，后密遣客十人于武陵龙阳汜洲上作宅，种甘橘千株。临死，敕儿曰：'汝母恶我治家，故穷如是。然吾州里有千头木奴，不责汝衣食，岁上一匹绢，亦可足用耳。'衡亡后二十余日，儿以白母，母曰：'此当是种甘橘也，汝家失十户客来七八年，必汝父遣为宅。汝父恒称太史公言："江陵千树橘，当封君家。"'"［10］二顷田：指供温饱的田产，或用作归隐之词。《史记·苏秦列传》："且使我有洛阳负郭田二顷，吾岂能佩六国相印乎！"［11］从兹役：做这件事。指在蕉园旁建宅隐居。［12］比屋：所居屋舍相邻。比，并列，连接。［13］连阡：田埂相连，田地连片。［14］小隐：指隐居山林。王康琚《反招隐诗》："小隐隐陵薮，大隐隐朝市。"［15］恣：放纵，无拘束。［16］大嚼于屠门：比喻心里想而得不到手，只好用不切实际的办法来安慰

自己。屠门，肉店。桓谭《新论》："人闻长安乐，则出门西向而笑；知肉味美，则对屠门而大嚼。"曹植《与吴季重书》："过屠门而大嚼，虽不得肉，贵且快意。" [17]结构：连结构架，以成屋舍。 [18]风涟：风吹起的水的波纹。 [19]炎轮：火热的太阳。 [20]兀兀：劳苦不息的样子。韩愈《进学解》："焚膏油以继晷，恒兀兀以穷年。" [21]苏：复苏，死而复生。 [22]涓涓：细小的水流，形容细水缓流的样子。 [23]谬当：误以为。 [24]晴搅天：搅晴天。 [25]霜寒：指芭蕉不畏霜寒。屈大均《广东新语·草语》："（芭蕉）其子不俱生，花不俱落，终年花实相代谢，虽历岁寒不凋，此其为异也。" [26]苞：指包裹芭蕉茎干外皮的叶片。屈大均《广东新语·草语》："草之大者曰'芭蕉'。虽复扶疏若树株，而茎干虚软，苞裹重皮，皮之中无所谓肤也。" [27]碧玉：比喻青绿色的未成熟的蕉实。 [28]沉水斑：有斑点的沉水香。这里比喻外皮黄色且带着褐色斑点的熟香蕉。 [29]子敬渡江楫：借指村中女子装载贩卖香蕉的船。子敬，即东晋王羲之的儿子王献之，字子敬。《乐府诗集·清商曲辞二·桃叶歌》郭茂倩解题："《古今乐录》曰：'《桃叶歌》者，晋王子敬所作也。桃叶，子敬妾名，缘于笃爱，所以歌之。'《隋书·五行志》曰：'陈时江南盛歌王献之《桃叶》诗，云："桃叶复桃叶，渡江不用楫。但渡无所苦，我自迎接汝。"'" [30]买山钱：为隐居而购买山林所需的钱，比喻归隐。《太平广记》卷一百七十七《器量二》："又有匡庐符戴山人，遣三尺童子，赍数尺之书，乞买山钱百万。公（指于頔）遂与之，仍如纸墨衣服等。" [31]南浦：南面的水边。详见第185页注释[7]。 [32]十丈红木棉：指弼教村口的木棉树。 [33]绛霄：指天空极高处。天之色本为苍，称之为"丹霄""绛霄"者，因古人观天象以北极为基准，仰首所见者皆在北极之南，故借南方之色以为喻。（见王逵《蠡海集·天文类》） ［34］紫鸾：传说中的神鸟。［35］赤栏：红色的桥栏。黎简在乾隆五十八年（1793）有诗《隔溪有竹屿花亩，吾将构别墅焉》：“桥影赤栏春碧水，檐端黄鸟客红衫。”（《诗钞》卷二十三） ［36］窈袅：柔软细长、体态美好的样子。 ［37］江馆：江边客舍。 ［38］轻影翩：这里形容衣服在风中轻快地飘卷飞舞的样子。 ［39］平远：中国山水画的特殊透视法“三远”法之一。郭熙《林泉高致》：“山有三远：自山下而仰山颠，谓之‘高远’；自山前而窥山后，谓之‘深远’；自近山而望远山，谓之‘平远’。” ［40］樵客：诗人自称。 ［41］丹青：丹和青是我国古代绘画常用的两种颜色，这里借指图画、绘画。

## 今译

江对岸一片翠绿，遮断了连绵的远山。一叶风帆行进在平滑如镜的水面上，江风吹拂，有如碧绿的轻烟。饱饭后我信步从家中走到芙蓉湾畔，坐着吟诗时突然看见一片芭蕉园。四周如屏风般林立着八尺高翠绿的蕉树，中间穿插种植着高挑的柳树，青绿的颜色带来刺骨的寒意。柳树的阴影下，时而可见亭子的檐角翘伸出来，想必蕉叶下一定有茂盛的莲叶相连。春江明净，一碧千里；白鹭轻缓地飞翔，有如飘飞的柳絮。这个园子建成也没几年，刚开始我乍一看还以为是个村落。园主人拥有超过千树橘的财富，而我只愿拥有二顷田产隐居于此。怎样才能从今天开始就做这件事，得与它屋舍相邻、田地相连？既然不能在那儿筑室隐居，我愧对这白云碧水，那就恣意地大嚼于屠门，想象一番也好：姑且从江对岸架构房屋，躺在枕席上欣赏摇漾的风吹起的涟漪。虽然火热的太阳不止息地照射出赤红的光芒，但我的病肺在如涓涓细流的凉爽中康复。我错把太阳当成江湖上夜间见到的月亮，忽然有风雨袭来搅扰了晴日。风雨掠过我那个简陋屋庐的窗底，我只能听到秋风吹过梧桐和竹子的翻卷声。芭蕉在霜寒时节也可以冲破苞皮，结出如碧玉一般沉甸甸的果实；带着露水的成熟香蕉被装到盘中，像沉水香一样，外皮带着褐色的斑点。我从村中女子划的船上买来香蕉品尝，想到自己还是筹备一些买山林、田地隐居的钱才好。如今我姑且徘徊于南面水边的草地，草地与村口高达十丈的红色木棉相映衬。木棉花开得正盛，似乎连天空都被映得很炙热；天空清朗，紫鸾神鸟在白云间飞翔。在水西的红色桥栏边有一个瘦削细长的身影，他立在江畔屋舍边，白夹衫在风中轻快地飘卷飞舞。谁能绘一幅平远的江景，把我这个樵客也画进图画中呢？

## 赏析

屈大均《广东新语·草语》中说：“粤故芭蕉之国，土人多种以为业。其根以蔬，实以餱粮饼饵，丝以布。”可见芭蕉具有丰厚的经济价值。除此以外，芭蕉还有观赏价值，屈大均《广东新语·草语》说：“蕉之可爱在叶，盛夏时，高舒垂荫，风动则小扇大旗，荡漾翻空，清凉失暑，其色映空皆绿。”黎简的这首诗就是吟咏家乡顺德的芭蕉园的。整首诗分三部分：第一部分是从第一句到第十八句，写诗人发现了一片美丽的芭蕉园，这片芭蕉园与明净的春江组合成一幅和谐宁静的独具岭南特色的江乡画面，勾起了诗人想要隐居于此的美好愿望。第二部分是从第十九句到第二十六句，写诗人想象

黎简《芙蓉湾图》

在江对岸结构了屋舍，享受清凉快意的人生。第三部分是从第二十七句到末尾，写诗人尝到了美味的香蕉，更加坚定了想要隐居于此的想法，并描绘了一幅自己的身影融入美丽乡村的明丽画面，希望有人能把这个人与自然和谐共生的画面画下来。此诗最大的特点是意识流的写作手法，运用想象、联想，进行虚实结合。同时，诗人不仅是讲述、描绘的主体，也是描绘的对象和客体，成为画面中重要的组成部分之一。由此可见诗人把日常生活进行审美化转化的明显特点。

# 寄周侍郎[1]

## 题旨

这首诗作于乾隆五十九年（1794）。此诗是黎简寄给周兴岱的书信，当中黎简表达了自己因病不能北上、坚守在家乡的志向，并表达了对周兴岱以及京城的倾慕和神往。

**南箕[2]吾已不能扬，南橘[3]生宜窜[4]此乡。抱病告谁车有角[5]，上天回首鼠拖肠[6]。云泥[7]知己今韩孟[8]，扬马[9]高才古益梁[10]。惟是戴盆[11]西向笑[12]，美人冰雪[13]隔银潢[14]。**

## 注释

[1] 周侍郎：周兴岱，字长五，一字冠三，号东屏，四川涪州（今重庆市涪陵区）人。尚书周煌之子，乾隆三十六年（1771）进士，授编修。历官内阁学士、侍郎、左都御史。　[2] 南箕：星宿名，详见第301页注释［11］。《诗经·小雅·大东》："维南有箕，不可以簸扬。"　[3] 南橘：南方的橘树。屈原《九章·橘颂》："后皇嘉树，橘徕服兮。受命不迁，生南国兮。"　[4] 窜：窜伏，隐藏。　[5] 车有角：车轮生四角则难以转动。陆龟蒙《古意》："愿得双车轮，一夜生四角。"　[6] 鼠拖肠：比喻依然故我不能有

所作为的人。刘敬叔《异苑》卷三："昔仙人唐昉拔宅升天，鸡犬皆去，唯鼠坠下不死，而肠出数寸，三年易之。" [7]云泥：云在天，泥在地。比喻两物相去甚远，高下地位悬殊。 [8]韩孟：中唐诗人韩愈、孟郊的并称。韩、孟虽然并称，但实际上孟郊的地位和成就远不如韩愈。孟郊一生穷愁潦倒，到晚年才中进士。韩愈非常赏识他，大力举荐他。 [9]扬马：指汉代文学家扬雄、司马相如，都是蜀郡成都人（今四川成都一带）。 [10]益梁：古代的益州和梁州，均大致在今四川一带。作者自注："先生（指周兴岱）蜀人。" [11]戴盆：即戴盆望天。指头上扣着盆子，想看天而看不见。常用于比喻行为和目的相反，愿望不可能达成。司马迁《报任少卿书》："仆以为戴盆何以望天。" [12]西向笑：原指对京都长安的向往，这里指对北京的向往。桓谭《新论》："人闻长安乐，则出门西向而笑。" [13]美人冰雪：肌肤如冰雪般的美人。《庄子·逍遥游》："藐姑射之山，有神人居焉。肌肤若冰雪，绰约若处子。" [14]银潢：银河。

## 今译

我是南方的簸箕星，已不能用来簸米扬糠；我是南方的橘树，生来就只适宜于隐藏在岭南。是我自己有病，难道还要埋怨别人的车轮有角？仙人拔宅升天，回头看到我像鼠拖肠一样依然故我。你我是地位悬殊的知己，就像当代的韩愈和孟郊，而你是古蜀的大才子扬雄和司马相如。我像头上扣着盆子一样看不到天，只能西向京城遥相致慕，而你就像冰雪美人，与我隔着银河般遥远的距离。

## 赏析

黎简的才华早已声名满京华，加之五年前他已经选为拔贡，有了进京赴试的资格，很多欣赏他的人询问、敦促他早日入京搏得功名。周兴岱也是其中之一。黎简有感于对方的盛情，寄去此诗婉言答谢。此诗最大的特点是用典繁复、恰切，态度诚恳、谦和，语言委婉含蓄而内涵丰富。黎简的七律写作艺术已炉火纯青。诗歌句句用典，暗含比喻。首联诗人以南箕、南橘自喻，开门见山，表达自己已不想簸扬、不愿迁移，只愿待在家乡的志向。颔联诗人解释不愿北上主要是因为身体抱病，没有其他原因，并以鼠拖肠的典故自我解嘲。颈联诗人以韩愈、孟郊的关系比拟周兴岱与自己的关系，周兴岱就如韩愈一样有才华，地位又高，又喜奖掖提拔后进，而自己就如孟郊一样虽被赞赏，但才华与地位远逊于彼，自己是有自知之明的，然后又以同为四川人的扬雄和司马相如比拟周兴岱的洋洋大才。尾联诗人表达了自己与周兴岱相隔遥远，不能入京的遗憾，并又一次热情赞美周兴岱如冰雪神仙，表达对他的倾慕神往之情。作为一篇应酬的文字，此诗相比于黎简早年的骄傲轻狂，已变得老成持重、含蓄内敛，隐藏了锋芒，表现出一种知天命后的淡泊与从容。

# 齿落

## 题旨

这首诗作于乾隆五十九年（1794）。此诗描写诗人牙齿脱落后的心理活动。他自我宽解、自我安慰，以一种非常豁达从容、顺其自然的心态面对衰老。

不求大嚼朵吾颐[1]，诸苦深尝乐远离。渐渐不容如瓠落[2]，嗛嗛之食[3]学牛呞[4]。幸无白发安慈母，慧有青睛[5]与小儿。齿汝弃吾吾弃汝，苍苍天阔片云迟。

## 注释

[1]朵吾颐：鼓动腮颊，即大吃大嚼，痛痛快快地大吃一顿。朵，动。颐，下巴。《周易·颐》："舍尔灵龟，观我朵颐，凶。"[2]瓠落：大貌，空廓貌。比喻廓落而不合时宜，没有地方可以容纳，为世所弃。《庄子·逍遥游》："魏王贻我大瓠之种，我树之，成，而实五石。以盛水浆，其坚不能自举也；剖之以为瓢，则瓠落无所容。"　[3]嗛（qiān）嗛之食：意思是微小、很少的一点食物。[4]牛呞（shī）：意思是牛反刍。　[5]青睛：意思是乌黑清亮的眼珠，古代谓聪慧之相。姚思廉《陈书·徐陵传》："目有青睛，时人以为聪惠之相也。"

## 今译

不求大吃大嚼，大快朵颐，这些苦我已深尝，乐于远离。可是我的牙齿渐渐为世所弃，就如那个廓落无用的大瓢；就算嘴里含着很少的食物，也得像牛反刍一样慢慢细嚼。幸亏我还没长出白发，可以让慈母安心；幸亏我还有乌黑清亮的眼珠，可以正眼看我的小儿子。牙齿呀，你若抛弃我，我也抛弃你。苍天如此辽阔，片云缓缓飘移。

## 赏析

韩愈有诗《落齿》，而黎简有诗《齿落》。《落齿》是一首五言古诗，讲述掉牙过程中韩愈的思想变化，从紧张到旷达，从恐惧死亡到乐天知命。此过程反映了韩愈从执着到顺其自然的人生态度的转变，最终是老庄思想的豁达占据了上风。而黎简这首《齿落》就更加豁达，没有韩愈那样激烈的思想斗争，也没有对衰老与死亡的恐惧。对于牙齿的作用，黎简想得很明白。因为常年的疾病，他本来就不能随心所欲地大块朵颐，饮食很有节制，那现在牙齿掉落了，没关系，大不了像牛反刍一样将食物含在嘴里慢慢嚼就行了。虽然牙齿掉了，但头发还没白，眼珠子还清亮。这样一想，诗人的心情就更加豁然开朗了。最后他不屑地对牙齿说："哼！你想抛弃我，我还想抛弃你呢！"这话带着俏皮，但更多的是坚强与倔强。人没有办法战胜衰老、疾病和苦难，但积极的心态却可以超越苦难，使人最终得到精神上的救赎。最后一句"苍苍天阔片云迟"，潜台词就是：我的胸襟像苍天一样辽阔，我的心像天上的云一样从容舒缓，没有任何事情可以伤害到我。黎简晚年关注老庄，老庄思想对他的影响越来越明显。

# 玉蝶梅[1]

## 题旨

这首诗作于乾隆六十年（1795）春。黎简居于家乡，吟咏洁白的玉蝶梅，同时物我合一，借玉蝶梅表现自己的高洁品性、杰出才华和艺术追求。

**第几番风[2]属此梅，宜教桃李相君开[3]。红冰[4]浊泽[5]玲珑[6]水，白露[7]雕锼[8]沆瀣[9]杯。东阁[10]二分歌市月[11]，西昆[12]一斗[13]玉溪[14]才。老奴[15]处士[16]清寒格[17]，也要凝脂[18]入镜台[19]。**

## 注释

[1] 玉蝶梅：玉蝶形梅花，梅花中的珍品。其花复瓣或重瓣，白色，萼绛紫色。在蕾期，有时花蕾尖端呈浅红色，但盛开时花色纯白，不易衰败，观赏期较长。 [2] 第几番风：中国古代有“二十四番花信风”之说。人们挑选某一节气中花期最准确的花代表此节气的信风。花信风意即应花期而来的风。周辉《清波杂志》卷九：“江南自初春至首夏，有二十四番风信。梅花风最先，楝花风居后。” [3] 桃李相君开：指桃李跟随梅花之后开放。相，跟随，随从。君，这里指梅花。 [4] 红冰：泪水结成的冰。王仁裕《开元天宝遗事》：“杨贵妃初

承恩召，与父母相别，泣涕登车。时天寒，泪结为红冰。” ［5］浊泽：原义为厚重而润泽，这里引申为厚重而润泽的瑾瑜。瑾瑜，美玉名，泛指美玉，也比喻美德贤才。《山海经·西山经》：“瑾瑜之玉为良，坚栗精密，浊泽而有光。”屈原《九章·怀沙》：“怀瑾握瑜兮，穷不知所示。” ［6］玲珑：对梅花的一种美称和喻指，是梅花在生活中较为常见的代称。韩愈《春雪间早梅》：“玲珑开已遍，点缀坐来频。”其中的玲珑喻指梅花。 ［7］白露：天降的甘露。《三辅黄图》卷三引《庙记》曰：“神明台，武帝造，祭仙人处，上有承露盘，有铜仙人，舒掌捧铜盘玉杯，以承云表之露，以露和玉屑服之，以求仙道。” ［8］雕锼：雕刻，刻镂。李商隐《富平少侯》：“彩树转灯珠错落，绣檀回枕玉雕锼。” ［9］沆瀣：夜间的水气，清晨的露水。旧谓仙人所饮。屈原《楚辞·远游》：“餐六气而饮沆瀣兮，漱正阳而含朝霞。” ［10］东阁：阁名，指东亭，故址在今四川省崇州市东。杜甫曾在东阁写下《和裴迪登蜀州东亭送客逢早梅相忆见寄》：“东阁官梅动诗兴，还如何逊在扬州。”这里指何逊在扬州写过咏梅佳篇《扬州法曹梅花盛开》（亦作《咏早梅》）。 ［11］二分歌市月：二分月即“二分明月”。因徐凝《忆扬州》“天下三分明月夜，二分无赖是扬州”一句，“二分明月”成为扬州的代称。 ［12］西昆：指北宋初年师法李商隐的一个诗歌流派，以《西昆酬唱集》而出名，被称为“西昆体”。也指李商隐。这里暗含作者自喻的意思，因为黎简是学习李商隐西昆体的诗人。元好问《论诗三十首·十二》：“诗家总爱西昆好，独恨无人作郑笺。” ［13］一斗：指一斗才。语出《南史·谢灵运传》：“天下才共一石，曹子建独得八斗，我得一斗，自古及今共分一斗。” ［14］玉溪：指李商隐。详见第287页注释［1］。李商隐亦有不少咏梅之作，如《忆梅》《酬崔八早梅有赠兼示之作》《十一月中旬至扶风界见梅花》等。 ［15］老奴：典出东晋权臣桓温。《世说新语·贤媛》："桓宣武平蜀，以李势妹为妾。"刘孝标注引《妒记》："我见汝亦怜，何况老奴！" [16]处士：典出宋代隐士林逋。林逋隐居孤山，宋真宗征之不就，赐号和靖处士，终生不仕不娶，无子，惟喜植梅养鹤，自谓"以梅为妻，以鹤为子"，人称"梅妻鹤子"。 [17]清寒格：赞颂梅花品格清寒。 [18]凝脂：凝固的油脂，常用以形容洁白柔润的皮肤或器物，也比喻严密。《诗经·卫风·硕人》："手如柔荑，肤如凝脂。" [19]镜台：妇女的梳妆台。

## 今译

是第几番花信风吹开了玉蝶梅？适宜的风令桃花、李花跟随其后而开放。玉蝶梅的浅红色花蕾上沾着水滴，就像美人的红泪滴落在厚重而润泽的瑾瑜之上。白色的露珠滴在玉蝶梅盛开的花朵上，就像雕刻精美的玉杯承接着仙露。杜甫在四川东阁吟咏过它，何逊在"二分明月"的扬州赞美过它，得天下一斗才的玉溪生也多次感叹过它。即便是老奴、处士这样以清寒标格见称的人，也要把如凝脂般洁白柔润的玉蝶梅插在镜台上。

## 赏析

黎简晚年有大量咏物诗，因他特别爱花，所以咏花的诗最多。黎简的咏物诗学习了南朝诗歌和李商隐的诗歌。这首诗就极其类似李商隐的风格：借物言志、用典繁复、意思绵密、含蓄蕴藉、典丽精工、词语华美、琳琅满目、设色鲜明、气质秾艳。咏物诗不能单纯咏物，那样太过浅显，做到借物言志、咏物抒怀、物我合一、融为一体，方属上乘。此诗起句突兀，似无寄托，但设一问句却让人惊喜。第二句以一"君"字代梅花，将梅花人格化。三、四两句用典密集，一词一典，且典中亦含典，增加了内涵的丰富性，有挖掘不尽之感。诗人把玉蝶梅比喻为厚重润泽的瑾瑜、承接仙露的玉杯，不仅形象地展现了玉蝶梅洁白如玉的质感和颜色，更把诗人高洁、贤德、美才的自我形象寄予其中。五、六两句继续用典，亦典中含典，以“东阁”“二分歌市月”“西昆”“玉溪”等指代自古以来吟咏过梅花的大家、名家，借此烘托梅花的无穷魅力，同时诗人也以这些大诗人自比，暗含着“天下之才，我得一斗”的自负与骄傲。七、八两句梅与诗人合二为一的意图更加明显。老奴和处士都是以清寒标格见称的人物，尤其是和靖处士笔下的梅花清雅孤高，有如处士。故“处士”不仅指林和靖，似乎也暗指梅花和诗人；“清寒格”则直接点明梅花与诗人都是清雅的寒士，虽贫穷却高贵，赞美二者内在品格和精神气质。“也要凝脂入镜台”一句更加有深意，“凝脂”既是赞美玉蝶梅洁白柔润的花朵完美无瑕，也是在表明诗人作诗的态度，要追求完美、严密、无可挑剔；“入镜台”，指美丽的妇人即便已经很美，也仍然要对着镜子浓妆淡抹，整理出最精致的妆容，借此比喻诗人创作诗歌时，对外在的美绝不忽视，对作品反复审视、细心雕琢、精益求精，达到艺术的至高境界。自古以来，咏梅的作品不计其数，但黎简的这首仍然可以做到不落俗套、创造生新。

# 暑雨后有述，寄梁石痴[1]，时梁君方作画五山间[2]，斐然[3]之作，兴托[4]画理[5]

## 题旨

这首诗作于乾隆六十年（1795）夏。暑雨后晴，诗人有感于天气的阴晴不定、景色的变幻莫测，以禅、道思想论画理，又引申到齐物的人生哲学，并以此作寄画家梁枢。

断霓[6]玄黄[7]云陆离[8]，青螺[9]返照[10]紫琉璃[11]。观空[12]种种晴阴状，正色[13]苍苍[14]造化[15]师。楼阁玲珑[16]金碧[17]画，乾坤[18]清淑[19]鹭鸥[20]知。帘波簟玉肌冰雪，莫扰成亏看奕碁。[21]

## 注释

[1] 梁石痴：即梁枢，清乾嘉年间广东著名山水画家。《岭南画征略》卷五："梁枢，字拱之，号石痴，顺德人。以连试不售，乃弃举业，专意于画。当其少时，顺德作画风气未开，国初老辈，喜为枯林瘦石，至枢始追摹古人。初作米家山，烘托云烟，墨气活泼。中年趋步石田，蹊径既熟，而后随笔所之，皆能变化，脱去面目，而得其

真趣。晚转青绿，点染嫣红，生致盎然，画兰竹亦佳。” ［2］五山间：指顺德大良。据《顺德县志》记载，大良依五山［中山、梯云山、华盖山、登俊山、锦岩山（一名拱北山）］为城。［3］斐然：文彩显著。［4］兴托：托物寓兴。［5］画理：绘画原理，即绘画艺术内在的规律。［6］断霓：断虹。霓，形成原因与虹相同，亦称“副虹”，有时与虹同时出现。［7］玄黄：详见第247页注释［21］。［8］陆离：形容色彩绚丽繁杂，参差斑驳。［9］青螺：喻青山。刘禹锡《望洞庭》：“遥望洞庭山水翠，白银盘里一青螺。” ［10］返照：夕照，傍晚的阳光。［11］琉璃：亦称“流离”。一种有色半透明的玉石。诗文中常以其喻晶莹碧透之物。［12］观空：佛教语。观察诸法皆空之义。佛教认为一切事物均无实体，皆是假象，会随着主观观想而变化，故不真实，即为“空”。［13］正色：本来的颜色，真正的颜色。［14］苍苍：深青色。《庄子·逍遥游》：“天之苍苍，其正色邪？” ［15］造化：自然界的创造者。亦指自然。［16］楼阁玲珑：华美精巧的楼阁。［17］金碧：中国画颜料中的泥金、石青和石绿。凡用这三种颜料作为主色的山水画，称“金碧山水”，比“青绿山水”多泥金一色。泥金一般用于勾染山廓、石纹、坡脚、沙嘴、彩霞，以及宫室、楼阁等建筑物。［18］乾坤：指天地。［19］清淑：清和美好。［20］鹭鸥：比喻没有机心的人。这里暗用鸥鹭忘机的典故。《列子·黄帝》：“海上之人有好沤鸟者，每旦之海上，从沤鸟游，沤鸟之至者百住而不止。其父曰：‘吾闻沤鸟皆从汝游，汝取来，吾玩之。’明日之海上，沤鸟舞而不下也。” ［21］“帘波”二句：用杜甫《七月一日题终明府水楼二首》其二“清簟疏帘看弈棋”意。帘波，摇晃如波纹的帘影。簟玉，即玉簟，光滑似玉的精美竹席。肌冰雪，肌肤如冰雪的美人，比喻那些幻相之美，会导致道的缺损。成亏，完满与缺损，成功与失败。《庄子·齐物论》：“是非之彰也，道之所以亏也。道之所以亏，爱之所以成。”意思指是非彰显，道就亏损了。道亏损了，私爱就随之兴起了。奕碁，亦作“奕棋”，即下棋，古代多指下围棋。这里比喻各种是非、纷争。奕，通“弈”，指围棋或下围棋。碁，同“棋”，主要指围棋。

## 今译

夏日的雨后，一道断虹把天地和云朵都映衬得五彩斑斓。青山被夕阳照耀得像紫色琉璃一样溢彩流光。这世间万物总是阴晴不定、变化莫测，但师法自然之道的天宇却始终正色青苍。华美精巧的楼阁是用泥金、石青和石绿等金碧之色染画的，但是天地却始终纯净、质朴、清朗，只有像鹭鸥一样忘记机心才能真正明白当中的奥妙。那摇晃如波纹的帘影、光滑似美玉的竹席、肌肤若冰雪的美人，都只是美丽的幻相，不要因它们而扰乱、亏损了道的完满，还是以浑一之道看待这世间的纷纷扰扰吧。

## 赏析

梁枢是和黎简同时代的画家，艺术成就也很高。谢兰生在《常惺惺斋书画题跋》中称：“梁石痴以画名一时，不过粗笔湿墨，豪放自憙而已。痴尝言：‘幸与二樵同时，得见其妙迹；亦不幸与二樵同时，为其所掩。’”梁枢与当时的冯鱼山、张锦芳、黄丹书等人均有画艺的切磋往来。既然同为画家，大家在一起聊画理，当然聊得比较深入。中国古代的山水画植根于东方儒、释、道相结合的哲学思维，尤其受禅学的“色空”观念与老庄“道法自然”的思想影响很大。《金刚经》说：“凡所有相，皆是虚妄。”就是说所有物质世界的色相都是虚妄不实的表相。表相如梦如幻，瞬息万变，所以不要惑于表相而失去对事物的真正识见。老子讲“道法自然”，庄子讲“天地有大美而不言”。其引申到画理，就是中国画不追求色相的丰富变化，讲究“外师造化”“艺与道合”，直取“天人合一”的精神世界，追求返璞归真、执简驭繁，崇尚水墨简淡，崇尚宇宙的虚空，以虚空之境为至美。万象皆从空虚中来，向空虚中去。在中国传统山水画里，即使浓丽的色彩也将会隐没于轻烟淡霭、云雾空濛之中，画卷有着宇宙般的氤氲气韵，吻合了中国人散淡悠然的意境追求和美学标准。

此诗首联描写夏日雨后斑驳陆离的自然风光，由此引出颔联与颈联对画理的阐述。其画理由禅理和庄学而来：否定种种阴晴不定、变幻莫测的虚相，肯定天宇“正色苍苍”的实相；否定人工雕琢的富丽堂皇的金碧之色，肯定天地乾坤纯净质朴、明朗平和的清淑之色。尾联又由画理联想到人生哲学：不要因那些美丽的色相而生是非偏爱之心，扰乱、亏损了道的完满。有是非就有争斗，有偏爱就有私欲，于是就产生了纷争。只有无是非、无偏爱，以“万物齐一”的道心看待世间的纷争，才能保持内心的宁静与平和，到达至高的人生境界。这才是诗人真正的寄意所在。

黎简《雨后江云图》

此诗章法创新，打破了律诗起、承、转、合的传统写法，颔联看似承接首联而来，实则已由描写实景转为阐述画理。“观空”二字用得巧，既可以理解为观察此刻的天空，那就是实写，是承；也可以理解为佛教语，观察诸相皆空，那就是虚写，是转。至尾联又一转，由画理转为人生哲学。“鹭鸥知”三字亦用得巧，天地之大道只有没有机心的鹭鸥才知道，然后由鹭鸥转到下一联的人，衔接非常自然，似转而实连。这种写法大有古诗神游万里、一转再转、意脉贯通、一气呵成之感。诗歌文采斐然，在光华流丽的外表下蕴藏着丰富深刻的东方智慧。

# 诗成

## 题旨

这首诗作于乾隆六十年（1795）秋。黎简隐居家乡半年有余，自己的诗被村中诗友欣赏赞美，一有诗成即被他人收藏。黎简写下此诗表达惭愧，同时表达对乡村宁静岁月和美好人情的珍惜与留恋。

人远郇深秋早生，凉天在水[1]绕郇明。银云[2]领月娟娟弱[3]，玉露[4]滋蝉[5]楚楚[6]清。寒暑[7]惊心非老大，山川入句得泓峥[8]。诗成苦被人藏弆[9]，范蔚[10]能书[11]愧此名。

## 注释

[1] 凉天在水：清凉的天空倒映在水中。 [2] 银云：被月光照耀的银色的云。 [3] 娟娟弱：娟娟，美好、柔美的样子。弱，妩媚纤弱的样子。 [4] 玉露：秋露。 [5] 滋蝉：滋润秋蝉。古人认为秋蝉以饮露水为生。 [6] 楚楚：鲜洁的样子。 [7] 寒暑：冬、夏两个季节，泛指岁月。《周易·系辞下》："寒往则暑来，暑往则寒来，寒暑相推而岁成焉。" [8] 泓峥：原义指水深广、山高峻的样子，常形容诗文幽深峭拔、意境深远。 [9] 藏弆（jǔ）：

收藏。弆，藏。　[10]范蔚：东晋吴郡钱塘人，范平之孙。《晋书·儒林传》："（范）蔚，关内侯。家世好学，有书七千余卷。远近来读者恒有百余人，蔚为办衣食。"　[11]能书：擅长书法。

## 今译

我远离繁华，居住在偏僻的乡村，这里的秋天早早就来临。倒映着清凉天空的明净溪水环绕着小村。月亮照耀着银云，显得柔美纤弱。滋润秋蝉的白露清新、洁净。让我心惊的并非年纪老大，而是寒来暑往，岁月无情地流转。我常以山川入诗，故常得幽深峭拔的诗境。诗歌写成后被人收藏，他们说我是能书的范蔚，我实在羞愧难当。

## 赏析

隐居在家乡小村的黎简并不寂寞。村中诸位热爱诗歌的诗友经常见面，他们以写诗、论诗为乐事。此年春天他们就在一起同作禁体梅花诗（黎简《与诸子同作禁体梅花诗》），夏天他们又在一起作俳谐诗（黎简《热甚社亭得风雨与诸子戏为谐体》），生活优哉游哉。这其中写得最好的当然是黎简，故此诗中言"诗成苦被人藏弆"，当是指他的作品被这些诗友所收藏。黎简以狂傲著名，曾自诩"画痴书癖最诗豪"（见前《秋夜感咏》）、"自矜柔翰劲于风"（见前《寄周编修》），哪怕是面对达官贵人、文坛领袖也丝毫不卑弱。可面对村中这些名不见经传的诗友们，他却如此谦虚，被他们夸奖让他感到羞愧难当。这是此诗最打动人心的地方，有"豪华落尽见真淳"的返璞归真。诗人回到了乡村，洗尽了铅华，撕掉了伪装，与诗友平等交流，真诚相待，这应该是人与人之间相处最好的状态。诗歌写景宁静隽永、明净清新，那云淡风轻的美，是诗人美好心境的体现。

# 七夕[1]寄闺人[2]

## 题旨

这首诗作于嘉庆元年（1796）。诗人的妻子梁雪已亡故十三年，诗人仍对她痴情难忘，在这年的七夕节，写诗寄予深情。

**药烟阁[3]下木樨[4]前，古屋题诗药染烟。玉臂云鬟[5]虚七夕，蛛丝萤火[6]十三年[7]。女牛[8]别日人间世，星月秋江水底天[9]。珍重[10]引儿乞大巧[11]，清狂[12]慧业[13]我生偏。**

## 注释

[1] 七夕：中国传统节日七夕节，在每年的农历七月初七。相传这一天牛郎、织女相会于天上的鹊桥。 [2] 闺人：这里指诗人的结发妻子梁雪。 [3] 药烟阁：指诗人于家乡老宅的居所，因夫妻二人善病，家中常煎药，烟雾缭绕，故曰“药烟阁”。 [4] 木樨：即桂花。 [5] 玉臂云鬟：这里指诗人想象妻子思念自己的样子。杜甫《月夜》：“香雾云鬟湿，清辉玉臂寒。” [6] 蛛丝萤火：荒废败落之物，说明诗人的古屋人去楼空，已荒废多年。 [7] 十三年：诗人妻子梁雪亡于乾隆四十九年（1784），到此年已十三年。 [8] 女牛：织女星和牵牛星，这里喻指诗人和妻子。 [9] “星月”句：星、月、天倒映在水中的影子，类似于“镜花水月”的意思，比喻虚幻的景象。

［10］珍重：这里有郑重之意。　［11］乞大巧：即乞巧，农历七月七日夜，穿着新衣的少女们在庭院向织女星乞求智巧，称为“乞巧”。据说，七姐是天上的织布能手，旧时妇女向七姐“乞巧”，乞求她传授精妙的手艺。诗人妻子生前亦善织布，这里也有诗人让女儿拜妻子之意。［12］清狂：在此是指痴情的意思。李商隐《无题》：“直道相思了无益，未妨惆怅是清狂。”　［13］慧业：佛教语。指智慧的业缘。

## 今译

我来到药烟阁下的桂花树前，古屋墙壁上的题诗已熏染上厚厚的药烟。“香雾云鬟湿，清辉玉臂寒”的你只能虚度七夕。古屋蛛丝结网，萤火飘飞，人去楼空，已荒废十三年。你我分别之日的人间光景，早已如水中月、江中天，遥远而虚幻。我郑重地引导女儿向天上的你乞巧，此生偏偏我与痴情结下了孽缘。

## 赏析

黎简的结发妻子梁雪于乾隆四十九年（1784）四月病故。他于第二年十一月又续娶了庞孺人，几年后庞孺人生下了儿子。可是每到过节或发妻梁雪的祭日，他总是会写诗纪念。这年的七夕节，黎简又回到老宅——药烟阁。发妻梁雪在的时候，这间小屋总是弥漫着药烟，那被熏黑的墙壁上的题诗已经黯淡斑驳，到处结满了蛛丝，萤火飘飞。这间小屋早已人去楼空、面目全非，可是它却承载着诗人夫妻二人永恒不变的爱情，见证了他们十八年共同生活的岁月。往事如烟，人生如梦，二人分别之日的情景，早已如镜中花、水中月，虚幻而不真实，可是始终不变的是诗人的那一颗真心。诗人已到暮年，可是他始终没有忘记发妻。发妻虽与他只有半世情缘，却得到了他一生的痴爱，没有人可以取代她在诗人心中的位置。

# 去年得侯贞友[1]书，言读书润州[2]书院，即海岳庵[3]故址

## 题旨

这首诗作于嘉庆二年（1797）。黎简得知好友侯云松就读于润州书院，写诗表达艳羡及自惭形秽之意。

第一江山[4]第一楼[5]，夫君[6]吟咏坐楼头。春江花月何人夜[7]，烟雨金焦[8]两点秋。北固成亏蛮触战[9]，南朝凭吊古今浮。肌肤冰雪[10]神仙窟[11]，还忆牂牁[12]五月裘[13]？

## 注释

[1]侯贞友：侯云松，字贞友，号青甫，江苏上元（今江苏南京）人。嘉庆三年（1798）举人，官歙县教谕。工诗善画，有《薄游草》。贞友和孙平叔、许周生同时与黎简定交于乾隆五十六年（1791）。第二年正月贞友即北归。黎简诗集中关于二人交往的诗，除了此诗外，还有乾隆五十六年作的《九日之宴惜侯秀才贞友不与席作诗贻之》《得平叔书寄侯贞友》（《诗钞》卷二十一），乾隆五十七年（1792）作的《寄别侯贞友兼寄平叔》（《诗钞》卷二十二），乾隆五十八年（1793）作的《病起得侯贞友二月廿四日书索作画画成寄之并呈马稷甫》（《诗钞》卷二十三）。　[2]润州：

镇江的古称，在今江苏省西南部长江下游的南岸，是吴文化的发祥地之一。隋开皇十五年（595）置润州，以州东有润浦（位于北固山东侧，北流入江，已湮没）得名。　[3]海岳庵：位于北固山西坡，是北宋书画家米芾谪居润州时，为自己所筑的书斋。　[4]第一江山：指江苏镇江的北固山，位于长江的南岸，地势险峻，风景奇秀。自古以来，它都是分裂时期的兵家必争之地。东吴的第一个都城铁瓮城就建在北固山的前峰。六朝时，梁武帝萧衍登临此山，曾挥笔题下“天下第一江山”。　[5]第一楼：北固楼，又称北固亭，坐落于北固山最高处，面朝大江，始建于东晋，用于存放军用物资。顾野王《舆地志》：“北固山有亭，屋五间，蔡谟以置军实。”　[6]夫君：这里指友人、朋友。　[7]“春江”句：化用张若虚《春江花月夜》：“江畔何人初见月？江月何年初照人？”张若虚乃扬州（今江苏扬州）人。扬州与镇江隔江相望，一在长江北，一在长江南。故《春江花月夜》描写的应该是长江的美景。　[8]金焦：金山与焦山的合称，二山与北固山一起被誉为“镇江三山”，或“京口三山”。金山，位于北固山的西北，原是江中的一座小岛，现为临江而立的一座孤山。焦山，位于北固山的东北，是长江中的一座岛屿，因东汉隐士焦光隐居山中而得名。登上北固山的山顶，西望金山，东看焦山，隔江相望，使人产生“金焦两山小，吴楚一江分”（释法平《登北固楼》）的感觉。　[9]蛮触战：也叫蛮触之争。蛮氏、触氏，《庄子》寓言中在蜗牛两角的两个小国。蛮触之争指因细小的缘故而引起的战争。《庄子·则阳》：“有国于蜗之左角者，曰触氏；有国于蜗之右角者，曰蛮氏。时相与争地而战，伏尸数万，逐北旬有五日而后反。”　[10]肌肤冰雪：借指美人。　[11]神仙窟：神仙居处，亦用以比喻隐居处或逍遥自在的住所，这里指六朝金粉繁华之地。[12]牂牁：水名，即牂牁江，源出贵州，流经广西入广东为西江，下番禺入南海。　[13] 五月裘：即五月披裘，喻指山林隐逸之人。王充《论衡·书虚》："延陵季子出游，见路有遗金。当夏五月，有披裘而薪者。季子呼薪者曰：'取彼地金来！'薪者投镰于地，瞋目拂手而言曰：'何子居之高，视之下，仪貌之壮，语言之野也！吾当夏五月，披裘而薪，岂取金者哉？'季子谢之，请问姓字。薪者曰：'子皮相之士也，何足语姓字！'遂去不顾。"

## 今译

北固山上有北固楼，想必朋友你每日坐于楼头吟咏："江畔何人初见月？江月何年初照人？"烟雨中的金、焦二山真像笼罩着醉人秋意的两个小点呀！北固山上曾发生过多少因细小缘故而起的战争啊！那六朝往事，古往今来的历史，真是变幻莫测，有如浮云！你身在那美人遍地的繁华逍遥之地，还会记得偏僻的牂牁江畔我这个乡野隐士吗？

## 赏析

侯贞友与孙平叔、许周生一样，都是比黎简小十几岁的忘年之交。他们于同年结识。侯贞友第二年即北归，但之后亦与黎简常有书信往来，诗画交流。据此诗诗题可知，前一年贞友寄信告知黎简，自己在润州书院，即米芾建于北固山上的海岳庵旧址读书，这勾起了黎简无限的遐想。诗人于二十七岁由广西返粤东后，即足不逾岭。可是读书人即便足不出户，仍然可以做到行走天下、神与物游。一提起润州，北固山、北固楼、长江、扬州、战争、金山、焦山、六朝、金粉……所有与之相关的历史、文化齐齐涌上诗人心头，令人神往。诗歌前七句全部是诗人的想象。他想象着贞友在那样的地方读书，一定每日在楼头吟咏感叹、吊古伤今，沉浸其中，享受极高的精神满足，字里行间充满着艳羡。最后一句诗人的情绪急转直下，表示自己身居偏僻的乡野，人已暮年，疾病缠身，已绝仕进之路，没有未来可言。其潜台词是：你身处那文化昌明之地，结交之人定都才华横溢；你年富力强，正在准备科考（贞友第二年即考中举人），有着无限美好的未来，你还会想起我吗？语气中有自惭形秽之意。贞友有《寄黎二樵》诗云："书来读罢更销魂，双袖频揩泪眼昏。怪底经年成阔绝，可怜垂死幸生存。山中著作应千古，海内交游孰并论。我付相思与无忌，殷勤重访百花村。"从内容和语气来看，贞友的《寄黎二樵》应是对此诗的回复。他们都是绝顶聪明之人，都有着玲珑剔透的玻璃心。不知黎简收到回信，是否可以缓解内心的怨艾。但其实诗人早已看淡这些，并不会真的在意。诗人之所以这样写，不过是使用了诗歌创作中的逆挽法而已，即在结尾以出人意料之笔逆转诗意，造成奇巧之势，否则一顺到底，就太平淡无奇了。

# 读渔洋山人[1]集，遂仿其体[2]二绝句

## 题旨

这首诗作于嘉庆二年（1797）。黎简读王渔洋的诗，其中有共鸣之处，于是饶有兴味地仿写两首绝句，确已得渔洋之神髓。

风流自赏南朝客[3]，不要粗豪北地诗[4]。白下[5]垂杨足情态，江南红豆[6]与相思。

春水鱼虾[7]未谷音[8]，撚须[9]侧帽[10]过沉吟[11]。相思古寨狂生[12]在，犹是离骚屈宋心[13]。

## 注释

[1]渔洋山人：即王士禛，详见第90页注释[9]。　[2]仿其体：模仿王士禛神韵派的特色。王士禛在诗歌创作过程中多倾向于使用侧面描写或者间接描写，即不直抒胸臆，而是含蓄委婉地借用典、暗喻等各种手法表明自己的所观、所感、所思，以形成含蓄深蕴、言不尽意的特点。　[3]南朝客：以南朝名士的风流旷达比喻王士禛。杜牧《润州二首》其一："大抵南朝皆旷达，可怜东晋最风流。"[4]粗豪北地诗：指北朝诗歌具有粗疏豪放的特点。　[5]白下：古地名，在今江苏省南京市西北。东晋、南朝时建康（今南京市）北郊滨江要地，唐代移金陵县于此，改名白下县，后为南京的别称。又称

“白门”。白门杨柳自古出名。南朝乐府《读曲歌九首》其七：“暂出白门前，杨柳可藏乌。欢作沉水香，侬作博山炉。”王士禛《秋柳》其一：“秋来何处最销魂？残照西风白下门。”《登鸡鸣寺》：“白门柳色残秋雨，元武湖波滄夕阳。” [6] 江南红豆：化用王维《相思》的诗意，即“红豆生南国，春来发几枝。愿君多采撷，此物最相思”。王士禛《悼亡诗》：“江南红豆相思苦，岁岁花开一忆君。” [7] 春水鱼虾：指王士禛的门生祁文友，字兰尚，广东东莞人。顺治十五年（1658）进士，官工部主事。有《出郭》诗曰：“一夜东风吹雨过，满江新水长鱼虾。”士禛深爱之，戏称祁为“祁鱼虾”。吴元相《松麈燕谈》卷九：“东莞祁工部珊洲文友为庐江令，有诗云：‘一夜东风吹雨过，满江新水长鱼虾。’王阮亭深爱之，戏呼为祁鱼虾，祁作色起。阮亭笑曰：‘君勿怒，此自有例。’珊洲问何例，阮亭曰：‘君不闻梅河豚耶？’珊洲失笑而罢。” [8] 谷音：元杜本所编宋末逸民诗的诗集。入其集者皆仗节守义之士，诗风古直悲凉，风格遒劲，很有特色。王士禛《戏仿元遗山论诗绝句三十二首》其六曰：“谁嗣箧中冰雪句？谷音一卷独铮铮。” [9] 撚须：推敲诗句而捋须吟哦。卢延让《苦吟》：“吟安一个字，捻断数茎须。” [10] 侧帽：比喻潇洒、风流自赏的样子。《周书·独孤信传》：“（独孤）信在秦州，尝因猎日暮，驰马入城，其帽微侧。诘旦，而吏民有戴帽者，咸慕信而侧帽焉。其为邻境及士庶所重如此。” [11] 沉吟：沉思低吟，低声吟诵。曹操《短歌行》：“青青子衿，悠悠我心。但为君故，沉吟至今。” [12] 古寨狂生：指邝露，字湛若，号海雪，广东南海县人，明末著名诗人。被誉为“吾粤之灵均”（温汝能《粤东诗海》）。个性狂傲，因得罪南海县令，被迫远走他乡。浪迹广西时，深入古瑶寨，著《赤雅》一书，记录了广西民族地区的民族风情、山川地貌、古迹名胜、珍禽异兽、趣事轶闻，蔚为大观，影响深远。自编诗集《峤雅》，屈大均评论曰：“虽《小雅》之怨诽，《离骚》之忠爱，无以尚之。”　［13］离骚屈宋心：此处是对邝露诗的评价。王士禛《戏仿元遗山论诗绝句三十二首》其二十八：“海雪畸人死抱琴，朱弦疏越有遗音。九疑泪竹娥皇庙，字字离骚屈宋心。”

## 今译

他学习风流自赏的南朝名士，不学习粗疏豪放的北朝诗风。他的诗就如白门杨柳那样情态委婉，把刻骨的相思都寄予在江南红豆。

他所欣赏的春水鱼虾诗不像《谷音》诗那样铮铮遒劲，他像卢延让那样撚着髭须苦吟，像独孤信那样潇洒地侧戴着帽子，像曹操那样沉吟。他思念在广西古瑶寨著书的狂生邝露，称赞他的诗是“字字离骚屈宋心”。

## 赏析

王士禛主要学唐，而黎简主要学宋，二人并非一个路数。黎简对王士禛一直评价不高。比如他在乾隆四十四年（1779）所写的《过江访友人论诗有作》中评论说：“诗家当代尊者谁，秋谷杰出新城危。……身前之名尚按剑，身后之名无立锥。”（《诗钞》卷九）他在乾隆四十五年（1780）所作的《药房北行因之寄黄上舍仲则》中评论说：“吁维百年来，新城剩秕糠。遂使灶下姬，竞为时世妆。”（《诗钞》卷十）他在乾隆六十年（1795）所写的《戏作饮酒诗五首》其五中评论说：“诗家角门户，屈伸若蛮触。告退者阮亭，方滋又山谷。……谷拙实竞巧，阮鲜乃趋俗。”（《诗钞》卷二十五）黎简认定王士禛的诗俗、假，无论生前还是身后都无法立名。可是人到晚年，他竟认真地读起王士禛的诗来，还要模仿其体写上两首。那是因为黎简发现其诗也并非完全不可取，还是有令人赞赏之处的。这体现出黎简实事求是的态度以及晚年越来越兼收并蓄、开放包容的心态。比如对南朝诗风的态度，王士禛与黎简一致，黎简受南朝诗影响也非常之大。还有二人都喜欢咏杨柳，都写过悼亡诗，都把相思寄予红豆，这让黎简对王士禛的诗心生好感。另外，王士禛对《谷音》诗的评价、对邝露的评价都是准确中肯的，由此可见，他也有真诚的一面，而并非总是玄远清淡、没有政治倾向。在写作手法上，黎简晚年越来越喜欢用典，使其诗歌产生不尽之意见于言外的效果，这与王士禛的“神韵”诗潜在相通，都把文字游戏玩得很高级。就如这两首绝句，可以说是句句用典，像谜语的谜面一样，含蓄蕴藉，深藏不露，让人含咀不尽，确已得神韵派之神韵也。

# 词选

# 临江仙·自题拟云林[1]松石图

## 题旨

这首词作于乾隆四十三年（1778）。此年李调元视学广东，以古学试士。得黎简《拟昌黎石鼎联句》诗，称为奇绝，取置第一，补县学弟子员。黎简为李调元学使作《拟云林松石图》，并题此词于画上。词作富于禅意，表现诗人在萧散淡远的山水美景中享受快意人生的淡泊情志，并表达了对已故友人的怀念。

梦里空山孤负了，平台一枕松风。好生消受付山翁[2]。寻诗芳树晚，展席碧湖空。　万事眼前成画饼，春窗梦雨[3]濛濛[4]。苦茶清水教村童。相邀意中友，来对意中松。

## 注释

［1］云林：指倪瓒，字泰宇，别字元镇，号云林子，江苏无锡人，元末明初著名画家、诗人。　［2］山翁：指山简，字季伦，河内怀县（今河南武陟西南）人。西晋名士，山涛第五子，性温雅，常喝醉。王维《汉江临泛》：“襄阳好风日，留醉与山翁。”　［3］梦雨：如梦似幻之雨。　［4］濛濛：微雨绵绵的样子。

## 今译

这曾经被我辜负的梦里空山呀，现在我终于来了，躺在平台上任由松风吹拂。我甚是享受，感觉自己就像西晋的山简一样闲适洒脱。傍晚我在芳草丛生的林间寻觅诗句，在碧绿空旷的湖上展席休憩。眼前的所有景物都可以入画，春窗外濛濛细雨如梦似幻。我教村童用清水冲泡苦茶。我想邀约我想念的好友，面对着凛凛青松，一起畅饮。

黎简《拟倪瓒山水图》/ 翁方纲题诗

## 赏析

黎简曾著《药烟阁词钞》，今散佚。目前辑录黎简的词只有四首，其中一首就是从李调元《雨村诗话》中辑录的这首《临江仙》。李调元《雨村诗话》曰："顺德黎二樵简，工诗画。余试古学，始拔入黉宫，为诸生。二樵与益都李髯南涧文藻善，南涧官粤东令，时与二樵往来倡和。二樵为余拟云林《松石图》，添一趺坐道人，于思彡彡，细视之，俨然南涧小影也。自题《临江仙》词云……"云林即倪瓒，性格淡泊孤傲，擅长画山水、竹石、枯木等，画法疏简，构图平远，设色淡雅，意境空寂，画作清逸高雅，格调天真，无一丝俗气，历来被奉为元代“高逸”第一人。黎简拟倪瓒的这幅《松石图》，现已无从得见，但从这首《临江仙》词和李调元《雨村诗话》的描述，仍可窥一二。词的上片描写了一幅空灵的、充满禅意的山水美景，表现了与尘世凡俗相对立的、超脱高逸的人生境界和追求。下片则营造出一种虚幻朦胧的氛围。据李调元《雨村诗话》，词中“意中人”当指黎简已经过世的好友李文藻，故下片黎简亦表达了对亡友的思念。词作情景浑融一体，看似洒脱却内蕴激情，拟云林而神似也！

# 文选

# 罗浮[1]赋

题旨

这篇赋作于乾隆四十三年（1778）。黎简回忆十年前，也就是乾隆三十三年（1768）偕友人梁公普游罗浮山的经过。

戊子之春，予与梁子公普[2]有罗浮之游。由五羊[3]泛舟，至于石滩[4]。时咸潮夜照，海月未出，见星宿弥漫，跳掷于暗风□浪间者，亦奇壮也。其明日，清江白石，寒沙翠洲，百里平山，数间峁[5]屋。由是复移舟以进。清酒既开，春草已绿，棹歌[6]夷曲[7]，随遇欣赏，固不必心在乎罗浮也。已而，船头水光，下归无极[8]，则罗浮之影在，可望而不即也。二樵子临风啜茗而向之，若前世故人，今见形状喜心。俞漂，则不觉增城[9]之在望也。已而登岸，回首苍茫，如不见故人，唯山城之夕阳。有冯君国瑶[10]同乡土也，客于是，因而主之。其明日，又得吾乡梁子廷柱[11]，与黎子二樵、梁子公普别主人而临途。主人备仆夫，具盘壶，以供吾之需焉。由是涉清江，履平地，日已及暮，憩息乎资福之寺[12]，乱山交横，间以林树，心往之息，不知罗浮在何处也。其明日，由花手寺[13]入罗浮之径矣。洞天初开，花鸟皆异，有令人倏然以乐、危然以敬者。此二樵子曰："山川者，古时也。而游此山者，不知几代谢，□移□，则吾今日之游，不知曾见于前世乎，复见于后世乎？唯纪其兴于今兹耳。"于是脱然高步[14]，渺然心悲，遂历指其所历，为诗文而志之。

## 注释

[1] 罗浮：罗浮山，位于广东博罗，是罗山与浮山的合体，在博罗县西北境内东江之滨，为百粤群山之祖。传说罗山自古有之，浮山本蓬莱山之一峰，尧时洪水，浮山自会稽浮海而来与罗山合而为一，故名"罗浮山"。 [2] 梁子公普：即梁公普，黎简的朋友，秀才。 [3] 五羊：指广州。详见第91页注释［20］。 [4] 石滩：地名，在增江上。因地处多石的河漫滩，故名"石滩"。北宋天禧四年（1020），建石滩圩。现属广州市增城区石滩镇。 [5] 峁（mǎo）：指小山包，顶部浑圆。 [6] 棹歌：行船时所唱之歌，渔民的歌。 [7] 夷曲：指少数民族的曲子。夷，原指东方部族，后泛指中原以外的各少数民族。 [8] 下归无极：指深不可及。 [9] 增城：建县于东汉建安六年（201），隶属南海郡。一说因南海郡原辖六县，新设一县，增多一城，故曰"增城"。今为广州市增城区。 [10] 冯君国瑶：即冯国瑶，黎简同乡。 [11] 梁子廷柱：黎简同乡。 [12] 资福之寺：指资福寺，罗浮历代"十八寺"之一。南朝梁武帝时建，原在华首台前，清代重建于罗浮山下。 [13] 花手寺：罗浮历代"十八寺"之一。原名华首寺，在华首台西南麓，不知建于何时。清乾隆年间重修，改名花手寺。 [14] 高步：阔步、大步。

## 今译

乾隆三十三年戊子（1768）的春天，我与梁公普有罗浮之游。我们由广州乘船一直到石滩。那时夜晚的咸潮涌来，似乎照亮了远处的大海，海上明月未出，只见星宿布满天空，在水天相接的黑暗风浪间闪烁跳跃，真是奇丽壮观！第二天天亮后，我们才看到这里清澈的江水、洁白的江石、寒冷的沙滩、翠绿的小洲，还有绵延百里平缓的山丘以及山丘上的数间茅屋。然后我们继续乘船前进，一边品尝清酒，一边看春草碧绿，听渔民放歌、夷曲悠扬，所遇皆令人赏心悦目，所以不必心中只挂念罗浮。不久，我们船头的水光，显得深不可及，原来是罗浮山的倒影浸满水中，却可望而不可及。我迎着风，饮着茶，看着这些倒影，好像它是我的前世故人，只见其形已让我内心欣喜。就这样安然地漂流，我们不知不觉就到了增城。不久登岸，我们回首来处，一片苍茫，不见故人，只见山城之夕阳。有同乡冯国瑶客居于此，因而作为主人接待我们。次日，又有一位同乡梁廷柱，与我和梁公普一起辞别冯国瑶，即将上路。冯国瑶安排了仆人，准备了茶壶，以供我们所需。于是，我们渡过清江，踏上平地。后来天色已暮，我们歇息于资福寺中。周围山峦杂乱交错，其间林木森森，我心向往之，却不知道罗浮到底在何处？翌日，我们从花手寺入罗浮，始见洞天胜景，花鸟与众不同。有的令人突然生乐，有的令人肃然起敬。我感叹道："山川，自古就有。而游览此山者，不知多少代人了。我今日的游赏，前世有人经历过吗？后世有人会再经历吗？不得而知，只有把今日的兴致记录于此。"这时我洒脱地阔步行走，却又茫然生出悲愁，于是逐一把此次的游历，作诗文记录下来。

## 赏析

黎简著有《五百四峰堂文钞》，已散佚，今从各处辑录之文仅十余篇。此文是从《黎简谢兰生书画》中辑录，作于乾隆四十三年。乾隆三十三年黎简曾偕友人梁公普游罗浮山，但当时并未撰写诗文。十年后，听闻朋友周肃斋游华山而作华山诗，黎简想起自己十年前曾游罗浮，于是补作罗浮诗十章。这篇赋，也是他当时补作。名虽为赋，却没有赋的特征，完全是一篇游记散文。文章按照时间的顺序，记录了黎简和朋友从广州出发一直到游览罗浮山的经过，中间一共经历了三天的行程，到第四天才得见罗浮山的真面目。罗浮山的美景确实名不虚传、与众不同，黎简不禁发出宇宙无穷而生命有限的感叹，表现了悲喜交集的矛盾心情。文章将叙事、写景、抒情、哲思完美融于一体。全篇最打动人的是黎简沿途描写的那些不同时段、不同地点的美丽景色，有的奇丽壮观，有的清丽淡远，有的神秘幽深，有的奇异变幻，特点各有不同。同时，他又穿插描写了同乡热情接待、悉心照顾的人情美、人性美和“数间岪屋”“棹歌夷曲”的生活美、情趣美。文字以散笔为主，间以骈俪对偶，用韵时有时无，不拘为意，一切以自然为美。总之，黎简的文亦和他的诗与画一样，给人带来非常美妙的艺术享受，读之令人神往。

# 附录

# 黎简编年事略

黎简，小名桂锦，字简民，一字未裁，号二樵，自号百花村夫子，又号石鼎道人、狂简、樵夫、未道人、五百四峰长、百花村长、香国花农、芗国老农、众香国士等，广东顺德弼教（又名佛滘）村人。所居名五百四峰堂、五百四峰草堂、石鼎诗屋、艺余亭、众香亭、赤花村舍、药烟阁、复志丈室、余闲室、中园、梅梦庵、仙湖客舍、仙湖书室、竹平安馆、鱼藻精舍等。曾祖秉忠，祖超然，皆国子监生。父晴山，处士，客游粤西，僦居南宁，贩米为业，能诗，曾结五花洲吟社于南宁。母叶氏，生母雷氏。有二兄一妹：长兄世扬早卒；仲兄世浩，字海樵，叶太孺人所生，长黎简五岁，居邕州经商，又曾客楚南；妹早卒，死于广西大饥时。原配梁孺人，继室庞孺人。子二：长子汝彪（以仲兄子为嗣）；次子汝骥，小名佛莲，庞氏所出。女二：长女名琼，解书画，适陈文孝；次女名芸，适梁氏。二女皆梁孺人所出。

**乾隆十二年丁卯（1747），五月二十三日生于广西南宁。**

**乾隆十三年戊辰（1748），二岁。**

**乾隆十四年己巳（1749），三岁。**

**乾隆十五年庚午（1750），四岁。**

**乾隆十六年辛未（1751），五岁。**

**乾隆十七年壬申（1752），六岁。**

**乾隆十八年癸酉（1753），七岁。**

**乾隆十九年甲戌（1754），八岁。**

**乾隆二十年乙亥（1755），九岁。**

**乾隆二十一年丙子（1756），十岁。**

随父母居南宁。能赋诗属文，工缪篆摹印，能泼墨作山水烟云。

**乾隆二十二年丁丑（1757），十一岁。**

**乾隆二十三年戊寅（1758），十二岁。**

**乾隆二十四年己卯（1759），十三岁。**

**乾隆二十五年庚辰（1760），十四岁。**

**乾隆二十六年辛巳（1761），十五岁。**

**乾隆二十七年壬午（1762），十六岁。**

客居南宁，与四妹读书于母舅雷氏之达�山庄。山庄在南宁西郊，中有双峰草堂、万山楼。当时万山楼中有二万卷藏书，后遭火被焚。

**乾隆二十八年癸未（1763），十七岁。**

以后数年，博览群书，随父往来东西粤之间，遍游桂林山水，赋诗为乐。

**乾隆二十九年甲申（1764），十八岁。**

**乾隆三十年乙酉（1765），十九岁。**

**乾隆三十一年丙戌（1766），二十岁。**

由广西返回顺德，与梁雪成婚。雪字飞素，顺德人，同郡处士梁若谷长女，与黎简同龄。

**乾隆三十二年丁亥（1767），二十一岁。**

清廷征伐缅甸的战事起，给人民生产、生活造成很大伤害。

**乾隆三十三年戊子（1768），二十二岁。**

偕梁公普游罗浮山，画东坡像于东坡亭壁。

**乾隆三十四年己丑（1769），二十三岁。**

缅王降。清廷征伐缅甸的战争结束。

**乾隆三十五年庚寅（1770），二十四岁。**

长女黎琼生。琼适陈文孝，解书画。

**乾隆三十六年辛卯（1771），二十五岁。**

八月，自广东沿水路西行前往南宁。途中作诗多首，描绘沿路风光和旅途艰险。《五百四峰堂诗钞》二十五卷始于是年。冬，偕陈观入贵州、云南，度岁而返。作《西征草》。

**乾隆三十七年壬辰（1772），二十六岁。**

客居南宁。年荒食难，深叹谋生不易。春末夏初，行经广西武缘县（今广西南宁市武鸣区），宿于县斋。秋，游湖南、湖北，作《南浮草》一卷，后失之。撰《芙蓉亭》曲本。

**乾隆三十八年癸巳（1773），二十七岁。**

居南宁。于闰三月上巳节修禊于邕州万山楼。五月二十三日奉生母雷太孺人归粤东。妹寻卒。回乡后应县试，与苏膺瑞定交。

**乾隆三十九年甲午（1774），二十八岁。**

从学于同县黄超、卢松长。

**乾隆四十年乙未（1775），二十九岁。**

与陈禴芳结交。夏，于广州仙湖客馆做客。为亡友梁公普绘《五龙潭听瀑小影》，授其家人。

**乾隆四十一年丙申（1776），三十岁。**

授徒于广州城西陈氏百尺楼，作《城西杂诗》，其中佳句“行到小楼花影下，隔帘闻落玉钗声”传诵一时。与张锦芳、吕坚、黄丹书先后定交。夏，潮阳县县令李文藻慕名来访，许其诗必传，并有诗相赠。简为绘小照数帧毕肖。十二月十二日，李文藻升调桂林同知，离穗赴京朝参，黎简、张锦芳、黄丹书等同舟送至三水而别。

张锦芳赠砚，黎简作诗答谢。

**乾隆四十二年丁酉（1777），三十一岁。**

春，至顺德大良访黄丹书，客其寓斋累月，黄为缮写《西征集》，并抄录其旧作词稿成帙。五月生朝，苏赓瑞在大良西山置酒吹笛为其祝寿。夏、秋间，两度出广州。为张锦芳绘三十一岁小像。与张曰瑶、谢霨交游。次女黎芸生。

**乾隆四十三年戊戌（1778），三十二岁。**

春，蜀人周士孝访之于艺余亭，谈华岳之胜，简闻之，作华岳诗，并补作游罗浮诗十章。赴县试，以《拟昌黎石鼎联句》诗为学政李调元激赏，取置第一，补县学弟子员。四月，广东、广西皆大饥，时黎简僦居广州，典衣易米。当时有周士孝和番禺令许君皆以米相助。四月二日酉刻，广州饥民掠市上米，旋遭镇压，黎简愤而作诗。与郭适结交。八月四日，李文藻病卒于桂林任所，临终来信，求张、黄、黎、吕各写挽诗一首。是年为送李调元入罗浮，并绘《拟云林松石图》，题《临江仙》词于其上。

**乾隆四十四年己亥（1779），三十三岁。**

春，诗赠吕坚。与何文宰结交，画山水图寄何文宰。作《李南涧哀词寄肃斋药房石帆虚舟》寄诸位友人。教周士孝的两个儿子周立规、周立矩写古诗。与仇巨川结交。秋，治铜印，一月得三十颗。冯敏昌中进士后南归省亲，以黄景仁诗一卷寄示，是为黎、黄两诗人神交之始。

**乾隆四十五年庚子（1780），三十四岁。**

春末，出居广州。因居乡半年，广州遂有传其作古者，愤而赋诗。四月，与吕坚、黄丹书等同游浛江。与吕坚游南海神庙、浴日亭。七月，复自村庄出居广州，居西郭谢霭柳丝书馆。父亲举家自南宁返乡。谢景卿赠书画纸，有诗酬答。秋，张锦芳中举，赴京应试，以《秋林送别图》赠行。并有诗因张寄黄景仁。

**乾隆四十六年辛丑（1781），三十五岁。**

春，居乡。正月二十五日，绘《秋山闲坐图》。绘《禅病图》。寄冯敏昌《奇人绝壁图》并系以诗。与温汝适、温汝造兄弟结交。夏，出居广州。自五月至七月，为谢景卿作画。至番禺访麦右民。作《红棉碧嶂图》赠陆贯夫。张锦芳下第，闰五月出都，十二月抵家，将出都有诗寄黎简，传诵一时。翁方纲尝对张言，黎简曾入都中一宿而去，都中故人转相称异。编修周永年亦对张言，屡次梦见黎简。冯敏昌因张南归致书，云："久托神交，所祈自写小照寄来为慰。"黄景仁亦嘱以小影寄赠。二兄海樵三子汝彪生，过继于黎简，是为长子。

**乾隆四十七年壬寅（1782），三十六岁。**

春，居乡。夏，有《答同学问仆诗》自道创作甘苦和诗作特点。应张天秀之邀往新会，选新会诸人诗。题所绘《碧嶂红棉图》送赵希璜还惠州。彼时四方人士至粤索画，简多以此图应之，此图度岭已数十幅。重阳，与胡海兄弟、张锦芳、颜斯缉、谢景卿、黄丹书、郭适、吕坚于广州城北登高，与袁堂、王月坡、吕坚、周闳、闻人埰结"六君子"之交。

有《感咏》诗回应京城中对他的种种传闻。

**乾隆四十八年癸卯（1783），三十七岁。**

二月，为王月坡绘《求田图》，送之赴滇池。袁堂嘱托黎简为其父袁春舫遗照题《劝农图》。作《六君子图》。为妻子梁雪以八分书《心经》。广州城北客舍与吕坚、黄丹书、王朴、闻人埰联句题所绘《独吟图》。五月，批点《李长吉集》并作题记。秋，题所绘《南浦绿波图》送王朴北行。居广州仙湖客舍，复移居双门楼下。

**乾隆四十九年甲辰（1784），三十八岁。**

四月二十一日，妻梁雪病故。五月，曾赴佛山。六月六日，为妻下葬，以所铸“长毋相忘”小铜印系臂而殉。七月六日，作《述哀一百韵》。四月，袁枚至粤，欲访黎简，简拒之。七月，挈家离乡，寓居佛山镇秋官坊。赵希璜索观黎简近诗一本携至燕京。

**乾隆五十年乙巳（1785），三十九岁。**

仍寓佛山。五月端午，往广州西濠观龙舟竞渡，有诗。邱学敏来穗，欲见黎简不果，后简有诗寄邱，是为两人交往之始。六月，短暂返乡一行。听娄五唱《芙蓉亭》，凄然有咏。七月七日，应袁堂之邀往游肇庆，与知县彭翥等唱酬。重阳，登鼎湖山观龙湫瀑布。九月，返佛山秋官坊。十一月，续娶庞孺人。检亡友黄仲则手书，感而赋诗。

翁方纲向南澳同知邱学敏函索黎简诗集，手为点定。

**乾隆五十一年丙午（1786），四十岁。**

寓居佛山。春，于南海神庙观“龙取狮子洋”（实为龙卷风）。门上春联被窃，并有人冒为黎简书画鬻卖于市，赋诗感怀。秋，外甥往南宁修亡妹之坟。九月，绘《古木奇峰图》。是年旱，广东大饥，斗米五百钱。冬，台湾天地会首领彰化民林爽文作乱，沿海震动。

**乾隆五十二年丁未（1787），四十一岁。**

仍寓佛山。是年广东复饥，民多饿殍。黎简典蜡石易米。二月至四月，绘绢本工笔山水十二幅，纸本青绿山水十幅。四月绘《捕梦图》。夏，有诗寄周永年编修。七月，佛山开厂平粜，饥民践死，有诗记事。七月二十四日，为邱学勄题奚冈所画墨梅并寄怀奚冈。秋，久雨成涝，农作失收，诗人沉痛叹息不已。画《五龙潭山水图》并作长歌。十一月，友人陈禴芳卒。冬，清廷派福康安平定林爽文叛乱，黎简作诗《志喜》表达对天下太平的喜悦。

**乾隆五十三年戊申（1788），四十二岁。**

作《陈湘舟挽歌七首》。三月五日，绘《鼎湖龙湫图》。四月一日，应香山（今广东中山）县令彭翥之邀往游香山。作《怀人图》。七月，自香山返佛山。八月十日，挈家自佛山还弼教村。作《芙蓉湾图》。游顺德龙山乡，于门人李潜夫家作客。十二月，至广州，居双门楼下。小除夕赴广州太守张道源清荫园宴席。

**乾隆五十四年己酉（1789），四十三岁。**

春，由广东学政关槐选为拔贡。为邱学勄绘《三树图》，作《古树歌》。四月四日还乡。五月，在村中买邻屋，十五日移居。闰五月生朝，作山水巨幅，并题长古一首。六月，出居广州，作《泉声危石图》。秋，于广州西湖仙馆绘《古灵松岳图》。九月，患病弥月。十月还村庄。

**乾隆五十五年庚戌（1790），四十四岁。**

初春，绘《夏山欲雨图》。作隶书立轴。二月二十一日至广州，拟北行赴试。二十七日父亲晴山公卒，即回乡治丧。绘《大乌峰图》。十一月，绘《夏山奔雨图》，仿北苑设色。冬，翁方纲为邱氏题黎简画，对之赞扬备至。

**乾隆五十六年辛亥（1791），四十五岁。**

春，作《南华辨韵》，苏膺瑞手录序言以归。七月二十九日，于广州花地追送邱学敏北行赴正定知府任，邱以翁方纲所赠《两汉金石记》转赠黎简。八月，绘《寒林飞瀑图》。八月八日，宿伍宗泽园林，得五代画家荆浩《春山》一帧，后归孙尔准。与孙尔准、许宗彦定交，彼此唱酬甚密。九月九日，许宗彦置酒观音山（即越秀山）邀黎简、韩是升、孙尔准、许宗彦等六人同饮，诸人即席赋诗。十月十六日，次子汝骥生，小名佛莲。十月二十五日，孙尔准北归金陵，黎简等人于白鹅潭畔为其饯行，黎以《秋林写真图》与诗赠别。

**乾隆五十七年壬子（1792），四十六岁。**

春，居乡，与乡中诗友往还。正月，江苏侯云松北归，有诗寄别。三月，王昶拟刻《湖海诗传》，许宗彦欲选黎诗寄刻，因索诗稿不得，便以所与唱酬者二十首录寄王昶。秋，宋湘中广东乡试第一，辞学政幕还嘉应（今广东梅州），简有诗寄怀。冬，翁方纲将刻所著《杜诗附记》，征求黎简意见，简赋诗寄答。是年知友多劝北行应试。

**乾隆五十八年癸丑（1793），四十七岁。**

二月，绘《远浦秋帆图》。夏，过大良黄丹书城根书屋话旧。六月，泛舟避暑，作《夏山欲雨图》。养病于赤花乡“舣斋”，六月十三日还家。为苏其詹作《题苏其詹教子图小影》。九月二日复至“舣斋”养病，十七日归众香亭。

**乾隆五十九年甲寅（1794），四十八岁。**

正月，与乡中诗友论诗于众香亭。三月，绘《秋山逸兴图》。五月，与乡中诸子买舟出村口看龙舟竞渡。夏，寄诗周兴岱侍郎，答谢关怀。因许宗彦诗寄王昶，谢选诗之意。夏末，注庄告成，有《注庄》诗。六月二十七日，许宗彦归乡，书来告别，作诗追送之。七月至十一月初，皆出居广州仙湖客舍。八月二十日，于广州仙湖客舍重晤吕坚。谭敬昭以诗纳交，赋答，此乃二人定交之始。为广州海幢寺僧澄波绘山水一幅，并有诗为赠。自题所绘《秋亭夕照图》及《五山烟涨图》。九月，老人甘运源来访，定交。广州商人石氏园林有竹生贯桐心，名为桐心竹，为诗社以征题咏，一时作者数千人，由广东巡抚朱珪、学政戴衢亨评阅，黎简以《桐心竹诗四首》夺魁。冬，送谢兰生北上赴试，有诗。友人郭适卒，诗以挽之。苏膺瑞、杨澧澄北行赴试，作诗、画赠别。

**乾隆六十年乙卯（1795），四十九岁。**

闰二月，至大良黄丹书城根书屋听雨楼作客，盘桓一月而返。二十六日，作《花缺露春山图》赠陈晟炽。作诗上广东巡抚朱珪。三月，精汉隶之青年书家黄玉绳卒，为诗哭之。九月，借住广州阿婆塘（今广州市越秀区雅荷塘）僧寺种竹，名曰“竹平安馆”。作山水一帧赠叶梦龙。九月十五日，绘仿梅花道人山水立轴。十一月十六日，泊舟海幢寺，为海幢寺书“松雪堂”额。十二月二十七日还乡。

**嘉庆元年丙辰（1796），五十岁。**

正月，撰《弼教元君古庙碑》并书丹。正月二十八日，苏膺瑞来访，二月六日别去，黎简为作《题天池滃翠图赠苏其詹》。为甘运源作挽诗。四月，过杏坛村访膺瑞，为绘《百花村送客图》。又同至龙潭村访吴璧兄弟，作书画。六月一日，与膺瑞至顺德桂州，住胡氏别业，为胡氏作山水册十二页并题诗十二页，共二十四页。秋日归乡。九月，《五百四峰堂诗钞》编成付刻。

《五百四峰堂续集》诗始于是年。

**嘉庆二年丁巳（1797），五十一岁。**

五月，山西宋葆淳入粤，以诗、书寄候黎简，黎简作诗答。江苏毛琛至穗，黎简至广州城外大东门芳草街探访。六月，居广州西濠鱼藻精舍养病，书三绝句柬叶廷勋。《五百四峰堂诗钞》于本年刻成。篇首有门人何深所绘小影及孙尔准、苏廥瑞、黄其勤、谢兰生、黄丹书、张曰瑶所作画像赞。九月，写《金刚经》，布海幢寺。

《五百四峰堂续集》诗终于是年。

**嘉庆三年戊午（1798），五十二岁。**

气病时作，又苦于应酬，药钱常不足。原新宁县县令万应馨病留羊城，亦贫甚，偶得金一锭，即以赠黎，黎却之不可，相对而泣。

**嘉庆四年己未（1799），五十三岁。**

高介石据黎简书札刻成《五百四峰堂墨妙》。秋七月，绘《江濑山光图》。九月，卧病村中。十月，黄丹书来访。十一月七日卒于肺病，遗命嘱黄丹书述其事状，苏廥瑞铭其墓。丹书作《明经二樵黎君行状》。

未刻著作有《五百四峰草堂文钞》《药烟阁词钞》《芙蓉亭乐府》《注庄》《南华辨韵》等。

# 佚名《清史列传·文苑传·黎简》

黎简，字简民，广东顺德人。十岁能诗，归里益肆力于古，与同邑张锦芳、黄丹书，番禺吕坚交，名日起。益都李文藻令潮阳，见其诗曰："必传之作也。"造访之，劝令出试。学使李调元得其《拟昌黎石鼎联句》诗，大诧异，拔补弟子员，因又号石鼎。逾十载，膺选拔。寻丁外艰，得气虚疾，故足不逾岭，所居曰百花村，有亭曰众香、阁曰药烟。简徘徊其间，视花鸟若友朋，以笔墨为耒耜。海内词人想望丰采，名流来粤者，咸折节下之。简故自慎，不轻作应酬。浙人袁枚负盛名，探罗浮至粤，介所素习者为招，简答书却之。性好山水，屡入朱明洞天，穷其幽胜。朋侪罕当意者，惟与德清许宗彦、无锡孙尔准最契。

其诗由山谷入杜，而取炼于大谢，取劲于昌黎，取幽于长吉，取艳于玉溪，取僻于阆仙，取瘦于东野，锤凿锻炼，自成一家，似非经营惨淡，不能成一语者。顾才思绝敏，无论长篇短什，援笔立就。为文杂《庄》《骚》，不屑八家轨范。

嘉庆四年，卒，年五十二。所著有《五百四峰草堂诗文钞》二十五卷、《药烟阁词钞》一卷、《芙蓉亭乐府》二册。

# 郭汝诚修《顺德县志·黎简传》

黎简，字简民，又字未裁。尝往来东、西两樵间，自号曰“二樵”。弼教人。父居肆南宁，妾生简。少慧悟，十岁能为诗，工缪篆摹印。每取肆具范铜，父禁之不予，则独游蛮洞，得其起伏势，便能泼墨作山水烟云。年二十五，奉母归，始博综群籍，肆力学问。贫未知名。偶为会城富商购园林，使叠石作假山，见者知其能画。时同县张锦芳方家省郭，见简诗，订交焉。由是识番禺吕坚，坚故兀傲无所许可，得简乃心折。既以黄丹书劝归试，以《拟石鼎联句》受知督学李调元，拔首名，籍甚。越十年，选拔萃科。当北行，会丁外艰。生平足不逾岭，海内人士想望丰裁者，恨不获见。缙绅来粤，无不深相结纳。李文藻令潮阳，决以必传。简故自慎，不轻投缟纻，亦不轻作酬应诗。武弁谢南村有轩滨珠海，延赋新柳，有“入帘黄叶病将军”句，请易之，不许。浙人某，负当代盛名，以探罗浮至，介所素习者招于乡。简遽答书，摘其平日诗伤忠厚语，力却之。

简既淡于进取，中年又多病，摄生之资，与衣食等。村人多业卖花，佳种辄盘馈之。筑药烟阁，旦夕与其妇梁相依于药鼎茶铛中。棱棱瘦骨，弱不胜衣。暇即吮毫伸纸，为远近作山水屏障，恃所得润笔为活。其画由倪、吴直窥董、巨，生意盎然，气韵古厚。胶山矾海，日以为常，所造益邃。间携客入东樵，盘桓飞云峰下，望华首，领略活泉奇脉。或当烟波缥缈，桃柳参差，挈琴笛酒榼泊村溪，终日危坐翻卷，故下笔每见自然远致。盖江山助人，不必穷极万里也。书笔本天授，更寝馈晋唐善刻，成家在苏、黄间；隶体则全宗石经，不参他法。一时求书画者趾相接，意稍不合，虽巨金必挥去；缘是遂有狂名，因亦自识曰“狂简”。初就县试，即奇苏膺瑞，握手定心交。膺瑞司铎归，窘况颇相近，然犹时有资给。每冬残，简亦屏人事，预作数帧致之，俾卖以度岁。与石帆傲骨各具，往往反唇相稽，继以笔札，过亦彼此相忘。颇不喜人以张、黄、黎、吕并称，盖大有卢后意也。

所为诗境幽意峭，句搜字琢，见者疑出自经营惨淡，简顾援笔立就，出手便能缒幽凿险，亦往往有屡改尤妙者。尝自谓作元、白诗，不愁作不及，只愁写不及，惟久与唱和，始信其言非夸大也。为文每杂入《庄》《骚》，不屑屑八家规范；而四书文实非所长。以余事为填词。晚有所感，忽杜门旬月，撰《芙蓉亭》院本，意颇矜重，然南北宫调，犹未窥元贤门径。论诗心服二李，手评义山集，具有见地。居恒讲求韵学，尝取《庄子》语有韵可寻者叶之，别录为书。

以嘉庆己未卒，年五十三。卒后其友孙平叔尔准总制两湖，力购其遗翰，声价一时顿增，较生时翔且十倍，到今尺缣可易饼金。时史多假其名以糊口。著有《五百四峰草堂诗》二十五卷。卒越十有四年，国史馆征遗集，下郡县取以献：《药烟阁词钞》一卷，《芙蓉亭曲》二册。

# 黄丹书《明经二樵黎君行状》

君讳简，字简民，一字未裁，号二樵。世居顺德之弼教村。曾祖秉忠，国子监生。祖超然，国子监生。考晴山，处士。妣叶氏，生妣雷氏。晴山公客游粤西，僦居南宁，娶雷孺人而生君。

君少慧悟，十龄能赋诗属文，稍长，博综群书，常操纸笔，独游峦洞间，遇胜处辄留题。晴山公亦耽吟咏，每回东省，必携君侍行，遍览桂林山水。舟中命君称诗于前，相顾以为乐。

岁辛卯，君奉雷孺人归里，不复西行。栖小屋中，益肆力于诗古文辞，人鲜知之者。顾贫甚。丙申，授徒于广州之西郭。时张药房以诗名里中，得君，以为劲敌。一时诗人，皆喜与之游。番禺吕石帆，兀岸自异，少所许可，见君诗，辄叹服。予来郡城，过药房“版门书屋”，药房指壁上诗，谓予曰：“此吾邑异才，君识之乎？”因携诣君，遂与之定交。山左李公文藻，以名宿来令潮阳，耳君名，即命驾访君，许其诗必传，劝出应试。而君于功名淡如也。丁酉，来邑城，留予斋者累月，予为缮写《西征集》，并检旧所作词，属予抄撮成帙。戊戌，西川李雨村先生视学吾粤，以古学试士，得君《拟昌黎石鼎联句》诗，惊为奇绝，取置第一，补弟子员。自是君诗名益振。己酉，选拔之期，关晋轩督学以君名贡太学。将赴应试，适丁外艰。服阕后，得气虚疾，而君益淡然于仕进矣。君足迹不逾岭，海内名士想望风采，咸以不获一见为恨。巨公来粤者，皆折节下君。北平翁覃溪学士，常梦与君游处，以书索南雄太守丘公学勄，录其集寄都中，手为点定。学士送太守诗有云：“寄语二樵圆夙梦，苏门学士待君来。”盖深望君之出也。

君才思最敏，所为诗援笔立就，而语皆深警。写物言情，时发前人所未发。兼工书画印章。篆隶真草得汉晋人之髓。山水直造元四家堂奥。每至郡城，以金币求书画者坌集。然君顾自矜重，意不合，或挥斥不顾，以是人稍目为狂。然得君片纸者，无不珍为奇宝。君晚益好学，所得润笔资，奉亲外，悉以蓄书。笔墨之余，手一卷不置。迩年气病时作，苦于应酬，药钱恒不给。原新宁令万公应馨，病留羊城，亦贫甚。偶得金一锭，即以赠君，君却之不可，相对而泣。其为名辈输心如此。今年十月，予自都下回，访君村中。君已卧病弥月，云“尚能饭”。予怅怅别去。逾月而讣至。遵命嘱予述其事状，而嘱苏君其詹铭其墓，以予二人交最密，知君为尤悉也。

君生于乾隆丁卯五月二十三日，卒于嘉庆己未十一月七日。昆弟三人：伯兄世扬，早卒。仲兄世浩，叶孺人出。原配梁孺人，继室庞孺人。子二：长以仲兄子为嗣，名汝彪；次名佛莲，幼，庞出。女二，梁出，皆适士族。君所撰，已刻者《五百四峰堂诗钞》廿五卷，未刻者《五百四峰堂文钞》《药烟阁词钞》《芙蓉亭乐府》《注庄》《韵学》等书。

呜呼！以君之才，纵横驰骋，若明代临清谢榛、山阴徐渭、南海邝露，非其伦欤？窃意君虽未仕，他时国史传文苑宜及焉。故书其生平大概以为状，俾后之君子有所考。愚弟黄丹书谨状并书。

# 吕坚《黎二樵妇梁氏墓志铭》

君讳雪，字飞素。广东顺德人。处士梁若谷先生长女。年二十，适同郡生黎简，海内所称二樵山人也。君生而颖异，角犀秀整，丽外慧中。然善病，伉俪虽笃，见生若不胜情者。性疾烦喧，恶尼佞佛。所居阁曰药烟阁。问寝作羹，暇则嘿然终日坐，阁外为花药栏，喜手植枯枝断藤，莳之无弗生者。生尝戏引《汉疏》春种于地之说，君笑曰："妾蚤见其自具生意，君弗知也。"诵《金刚经》《维摩说经》，得理解。甫学为诗，出语玄妙，病中辍。自解曰："嫁才子何用诗为，其谓我床头有捉刀人也，无宁以纺织助君乎？"生故贫，初作画卖文为活，尽日相对，如赵明诚、易安居士读相国寺碑文也。生好幽思，读恒以夜。漏尽鸡号，申欠依依然侍生，却之再，则輾然曰："病怯人畏独宿。"巷有古屋，屋多无祀鬼，忽倾，君谋之诸母曰："无主游魂，托此不为厉，今失所，祟由近始。"乃鬻钗饰构之。召贫媪居之，食之。君性柔体削，乐施乞，与物无忤，而节概棱厉。尝归省，自新妇潭还，夥丑欲劫之，脱，将赴水，厉色曰："黎二樵妇岂畏贼，汝辈自求死耳。"贼亦知生名，辄解去，自是不复出里门。生邕州出也，小姑殁于西，招魂而哭之哀，则昔昔梦之，而道其神态意致，宛如平生。姑恸之，几病，乃止，叩其梦亦不复道。生久出，言梦见生，则三五日返，时亦梦协，时自出其魂，人入门则自闺知之。一日揽其像曰："个侬不欲过四十。"问其故，黯然而已。生曾为君作《禅病图》，今犹奕奕，似罔明弹指时也。生用日者言，结坛列星灯而祷之，亟请毋祷，祷且速死，既而风灭灯如剪。生尝谓予曰，君癖洁耽寂，厌尘事，而用情深挚。予在客村中，见疾风急雨，以为此必至郎所，中郎肌肤者，辄幽忆怨断，一郁无憀，减眠食而病作。病将革，曰："葬勿远，我魂弱不能归，归不宜数。葬隔水，高其坟，列之桐竹蔽风日，使我得时时望家门，或一见郎与子女。”语多不述。生为《述哀诗》百韵。予悲其意，每读不能竟。镌铜印，系臂而殉，文曰“长毋相忘”。是年六月六日，瘗于门外隔水之地。先年生以明经选拔，今年春北上，不重其新婚燕尔之别，而恳恳然完此志，是有所不得已，才人之情如是哉。君以丁卯九月廿七日生，甲辰四月廿一日握生手而绝。卒年三十八。举女子二，胥有母风。长解书画，适陈文孝。次许字梁氏。子嗣子汝彪，聘甘氏女。生恒为人作志书石，而不志此。以予有狂直名，文之工拙所不论也。君奇质妙悟，静极生明，无足怪者。其逸事里媪所见，或问焉，言之有端绪。恐儿女子口讹传失真，好事者传会为之说，故志之，且为之铭。铭曰：动事舅姑，静事浮图。病辍中馈，床前辨味。黄发皤皤，叹食茹泪。理足于情，情足于经。相尔夫子，以妥山灵。

# 延伸阅读推荐书目

1. 《广州大典》（总第448册），陈建华主编，广州出版社，2015年版。

2. 《清代诗文集汇编》（第417册），《清代诗文集汇编》编纂委员会编，上海古籍出版社，2010年版。

3. 《五百四峰堂诗钞》，黎简撰，广州儒雅堂同治十三年甲戌（1874）仲秋重修陈氏刊本。

4. 《五百四峰堂诗钞》，黎简撰，梁守中校辑，中山大学出版社，2000年版。

5. 《黎简集》，黎简著，闫兴潘、叶子卿整理，浙江人民美术出版社，2017年版。

6. 《顺德县志》，郭汝诚修、冯奉初纂，清咸丰六年（1856）刻本。

7. 《黎简先生年谱》，苏文擢撰，香港中文大学出版社，1973年版。

8. 《黎简诗选》，周锡䪖选注，广东人民出版社，1983年版。

9. 《清史列传》，王钟翰校注，中华书局，1987年版。

10. 《粤诗人汇传》，中山大学中国古文献研究所编，岭南美术出版社，2009年版。

11. 《岭南画征略》，汪兆镛编纂，广东人民出版社，2011年版。

12. 《黎简》，梁基永编著，岭南美术出版社，2011年版。

13. 《清代学者象传》，叶衍兰、叶恭绰编，上海书店出版社，2014

年版。

14. 《先秦汉魏晋南北朝诗》，逯钦立辑校，中华书局，1983年版。

15. 《全唐诗》，上海古籍出版社，1986年版。

16. 《全宋诗》，傅璇琮主编，北京大学出版社，1998年版。

17. 《乐府诗集》，郭茂倩编，中华书局，1979年版。

18. 《杜诗详注》，杜甫撰，仇兆鳌详注，中华书局，1979年版。

19. 《续修四库全书》（第1455册），《续修四库全书》工作编委会编，上海古籍出版社，2002年版。

20. 《广州大典》（总第447册），陈建华主编，广州出版社，2015年版。

21. 《韩昌黎诗集编年笺注》，韩愈著，方世举笺注，中华书局，2012年版。

22. 《李长吉集》，黄淳耀评、黎简批点，上海古籍出版社，2015年版。

23. 《李长吉歌诗编年笺注》，李贺著，吴企明笺注，中华书局，2012年版。

24. 《广东新语》，屈大均著，中华书局，1997年版。

25. 《岭南历代诗选》，陈永正选注，广东人民出版社，2009年版。

26. 《李商隐诗歌集解》，刘学锴、余恕诚著，中华书局，2021年版。

27. 《两当轩集》，黄景仁著，李国章校点，上海古籍出版社，1983年版。

28. 《清代诗学史》（第一卷），蒋寅著，中国社会科学出版社，2012年版。

29. 《清代诗学史》（第二卷），蒋寅著，中国社会科学出版社，2019年版。

30. 《中国诗学》（第31辑），蒋寅、巩本栋主编，人民文学出版社，2021年版。

31. 《中国诗学》（第33辑），蒋寅、巩本栋主编，人民文学出版社，2022年版。

32. 《岭南文学史》，陈永正主编，广东高等教育出版社，1993年版。

33. 《清诗三百首》，钱仲联选、钱学增注，岳麓书社，1985年版。

34. 《清诗纪事》（同治朝卷），钱仲联主编，江苏古籍出版社，1989年版。

35. 《中国山水画画理》，陈玉圃著，广西师范大学出版社，2019年版。

36. 《灵境诗心——中国古代山水诗史》，陶文鹏、韦凤娟主编，凤凰出版社，2004年版。

# 后记

此书编完，我意犹未尽。对于黎简的作品，我越研究得深入，越会着迷。他传世的每一篇作品都很优秀，因为在其自编诗集时已经过严格筛选，随便挑出一首都可圈可点。这么好的作品，如果不普及开来，就太过遗憾了。这样想来，我就越发感到广州大典研究中心和广州出版社的这套《广州大典》普及书系的出版真是功莫大焉。

黎简在诗、书、画、印等各个方面之所以能取得这么高的成就，是与他自觉地学习与传承优秀传统文化，并精益求精、创造生新分不开的。他的作品非常完美地诠释了文化传承与创新的关系，以及中华文化之所以生生不息、奔涌向前的内在动因。这与《广州大典》普及书系出版的初衷不谋而合，相信真正喜爱他的读者一定能从他身上找到不断前行的精神力量。

值此书即将出版之际，我首先要感谢我的导师——华南师范大学的蒋寅老师。作为诗学专家，他在很久以前就认定黎简为清代十大诗人之一，对其钟爱有加。在他的推荐和指导下，我才开始研究黎简，并渐渐有了一些心得。如果没有他的指导和帮助，我就不可能有黎简研究系列成果的产出，也不可能有编写此书的机会。其次，感谢广州大典研究中心的刘平清老师把编写此书的任务交给我，这对于我来说是一次很好的学习与历练机会。还要感谢广州大典研究中心的赵晓涛老师，他给我发来很多学习资料，平时阅读时发现与黎简有关的文献，也会转发给我，这对我写作此书帮助很大。另外，感谢广州出版社的田宇星编辑，感谢她的温厚宽容，允许我一再推迟交稿时间，让我能不慌不忙静下心来慢慢写作。最后，感谢本书的责任编辑霍婉兰女士，她细心审读，精心编校，为我指出并订正不少谬误，谨在此一并致谢！

作者谨记

2022年8月